PAGE TURNER 10

虛線的惡意

破線のマリス

野澤尚 著
劉子倩 譯

PAGE TURNER 10

虛線的惡意
破線のマリス

作者　野澤尚　野沢尚
譯者　劉子倩
內文排版　林小廢
封面設計　捌子
主編　許哲維
副總編輯　許鈺祥

社長　郭重興
發行人兼出版總監　曾大福

出版　讀癮出版
地址－23141新北市新店區民權路108-2號9樓
電話－02-2218-1417　傳真－02-2218-8057
網站－blog.roodo.com/doingpublishing
臉書－www.facebook.com/DoingDoDo
電郵－doing@bookrep.com.tw
發行　遠足文化事業股份有限公司
地址－23141新北市新店區民權路108-2號9樓
電話－02-2218-1417　傳真－02-8667-1065
網站－www.bookrep.com.tw
電郵－service@bookrep.com.tw
郵撥－19504465．遠足文化事業股份有限公司
客服－0800-221-029
法律顧問　華洋國際專利商標事務所．蘇文生律師

初版一刷　2014年3月
定價　320元

國家圖書館出版品預行編目（CIP）資料

虛線的惡意 / 野澤尚（野沢尚）作；劉子倩譯. -- 初版. -- 新北市：讀癮出版：遠足文化發行, 2014.03
面；　公分. --（PageTurner；10）
譯自：破線のマリス
ISBN 978-986-90317-2-1（平裝）

861.57　　103002350

關於讀癮，我要說的是：
小說，畢竟是一連串的謊言，我只希望我的小說，能有內在的真實。 —— 勞倫斯．卜洛克

名家推薦

這是一本精采好看的小說，也是一本值得電視新聞工作者閱讀與思考的參考書。故事中首都電視台裡的每一個人物，我好像都曾在真實的電視新聞環境裡認識過。剪接師遠藤瑤子與同事的對話、思維和反應模式，也和我們每天面對爆料、不同新聞事件的認知，甚至危機處理，非常類似。

也因此，跟隨遠藤瑤子經歷這一趟：從被投訴到發揮正義感、從全心投入滿足觀眾，到自省調查與終究戲劇性的發展……對電視新聞或影像工作者來說，將是一段需要認真面對的省思過程。

——TVBS新聞部總監　詹怡宜

當事件的兩造各說各話，不深入追查真相就逕自以羅生門帶過，這叫媒體的墮落；當有圖有真相淪為看圖說故事，這不僅是編輯檯的無知，也會是心態上的一種傲慢；電子媒體是最快速也最具影響力的傳播工具，由五百二十五條虛線架構出的電視螢幕，你我看到的新聞又有多少真實？用刻意的角度，自我主觀的所謂正義「玩」新聞，久了，玩與被玩，一線之間。首都電視台的遠藤瑤子，因為暗示性的一個畫面，就此陷入剪接者與被拍者是欺騙？是利用？的心理攻防，布局懸疑，步步近逼，即便十多年後重新拜讀本作，非但沒有上個世紀的過期感，體會反而多更多。

對了，本書作者野澤尚，身為資深日劇迷，不可能忘記，大編劇一枚，《戀人啊》、《青鳥》、《沉睡的森林》、《冰的世界》……都是他的作品，也都是膾炙人口的日劇經典，大師已去十年了，藉讀本作，重溫也懷念野澤尚。

——小葉日本台

《虛線的惡意》可以說是被譽為「文學的、哲學的、推理的」野澤尚，對於自己長期工作的媒體，所作出最犀利且深沉的批判，多少以追求真相為名的新聞報導，卻其實是為了收視率及商業利潤，而創造出來的惡意虛象。透過《虛線的惡意》，野澤尚再度召喚回社會派的魂魄，深入探勘媒體宰制下的人性風景與社會現實，也因為小說最終的意外性轉折，以及對「真相」與「謎底」的重新定義，讓他與這部作品，成為日本推理史上無法忽視的秀異存在。

——中興大學台灣文學與跨國文化所副教授　陳國偉

我們總期待明顯的善惡與正邪，但本書以巧妙的方式撐開了一個道德的想像空間，讀者在其中不斷迷路，最後只留下無聲的嘆息。在主角沉穩至紛亂，終至崩潰的過程中，作者以無解的結局展示出專業倫理難有標準答案的特質。做為倫理學的教學者，我會推薦本書給我傳播科系的學生，並鼓勵他們再三反芻本書結語的意義。我也認為一般背景的讀者，亦可透過此書瞭解到媒體的善惡價值並非表面上的直覺與明顯。

——「人渣文本」專欄部落格作者　周偉航

電視就是現實本身，直接而有分量。它會左右你的想法。只要你興起一絲念頭，認為它應該是正確的，你就不會再懷疑。由於結論迅雷不及掩耳地強壓而下，沒有人來得及提出抗議。莫名其妙！你頂多只能這麼說。

——雷．布萊伯利《華氏451度》

1

節目早已開始。

首都電視台（ＭＢＣ）黃金時段的新聞節目「Nine to Ten」，按照預定順序逐一消化今天的各項新聞，距離九點三十五分過後的特別單元「事件檢證」上標題，只剩三分三十秒。

在控制節目進行的副控室裡，沉浸在煙味與咖啡因中的工作人員，不時回頭望向角落那架六台疊放在一起、俗稱「出機」的工作用放映機。在確定從上往下數來第五層的放映機中帶子尚未回來後，大家紛紛開始在心中倒數計時。

時間只剩三分三十秒，應該在特別單元播出的帶子仍然不見蹤影。

今晚顯然又是一場緊張刺激的冒險。

這都是一個女人造成的。

就在節目開始的混亂中，衝進這間副控室，從放映機抽走帶子的那個女人。

「誰去下面找那個女人，替我把帶子搶回來！」

倨傲地倚在控制桌中央的導播森島一朗，漫無目標地怒吼道。從正上方射下的聚光燈，使得這個巨漢宛如身處光線織成的牢籠中，學生時代學柔道鍛鍊出來的粗頸上，正冒著豆大的汗珠。

「媽的，偏偏老爹今天一句廢話也不說，這樣鐵定會準時結束的。」

被喚作老爹的，是出現在正面螢幕上的節目主播長坂文雄。十五年前，他穿著註冊商標的野戰夾克，在世界各地的災難現場衝鋒陷陣。這個著名的特派員，現在成了以新聞節目掛帥的MBC招牌人物。

自從他打破傳統連續劇時段，炒熱「Nine to Ten」這個節目，已經過了十年，他的容貌仍和特派員時代一樣，膚色略黑，一頭如獅鬃般的灰髮梳理得一絲不亂。他的右側坐著報社評論家，左側是上智大學畢業的女播報員，長坂本人則雄踞在節目現場正中央、狀似日本地圖的播報台。現場布景整體的原木質感，彷彿要用新聞款待遠道而來的客人一般，略微造作地表現出鄉居氣息，令人聯想到北輕井澤的別墅。

出席者的服裝也十分輕便，長坂穿著有領釦的襯衫和休閒外套，評論家的裝扮也大同小異，女播報員身穿線衫，特別來賓也沒有打領帶。這就是「Nine to Ten」的節目特色。

今晚的特別來賓是出身神戶的大藏省大臣。他用關西方言說明提高消費稅率可以給福利國家的國民帶來多少好處，長坂也以一口流利的地方腔回應他。由於父親工作的關係，長坂從小就走遍了日本，練就一身本事，可以配合來賓使用全國各地的方言。這也是他能當上全國性新聞節目主播的一大要因。這種說話方式一不小心便會淪為藝人的輕薄口吻，但長坂卻用方言流露出「誰規定東京腔才是標準國語」的反骨精神。

「那個臭女人，快想想辦法呀！」

森島的怒吼聲震動了副控室的隔音牆。再過三分鐘，「事件檢證」就要播出了，他雖然在怒吼，但並未忘記指示攝影師調整鏡頭和上字幕的時機。

「有赤松在，不會有問題的。」一旁的時間控制員輕鬆地說。坐在巨漢森島旁邊，嬌小的她看起來就像森林中即將被獵殺的小松鼠。

「誰說沒問題？寶寶被那女人吃得死死的。」

赤松才進電視台不到三年，姓名又與嬰兒相近[1]，所以理所當然被冠上這個綽號。

在六台上下交疊的放映機前，穿著夾克的資深播帶員正百無聊賴地抖著腿，等待「事件檢證」的帶子送來。三捲新聞卡帶、介紹大藏省大臣的ＶＴＲ、「事件檢證」、今天的體育新聞……播帶員已經將半吋的業務用卡帶按順序插進去了。

在正面螢幕上，長坂正解開襯衫最上面的釦子，放鬆頸項的束縛，試圖結束與特別來賓的對談。這是他跟不喜歡的來賓談話，打算結束話題時的習慣動作。

「在下一個單元開始前，請先觀賞一分半鐘左右的廣告。」

他不亢不卑地向全國數千萬觀眾宣布後，畫面便切換到分割鏡頭，出現長坂等人在現場目送大藏省大臣離開的情形。隨著電子琴輕快的旋律，畫面右側出現了節目的標誌。

「廣告一分半，回到現場後介紹『事件檢證』的概要一分鐘，總共只剩兩分半了，寶寶！」直通地下一樓剪接室的麥克風揚起森島苛酷的聲音，「你說怎麼辦？要不要叫老爹扯些廢話？要再拖幾分鐘才會好？你說話呀，白癡！」

「按照預定時間就可以了……她是這麼說的。」

從地下傳來顫抖似的微弱聲音。

「那個女人在幹什麼？」

「她說還有三個鏡頭一定要剪接進去。」

「媽的，只剩下一分四十五秒了。」

「自從我負責這項工作，已經發生三次這種事，身為單元執行製作，我應該負責……」

話還沒說完就斷掉了。八成是那個女人，遠藤瑤子，為了減少雜音，強行關掉麥克風，讓赤松閉嘴。

要用兩分鐘插入三個鏡頭，需要的是魔法。然而，那個女人做得到。森島雖然在言談舉止間惡態畢露，極盡藐視女性之能事，內心卻對遠藤瑤子的魔法深信不疑，所以忍不住對自己感到生氣。他抬眼看著穿越草原的新型廂型車廣告，憤怒濡濕了他的雙眸。

「我遲早要幹掉那個女人。」

---

1 日文中的「嬰兒」，漢字寫為「赤坊」。

時間控制員不以為意地聽著森島空洞的詛咒，嘴裡含著喉糖，公式化地宣告還有三十秒就要切換回現場。

真正的戰場，遠在副控室的腳下。

首都電視台地下一樓的剪接室內，堆積著各式各樣的機器，幾乎快頂到低矮的天花板，宛如一座用金屬、燈泡與半導體組成的要塞。某位和電視一同走過黃金時代的編劇曾說，日本的電視能捉住觀眾的心，既不是靠明星，亦非靠節目企畫，而是靠影像剪接技術。如果此話不假，此處或許就是電視台的心臟地帶。

十吋的螢幕和錄放影機、剪接機組成一套剪接設備。在排成兩列、安放十四套剪接設備的寬廣室內，有兩個人身陷其中。在其他收工的剪接師遠遠圍觀下，正與時間展開戰鬥。

被切斷開關，中止與副控室通話的赤松，正兩手交握，彷彿在向老天祈禱似地站在剪接設備後面。雖然才剛入春，他似乎比季節早了一步，已經穿上繪有棕櫚樹圖案的夏威夷衫。曾經在慶應大學橄欖球隊擔任前鋒的壯碩體格，現在卻像一隻萎縮的小動物。要是沒來首都電視台工作，以他俊秀的長相，說不定會成為模特兒經紀公司的一員，但這張臉現在卻緊盯著螢幕的影像，眼看就要哭出來了。

正在戰場上戰鬥的是女人。

森島的殺意、赤松的祈禱和剪接師等著看好戲的眼神，全都集中在這個女人的背上。

和電腦鍵盤同樣大小的剪接機上，右十根手指宛如彈鋼琴般不停躍動飛舞。然而，手指的動作不帶絲毫感情，她所彈奏的並不是巴哈或孟德爾頌，而是影像的絕美張力。她的手指一邊來回於倒帶、快速前進、暫停、錄影等按鍵之間，一邊謹慎地旋轉位於桌子中央的控制鈕，將她要找的畫面映現在螢幕上。畫面出現了年輕銀行女職員的側面背影。是避免長相曝光的匿名採訪，聲音也已用混音器加以改變。

遠藤瑤子的右手食指彷彿已經鎖定目標，按下採訪VTR的停止鍵。終於完成了第二段插入。她迅速更換帶子，左手找出下一段畫面的開頭，右手則忙著找出剪接帶的下一個插入段落。她的右半身與左半身配合得天衣無縫，從肌肉到每一根骨頭，毫無任何多餘的動作。

她身高一百六十四公分，及腰的長髮綁成一束厚厚的馬尾，頸後皮膚透明白皙，透露出這是一個在室內工作的人。下顎的線條銳利，令人聯想到凶器，狹長挺直的鼻梁展現出不可動搖的強烈意志。彷彿是用鉛筆畫出兩道線的雙眼皮中，身處戰場毫無慈悲的瞳孔，正在一絲不漏地吸取著螢幕放出的光線。有領的T恤下恐怕只有一件內衣吧，上衣和牛仔褲的縫隙間露出肌膚，但她似乎並不在意男人的目光。三十四歲卻依然堅挺的胸部，隱藏在寬大的衣服中。從腰部到腳趾尖像畫了一條斜線似地逐漸變細，以她的體格來說，那雙耐吉球鞋的尺碼算是小的，她的兒子應該快穿到這個尺碼了。

她全身的毛孔都正噴出火焰，身邊的溫度恐怕要比別處高了兩、三度吧。瑤子抬眼斜視放映中的螢幕。扮演家庭主婦的女明星，手按太陽穴，從溫柔的丈夫手中接過一杯水和藥錠。這個頭痛藥廣告一結束，就要切回現場了。赤松從耳機聽著時間控制員倒數計時的聲音，沒錯過瑤子抬眼那一瞬間的目光，立刻告訴她「這是最後一個廣告」。

第三個片段在瑤子右半身的動作下，早已開始剪接。看似工讀生的樸實青年，同樣是斜後方的背影，聲音也經過機器處理，正在回答記者的採訪。

「我想應該是中午一點左右吧，在屋內的家人，好像蓄意避人耳目似的，讓一個東南亞裔的人……」

年輕人慢吞吞的說話方式，聽得赤松焦急得想抓頭髮。拜託你趕快說完吧，趕快讓遠藤瑤子的右手食指按下停止鍵吧。

播映中的畫面傳來長坂的聲音。已經切換到節目現場了。

「現在要進行本週的『事件檢證』。今晚本節目要以獨特的報導角度，為您檢證兩週前發生的『大學副教授父女慘死事件』。」

所謂「本節目獨特的報導角度」，其實就是遠藤瑤子的剪接手法。這是新聞部人盡皆知的事。接下來將要展開瑤子個人長達五分鐘的獨奏會。從影像間流露出遠藤瑤子的主張，透過這樣播出前的緊急修改，不難想像會變得更尖銳。首都電視台內部不少人都將此視為惡夢，但也有同樣多的人將此視為提升收視率的最大武器。

長坂保持著跟評論家對話的姿勢，回顧這個事件的概要。在八卦新聞也加入報導後，這個事件現在已經廣為人知，用不著再解說了，不過為了讓頭一次聽到的觀眾也能了解，還是必須詳細說明一下。

位於世田谷區經堂的安靜住宅區，四十二歲的私立大學副教授和十四歲的女兒，深夜在睡夢中被人用鐵槌打死。由於放在副教授夫人寢室旁更衣間內的貴重首飾與現金被洗劫一空，警方將之視為強盜殺人案件展開調查。

三十六歲的副教授夫人，事件當晚跟朋友在銀座吃飯，所以逃過一劫。當她坐計程車回家時，才從家門前圍觀的人群和警車發現出事了。副教授和女兒雖然被送往醫院，但由於頭蓋骨破裂和大量出血，已經回天乏術。

副教授家中裝有民間保全公司的防盜系統，事件當晚也按下了開關。當晚侵入者是破壞玄關的門鎖闖入的，這時警告訊號雖然響起，但音量並未大到足以吵醒睡在二樓的副教授和女兒。侵入者當然沒有解除警報系統的鑰匙，所以一分鐘後就會響起震耳欲聾的警鈴聲，自動通知保全公司有人侵入。接著家中的電話就會響起，這是保全公司的人打電話來問出了什麼事。如果是家人不小心誤觸，接電話的人會回答「是我們不小心按錯了」，這時保全公司會進一步要求說出暗號，如果對方能夠正確回答出來，侵入燈號才會熄滅。這是為了確認接電話的不是小偷，而是家人。

事件當晚，保全公司打去的電話並沒有人接。那時凶手早已衝上二樓，將副教授和女兒殺死。電話響了十聲還沒有人接時，保全公司就會跟負責巡邏該地區的保全人員聯絡。

在事件發生的前三天，副教授家中也曾亮起侵入燈號。

那是夫人外出時開了兩次玄關門所造成的，根據保全公司的紀錄，巡邏中的保全人員在十三分鐘後趕到。這項結果，夫人返家後也看到了。保全人員在確認家中平安後，留下一張便條，上面寫著「幾點幾分警鈴響起，為了安全起見，檢查過屋子內部」。

這個事件有一些疑點。凶手侵入後在十多分鐘內殺死兩人，毫不擔心警鈴大作，從容地在家中搜刮現金和貴重首飾後才逃逸。乍看之下似乎是老手幹的，但若不知道警鈴響後幾分鐘保全人員會趕到，應該不可能如此從容地劫財害命。凶手的目的也許是要殺死副教授和女兒，奪走財物恐怕只是故布疑陣，想讓警方以為這是一起強盜案。

新聞媒體的嗅覺指向倖免於難的夫人。當然，並不只有血統純正的獵犬能夠發揮靈敏的嗅覺，飢餓的土狼也會群集而至。於是八卦新聞的採訪群也加入戰局，展開了一場採訪戰。

據鄰居說，副教授夫人十分愛慕虛榮，常跟丈夫吵架；友人也表示，她曾在澀谷和東南亞裔的外國牛郎四處飲宴。這些都被攝影機鉅細靡遺地記錄下來。

夫人被當作重要嫌犯強制進行偵訊，只是時間早晚問題。

然而，搜集了大量影像的土狼們，不知道為什麼，在播出時卻非常有分寸。每家電視台都很想報導「夫人有嫌疑」，但又始終不敢播出相關的採訪畫面。

這幾年，新聞媒體被貼上了「報導倫理」的封印。自導自演事件、過度報導造成的侵害人權、電視台首腦因在政治報導時不謹慎的發言而遭法院傳訊、郵政省的介入……傳播界所發生的這些事件，使得基層單位充斥著一種被迫謹慎行事的氣氛。

這次的事件，關於夫人的負面影像報導，各家電視台都僅有一次，那是在丈夫和女兒的喪禮上，夫人穿著喪服，激動地阻止蜂擁而來的記者靠近，推倒一名攝影記者的畫面。即使對於這個畫面，主播也不敢表示「夫人對記者這麼憤怒，是否有什麼特殊理由？」，只是低調播出攝影記者被推倒在地的畫面。

如果有哪家電視台敢鼓起勇氣深入報導「這個火大的夫人究竟是何方神聖」，大家一起闖紅燈就沒什麼好怕，未公開的負面採訪影像便可得見天日，但始終無人敢輕捋虎鬚。

大家其實都很想說，這應該是教唆殺人吧，只是都不敢說。

夫人花錢雇用殺手，再約朋友吃飯製造不在場證明。事件發生的三天前，夫人誤觸保全系統，恐怕也是為了調查保全人員多久會趕到所做的實驗吧。

這時，ＭＢＣ採訪小組獲得一段獨家專訪。那是銀行女職員的匿名採訪，指稱副教授夫人在事件發生的一週前，曾去銀行把高額的定存解約。此外，在查訪出入副教授家的送報生和送貨員時，找到一個定期在附近發海報傳單的工讀生，在今天傍晚拍到了讓現場製作人大呼快哉的證詞。

事件發生前五天，發傳單的工讀生曾在大白天目擊一名打扮花俏的東南亞青年進入副教授家中。可能是夫人趁著白天家人都不在時，將情夫叫到家中，讓他先熟悉環境，解約的定期存款大概是用來支付委託殺人的報酬吧。

採訪帶從拍攝現場送到電視台，已是節目開始前五分鐘。由於赤松心癢難搔地告訴瑤子拍到這樣的鏡頭，才引起這場騷動。當節目片頭音樂播出時，瑤子悄悄進入副控室，趁工作人員專心注視前面的螢幕，從放映機中抽走剪接好的帶子，赤松十分後悔將這件事告訴她。

今晚的「Nine to Ten」結束後，別台從十點開始的新聞節目，或許也會播出同樣內容的證詞，要抓住機會只有趁現在。

瑤子受到這個念頭驅使，不顧一切地獨斷獨行。

第一個鏡頭，是將夫人在喪禮上含淚以未亡人身分致詞後對採訪群做出的粗魯舉動，以鮮明的角度剪接而成。

「我想，現在先夫與小女一定安詳地在天國生活。」

在泣不成聲的嗚咽聲後，緊接著是「我叫你們讓開！」的怒吼聲，並出現攝影師被向後推倒、撞壞東西的聲音，然後是記者的聲音，說「請你不要亂來」。

第二個插入的鏡頭，是銀行女職員的證詞：「利率也不錯，還有一年多才到期，她卻把兩百萬的定存解約了。」

第三個鏡頭是發傳單的工讀生：「在屋內的家人好像蓄意避人耳目似的，讓一名東南亞裔的人進入屋內。那個男的進去後，我瞄到關門的人手上閃著金飾的光芒，是女人的手。」

不說讓東南亞裔男人進入屋內的「好像是夫人」，而讓他說是「家人」，這是現場記者出的主意。工讀生並沒有看見讓男人進去的人的全貌，也沒有加上任何想像，只是照實說出他所看到的。然而，就算沒有加上多餘的說明，大家一聽就知道，那個家人就是夫人。而且，手腕上帶著金飾的女性，也跟打扮得花枝招展的夫人形象吻合。

瑤子的右手食指按下了採訪帶這邊的停止鍵。

結束了！赤松鬆了一口氣，彷彿在感謝上天。他抬眼看著播送中的螢幕，長坂還在介紹事件的概要，也許是森島指示現場導播盡量拖延時間吧。距離長坂面對鏡頭說出「接著就請收看本週的『事件檢證』」，應該還有一分鐘左右。

將剪接好的帶子倒帶需要十五秒，把帶子送到副控室需要三十秒。沒問題，絕對來得及。赤松向瑤子的背影伸出手。快點按下退出鍵，把剪接好的帶子交到我手上吧。

然而，瑤子的手指在倒帶鍵的五公釐上方靜止住。

「怎麼了？」

赤松的背上開始起雞皮疙瘩。在遠處圍觀的剪接師也發現出了問題，紛紛來到後方。

「遠藤小姐，請你快點把那捲帶子倒回去！」

在赤松發出哀號的同時，瑤子突然轉過身來。如瓷器般細白的肌膚上出現點點紅斑，足以證明瑤子的緊張。像橄欖般漆黑的瞳孔中，或許是赤松的心理作用吧，甚至浮現正在享受至高樂趣的笑意。

「你在胡說什麼？」

「還有幾分鐘？」瑤子問臉色發青的新聞部職員。

「還有幾分鐘？」

「哪還有幾分鐘，只剩三十秒了，不，只剩十秒，零秒，沒時間了！」

「三十秒是吧，我知道了。」

瑤子的右半身和左半身再次開始完美的合作。插入採訪帶，讓剪接好的帶子快速前進。

「再讓我剪接一個鏡頭。」

「拜託你不要鬧了！」

圍觀的剪接師中，有一個人勸挺身抗議的赤松：「還是趕快告訴上面比較好喔。」瑤子這種說一不二的個性，大家早就摸透了。

赤松的喉嚨發乾，他將口水嚥下，朝向耳機的麥克風。「呃，她說還有一個鏡頭。請再給我們三十秒。不，一分鐘。最好盡量多一點時間……」

森島傳回來的怒吼聲支離破碎，聽不清在罵什麼。

瑤子以可怕的專注眼神盯著畫面快速前進，一邊說：

「我想把夫人邀情夫進入家中的畫面，跟工讀生的證詞剪接在一起。」

「哪有那種畫面！」赤松忍不住高聲驚叫。

「當然有。」

「在哪裡？」

瑤子迅速地旋轉操控鈕，準確找出採訪畫面的開頭。丈夫和女兒的屍體解剖完畢，夫人坐著警車回家。那是在工學院任教的副教授以三十年貸款買下的獨棟建築，面積有四十五坪。等在門口的記者一擁而上，夫人對連珠炮似的問題一概拒絕回答，撥開人群進入大門，打開玄關的門，反手關上，消失在屋內。

瑤子在這裡停住畫面，旋轉操控鈕倒帶，改為四倍的慢動作。倒轉的影像中，映現出門打開、夫人的手露出來的畫面。夫人手上戴的雖然不是金飾而是珍珠，但看起來的確像是正要開門迎客。

「你要做什麼？」

赤松打從心底冒出寒意。就算是才來新聞部三年的菜鳥，也知道這個舉動意味著什麼。站在後面的剪接師發現不對勁，又紛紛站遠，避免去看不該看的東西。

瑤子從剪接好的帶子中找出要插入畫面的位置。是那個工讀生正在接受採訪，說「在屋內的家人好像蓄意避人耳目似的，讓一名東南亞裔的人進入屋內」的部分，找到後，她按下錄影鍵，把採訪帶像剛才一樣倒回去剪接。在畫面中，正如工讀生形容的，夫人正在為某人打開玄關的門。令人不舒服的慢動作鏡頭，使夫人透出一股好似娼妓誘人進入魔窟的妖氣。

「你是玩真的嗎？」

赤松詢問時，瑤子已經結束工作，正在將剪接好的帶子倒帶。

終於完成了。

瑤子從椅子上站起來，宛如等待接棒的接力賽跑者一般，全身肌肉已開始準備衝刺。耐吉球鞋正在原地踏步。看來她打算親自送去副控室。

她抬眼看著播送中的螢幕。長坂一邊列舉事件的疑點，一邊頻頻注意現場導播。八成是導播舉起了「請拖延三十秒」的牌子。長坂抽動太陽穴附近的肌肉，浮現「我可不管了」的表情。這段說明結束後，他大概會對著鏡頭說出「各位請看」吧。要是沒有影像出現，他八成會倚在椅子上說：「那我們就這麼等畫面出現吧。」他就是那種毫不在乎開天窗的主播，但這種悠然的態度，事後可會讓工作人員吃不了兜著走。

倒帶完畢。

瑤子迅速退出帶子，把溫熱的工作用放映帶拿在手裡。赤松伸出手，說「讓我送去」，瑤子卻拂開他的手，開始奔跑。圍觀的剪接師連忙讓出一條通路。在全體目送下，瑤子衝出機器堡壘，奔向走廊。赤松回過神來，打算追上去，可是接力棒既然不在手上，他已經不必急著趕去。

電梯門正好在這時打開，瑤子卻看也不看地奔向樓梯。在節目即將播出前拿著ＶＴＲ的工作人員，絕不可以搭電梯，因為萬一電梯故障，節目就會開天窗。

她左手將帶子抱在胸前，右手大幅揮動著向上衝，由於衝得太猛，肩膀撞上轉角處的牆壁。她敏捷地轉換方向，繼續向上衝。在地下一樓的赤松，用對講機喊著：「遠藤小姐現在過去了！」長坂也差不多該將事件說明完畢了，希望他能再拖延一點時間。

從地下室來到一樓的瑤子，千鈞一髮之際避開了迎面而來的麵店外送員。

到達二樓了。瑤子的腳程絲毫不減。她兩階併做一步向上跑，缺乏運動的心臟開始劇烈鼓動。在通往三樓的轉角處，她絆了一跤，向前仆倒。慌亂中，她忙著保護懷裡的帶子，額頭撞到地面，眼冒金星，差點昏倒，兩腳卻重新開始移動。只要再爬十級階梯，就是副控室所在的三樓了。

到達三樓後，她沿著走廊直線奔跑。那一頭的隔音門打開了，老鳥播帶員伸出手，上司喊著「快一點」。他以為他是接力賽中的最後一棒嗎？瑤子衝過走廊，順勢推開播帶員，衝入副控室。她要親手將帶子放入放映機。

衝入室內後，森島在光線織成的牢籠中以僵硬的表情迎接瑤子。放映中的螢幕上，長坂含著笑意說：「VTR應該已經準備好了吧？據說是剛出爐、熱騰騰的帶子。」他盡量多拖延了一、兩秒，讓帶子放入。

瑤子直接奔向副控室的角落，將帶子塞人第五層的放映機中。插入口打開，將帶子吸入，傳出磁頭捲帶的聲音。在瑤子裝填的同時，控制桌前的技術指導按下了開關。

瑤子靠著牆，平息呼吸，抬眼看著螢幕。

「準備好了是吧？好，請看本週的『事件檢證』。世田谷區副教授父女慘死事件，令人驚異的新發現。」

沒有影像出現。長坂面不改色地盯著沒有影像的畫面，技術指導不斷按著按鍵。這時一秒鐘好像有一分鐘之久。

畫面中的長坂，露出「還沒出來嗎？」的表情後，放鬆全身靠在椅背上。只要他的嘴裡說出一句嘲諷的話，在節目播出後的檢討會上，森島就會成為眾人攻擊的目標。

畫面突然變暗。

在一片漆黑中，漸漸凝重地浮現國寶級書法家所寫的四個大字。

「事件檢證」

那是帶子接上電波的一瞬間。

可以聽見副控室的人同時喘了一口氣。森島肥厚的臉上冒著大粒汗珠，回頭對瑤子說：

「你還是老樣子，喜歡讓人提心吊膽。」

總有一天我要殺了你。雖然笑臉背後藏不住這種恨意，但他還是對瑤子表達了最低限度的慰勞之意。

瑤子從背靠著的牆壁滑坐到牆邊的沙發上。這裡雖然不是瑤子應該待的地方，不過從戰場歸來的士兵就算休息一下，也不會有人抱怨吧。

「辛苦你了。」

旁邊遞過來紙杯裝的咖啡，瑤子這才發現節目的專任副理倉科在這裡。

以他的年紀來說算是相當濃密的頭髮，整齊地梳在腦後。金屬鏡框後的眼睛，永遠含著潤澤注視對方。森島和赤松都說這是一雙看不透在想什麼的眼睛。雖然是裝扮洗練的四十八歲男人，卻也是多少帶著憔悴感的管理階級。

倉科重新面向放映中的螢幕。這是播出前才剛完成的帶子，沒有經過主管審核。倉科不敢大意地盯著畫面，生怕那裡會迸出什麼怪物。

採訪帶經由倒帶和四倍慢鏡頭加工，瑤子絲毫不擔心會被看出她動的手腳。

實際上並不存在的影像。那又怎麼樣？電視播出的真實本來就算不得什麼。瑤子是明知故犯。

呼吸穩定後，她喝了一口咖啡。螢幕上出現副教授家的簡圖，用紅線標明了兩具屍體的位置和凶手侵入的路線。

瑤子回想起在樓梯轉角處撞到額頭的痛楚。她用手指輕觸，皺起了眉頭。她也想起，這並不是額頭第一次出現淤青。

分手的丈夫說，這是他第一次打女人。那是八年前的事了。幼小的兒子躲在碗櫃旁，凌厲的眼神不是瞪著打人的父親，而是挨打的母親。不堪回首的記憶和額頭的痛楚一起復甦。

四月第一週播出的「Nine to Ten」「事件檢證」單元，不只在每分鐘的收視率調查創下新高，也將今年以來的平均收視率提升了三個百分點。

在介紹單元的時候，長坂雖然說有「令人驚異的新發現」，但他並不知道剛完成的帶子內容，那只是他對於被迫拖延時間、苦苦等待剪接完畢這件事所發出的諷刺而已。

然而，帶子裡的確有長坂預告的驚人影像，讓觀眾在畫面前目不轉睛地看了五分鐘。

那個單元一播完，副教授夫人便打電話來台裡抗議。轉到副控室的電話是倉科接聽的。抗議的主旨是傳播界常提到的「偏向報導」。夫人氣急敗壞地說，在這一、兩天就要找律師提出毀謗名譽的控訴。節目播出的第二天，各家報紙都詳細記載了夫人控告首都電視台的消息。這八成是夫人自己透露的。

「電視是一種視覺媒體，由於極端害怕冷場，遂如連珠炮般不斷發出聲音和影像，這其中會產生三種危險……」某評論家以這次的報導被害事件為例加以論述。

「一種是『重視現在』的危險。雖然『現在』應該有無數種報導角度，電視卻容易流於只描述表相。第二種是『重視影像』的危險。由於要求臨場感，電視會偏重畫面。第三種危險是『重視感性』。電視為了迎合大眾的感性，削弱了創作者的主體性。

「『Nine to Ten』恐怕只是適當地切取『現在』，累積煽情的『影像』，再以『感性』的邏輯推演，創造出大眾想看的結論吧。」

這就是該篇文章的概要。

夫人雇用殺手先來家裡探勘，將定存解約當作酬勞，請殺手殺死丈夫和女兒……隱含這種意味的報導，被許多有識者批評為「漠視人權的獵殺女巫式報導」，在台裡也出現「未免做得太過火了吧」的批判。森島等人平日就不滿瑤子的獨斷獨行，這次總算逮到機會，向新聞部經理要求處分瑤子。

身為單元執行製作，赤松被叫去說明原委，但並未說出副教授夫人開門的畫面是利用倒帶捏造的。就連看到節目的夫人，似乎也沒發現那是利用剪接偽造出來的畫面。對於這件事，赤松守口如瓶，選擇成為瑤子的共犯。

電視台的高層主管已經做好心理準備，等待夫人的律師寄存證信函來。然而，它卻永遠沒有投遞出來。

節目播出兩天後，事件出現了意想不到的發展。

遇害副教授的弟弟和親戚早就覺得夫人有問題，看了「事件檢證」後，更加深了懷疑。一家人避開記者，去所澤找待在娘家的夫人，逼問夫人節目播出的內容是否屬實。那晚的爭執演變成暴力衝突，夫人被推落樓梯，受到重傷，需要一個月才能復元。不只這樣，據說連住院期間，心存懷疑的親族都不放過她，不斷威脅夫人「要是不說出真話，到時候可不只這點小傷而已」。

「簡直就像在動私刑嘛。」

赤松聽說這件事後，立刻告訴待在剪接室的瑤子。

原本是善良的老百姓，即使親人慘死也默默將悲傷藏在心底，絕對不至於惡態畢露的人們，受到瑤子剪接的影像煽動，竟然舉止殘忍得彷彿變了一個人。

「有個親戚臉色凝重地帶著水果去探病，然後將水果刀猛插進夫人大腿的石膏上……」

「這麼說，夫人是因為感到生命危險才招供的嗎？」

「好像不只如此。聽說幾天前調查人員到醫院偵訊時，偷偷告訴夫人，謠傳是夫人情夫的那個東南亞裔牛郎，因為非法持有大麻遭到逮捕。由於那個男人因別件案子被捕，夫人開始覺悟到已經無法狡辯，在這當兒又被親戚持刀相向，終於令她緊繃的神經斷了線。」

據說夫人斷掉的頰骨用石膏固定著，一臉悽慘地向調查人員招認「是我拜託某人替我殺掉丈夫和女兒的」。

這件事多少可以說是瑤子剪接的影像，牽動了和事件有關的人，結果找出真凶。

然而，瑤子和赤松並未拍手叫好，認為結果圓滿就代表一切。

「……好險。」

赤松打從心底鬆了一口氣似地低語。

對於「Nine to Ten」報導後第五天，事件便急轉直下、順利解決，帶給赤松的，是心頭大石落地的安心；帶給瑤子的，則是確認人生核心部分的一種愉悅。

她沒讓赤松聽見幾乎忍不住從嘴裡溜出的話。

所以我才無法放棄這份工作啊。

2

在都營住宅區的頂樓，從小套房面西的窗口，射入了淡淡的陽光。

聽說今年的花粉整個四月都瀰漫在東京的空氣中。瑤子在床上慵懶地醒來，看著窗邊盆景的葉子隨風晃動，便反射似地打起噴嚏。

由於晚班的隔天接著上早班，短短三小時的睡眠讓她眼皮乾澀。待會兒她必須起床梳洗，在十點抵達電視台。今晚也得工作到夜間新聞結束為止。

面朝西南、六張榻榻米大的臥室，看不到任何東西可以令人聯想到這是剪接師的住處。既沒有陳列著和電視台數目一樣多的電視螢幕，也沒有最新型的錄放影機，只有一台二十吋的電視和S－VHS錄放影機。

桌上放著將在今年秋天正式引進的數位剪輯設備的專業說明手冊。今後不能再像過去一樣靠剪接機作業，而必須改用電腦。講習會從下個月開始，即使是在這一行被稱為老手的瑤子，也必須跟上時代的潮流。

昨晚穿的衣服依然搭在椅背上。外出穿的裙子和連身洋裝全部收在訂做的衣櫃中，每天只靠T恤和牛仔褲過活。

她把充當睡衣穿的運動服脫下，穿過起居間進入浴室，打開蓮蓬頭放水。從冷水變成熱水需要一段時間。

她穿著內衣檢視冰箱。裡面有火腿。她聞聞味道，雖然已經過了保存期限，不過煎一煎應該勉強還可以吃。想不起來是哪時買的雞蛋，也趁這個機會用掉吧。有冷凍的圓麵包，她決定將火腿炒蛋夾進麵包，再放到烤箱烤一烤。

浴室的玻璃門逐漸漫上水氣。她脫下內衣丟進洗衣機，按下全自動開關後進入浴室。熱水當頭淋下，沖走最後一絲睡意。她拿著肥皂，從生完一個小孩卻還多少保持堅挺的乳房，到毫無贅肉的小腹，仔細地搓出肥皂泡。她注意到浴缸漂著紅色的水垢。這是久未使用的證據。最近天天淋浴，沒有好好泡過澡。

為了解決報導世田谷區副教授父女慘死事件所引發的問題，她不斷被叫去台裡向上面交代原委，被關在會議室裡反覆做同樣的說明，回到家又寫了無數遍的報告。彷彿快要感冒似的，全身的關節疲勞痠痛，連放熱水都嫌累，只想趕快沖個澡上床睡覺。

洗完頭髮，她披上毛巾布做的浴袍，從冰箱拿出小瓶的提神飲料，直接對著嘴喝。連夾火腿蛋的烤麵包也懶得做了。

她站在窗邊，眺望籠罩在晨曦中的住宅區中庭。集合準備一起上學的孩子們正在互相投接橡皮球。淳也的個頭也差不多是那樣吧。

轉頭凝視桌上的相框，兩個月前拍的兒子，正勉強露出一絲笑意站著。纖細的國小四年級學生，尖挺的鼻粱和下顎遺傳自瑤子，彷彿對人性深層特別敏感的眼睛則像他爸爸。

「難道你不疼愛自己懷胎十月生下的孩子嗎？」兒子的眼神，令她想起那時丈夫含淚逼問的憤怒目光。

她重新檢視這種昨晚穿的衣服仍搭在椅背上、聽任綠色蔬菜在冰箱中腐壞的生活。犧牲家庭究竟換來些什麼？

不能說完全沒有。例如掛在牆上的技術者協會獎狀。

去年瑤子在「Nine to Ten」中的剪輯技術獲得肯定。過去在紀錄片部門雖然曾經有剪接師得獎，但是每天像記流水帳般剪貼影像的新聞剪接師，很難成為授獎的對象。

她套上許久未穿的深藍色套裝，塗上厚厚的粉底，抹上鮮紅的唇膏，出席了頒獎典禮。

二十歲從影像專門學校畢業，瑤子便進入學生時代打工的影像剪輯公司。二十三歲和該公司的老闆結婚，二十四歲生子，經過兩年的空白期後離婚，重新回到影像剪輯的世界。

兒子淳也由丈夫撫養。她既沒要贍養費也沒分財產，就協議離婚了。瑤子開始嶄露頭角，正是「Nine to Ten」成為日本代表性的新聞報導節目、廣為人知的時候。當時新聞部採用了很多自由記者來作企畫採訪，也從外面的剪接公司找來有才能的剪接師，其中瑤子是最有效率而正確的。後來「事件檢證」單元完全包給瑤子負責，再加上每天的新聞剪接，促使她決定離開公司轉為自由業，成為新聞剪接師中少見的特例，變成首都電視台的特約職員。

企畫案的剪接作業，如果跟執行製作的感覺不合，瑤子就放棄討論，自己從檔案庫中收集資料。像赤松這種只在大學裡學過一點皮毛的新聞部職員，就算剪接時在旁提出意見，瑤子也只當作耳邊風。

於是剪接作業變成憑瑤子的感覺來支配，在播出前五分鐘又重新剪接的事，一年也會出現個兩、三次。

瑤子的確有才華。迅速、正確、能夠使觀眾目不轉睛的大膽剪接手法，不論哪一樣，在首都電視台內都無人能出其右。

以刺激開始，以緊張貫穿全篇，在結束時留下餘韻。這就是瑤子剪接的特色。

瑤子的出色表現，當然有人看不順眼，尤其是那些學歷遠比瑤子高、以身為新聞部職員自豪的導播。森島就是其中之一。

即便如此，由於個別收視率的曲線，一到「事件檢證」的時段就畫出上升的弧形，以瑤子的技術與感覺所剪接出的影像，對觀眾來說簡直就像麻藥、興奮劑、春藥，所以新聞部仍和瑤子續了約。

喝完提神飲料，穿上新的內衣，套上剛洗好的牛仔褲，瑤子從信箱中抽出早報，翻開社會版。上面刊載了副教授夫人的自白，說是為了丈夫的財產而犯案。在這篇署名報導中，以略帶挖苦的文字指出，「Nine to Ten」的調查報導對警方破案極有幫助。

到前天為止，報上的讀者投書欄還一個勁地強調新聞媒體的危險性，現在卻一反前態，說什麼「這次事件的始末，可以說是丟給社會一個警惕，讓大家正視報導節目的功能」，充滿了這類支持「Nine to Ten」報導的意見。

「即便如此，也不能說這次的報導態度就是正確的。媒體應該記取這次教訓，不斷自我警惕，做好解讀時代的工作。」民間電視聯合會會長的這段話，也同時登載在專欄中。

瑤子將報紙折成四折，放進廚房角落敞開袋口的舊報紙收集袋，準備出門上班。這時，電話鈴突然響起。

背對著窗外晴朗的陽光，放在窗邊兼具傳真功能的電話機，看起來彷彿全身都在震動。也許是沖過熱水澡後，五官的每一個細微部位都清醒了，聲音聽起來特別尖銳。

事後瑤子曾經多次回想，一切都是從那天早上的那通電話開始的。

電話響了兩聲後，瑤子拿起話筒。

「喂？」

「請問是遠藤瑤子小姐家嗎？」

電話那頭的男人，以聽來像舞台劇演員般清亮的聲音問道。

「是的。」

「您是在首都電視台工作的遠藤小姐嗎？」

「是的。」

對這個仔細確認身分的人，瑤子不禁提高警覺。她立刻想到，也許是觀眾打來抗議的。

「我在郵政省工作，我姓春名……」

從來沒聽過的名字。

「這是我頭一次打電話給您。事實上，我有一捲錄影帶想請您過目……」

「你怎麼知道我的電話號碼？」她打斷男人的聲音。

「我在郵政省與電視相關的部門工作，可以看到首都電視台新聞部的員工名冊。我知道這樣做很冒昧，但還是鼓起勇氣打電話給您。」

「你說的錄影帶，是類似獨家情報之類的東西嗎？」

有時觀眾會寄來家用攝錄影機拍下的畫面。例如在少棒賽的球場上發生的龍捲風、草地賽馬的落馬鏡頭或是貓咪走鋼索之類的，晚間新聞甚至還有一個單元專門播放這類民眾拍攝的影像。

「我只是負責剪接的人，這種事情請你去找執行製作……」

「我希望遠藤小姐務必過目一下。」

「我當然會看……」

「這捲帶子裡，該怎麼說呢，有些耐人尋味的問題，現階段我只想給我信賴的人看。」

「你這麼說，我很為難……」

「只要今天您能抽出三十分鐘，我會把帶子交給您，說明事情經過。我可以去電視台附近，您能抽空見個面嗎？」

雖然語帶強迫，但似乎不像在胡扯。

「還是請你跟執行製作聯絡好嗎？他姓赤松。」

「拜託您，請您跟我見面。我每週都看『事件檢證』，除了遠藤小姐，我不想把這捲帶子交給任何人。」

「你這樣做讓我很為難……」

「我也很為難，請您一定要幫助我。」

聽起來是那種走投無路的人乞求救援的口吻。

「好吧。」瑤子嘆著氣說道。

即使拒絕，這個男人八成會再打來。在做下週的特集企畫前，最好先把雜事處理掉。

「下午一點，在防衛廳前一家名叫『拉克羅』的咖啡廳碰面，可以嗎？」

「沒問題。我會在桌上放個藍色信封作記號。」

掛掉電話後，天氣已在不知不覺間變陰了，厚重的雲層覆蓋了整個天空。

一個討厭的天氣。

3

經過兩個上下坡，完全不用踩踏板，穿過商店街後，不用十分鐘就可以看到電視台那棟建築物。從雲層間露出的陽光反射到玻璃上，使得街頭光芒閃動，好似首都電視台自上方凌空擊出光拳。

位於港區乃木坂，與防衛廳毗鄰而立的首都電視台，是一棟十五層樓高的建築。幾乎覆蓋整棟建築物的玻璃帷幕，映照出都心的風景，每當夕陽反射時，周圍的街道都呈現異樣的光輝，因此非常出名。

「Metropolitan Broadcasting Center」的招牌上，每個字母都發出閃亮的銀色光輝。

首都電視台的母公司，是發行全國的大報《首都日報》，但它和其他報系所擁有的電視台不同，母公司幾乎毫無影響力。

說話坦率的首都電視台前任董事長，在某次接受採訪，談到電視經營時曾說：「電視台無法成為近代企業的最大原因，就是因為電視台和報紙脣齒相依。用跟報紙拉廣告同樣的方法經營，是日本電視台不幸的開始。」這段話流露出首都電視台不靠母公司支援，卻能急速成長的自負。

報社兼營電視台，花費長時間完成電視的全國聯播網，使報紙原本應該代表社會大眾、以觀眾代言人身分來批判電視的機能被削弱了。

美國在號稱電視全盛期的一九五〇年代後半，恰巧爆發益智節目作假的醜聞，使大眾注意到傳播界整體的墮落。他們嚴厲地自我批判，認為「電視在高度成長下，已失去原有的崇高意識」，並且力圖恢復電視的報導機能，與娛樂機能清楚區分。

另一方面，日本的電視界，在草創期以「成為對抗共產主義的堡壘」為標的，只具備政治信條和電視攝影機就開跑，日後也一直只注重商業性。

除了公共電視之外的民營電視台，聯播台數成了母台的權力象徵，也影響到營業收入。所謂的聯播網，是指有兩家以上的電視台同時播出同一個節目。電視節目的製作，不論何種類型，都需要龐大的經費，地方台如果獨力製作，風險太高，於是接收母台的節目，直接在當地播出。

公共電視的優勢，就是節目能在全國各地播出，民營電視台為了對抗這個優勢，必須盡可能掌握全國的地方台。過去中央電視台和東洋電視台被稱為兩大民營電視台，就是因為他們充分運用先發優勢，在組織聯播網方面領先其他電視台。首都電視台雖然較晚起步，但從八〇年代後期，便因大量掌握了全國的ＵＨＦ（高頻率電波）台，地位急速上升。

過去首都電視台週三晚間九點，是傳統的連續劇時段。撇開收視率不談，曾多次贏得藝術節及民間播映聯盟獎等獎項，甚至在兩年前就預約了大牌編劇家的劇本，誇耀這個節目的水準。然而，輕薄短小的趨勢也影響到連續劇，節目的價值變得完全以數字來衡量。當連續劇的平均收視率降至百分之十二以下時，當時的後製部經理便向董事長提出改革的建議。

根據資料，週三晚間父親在家的比率較高，於是一九八六年起便廢除傳統的連續劇，開始推出新的報導性節目。那就是「Nine to Ten」。

長年從事戰地報導的老資格特派員長坂文雄，被拔擢為節目主播，而和長坂個人特色一致，標榜以游擊戰術作報導的節目，也得到了社會的肯定。

節目的架構是仿照美國CBS的熱門節目「六十分鐘」。採用「雜誌式」的製作方式，將數則不同的話題像雜誌一般組合起來，並且大量採用現場報導以增加臨場感。這點也是完全從原版學來的。

「Nine to Ten」的成功，多少也應歸功於時勢。

節目開播數年內，正好發生菲律賓政變、柏林圍牆倒塌、昭和天皇去世、波斯灣戰爭開打等大事。在這個動盪不安的時代，原來是娛樂媒體的電視，開始被社會肯定為報導媒體。長坂沒有錯過這種時代趨勢，盡量用淺顯易懂的言詞，配合圖表的輔助，解說艱深難懂的新聞內容，讓老人與小孩也能理解。

一般人往往以為電視媒體是在八〇年代後半才開花結果，事實上，這種趨勢在七〇年代便已埋下伏筆。

七二年六月，日本首相佐藤榮作結束了長達七年又七個月的任期。他在臨別記者會上表示：「我討厭報紙，報紙沒有正確傳達我說的話，老是加以曲解。我希望透過電視向大家講話，請報社記者現在離開這裡。」

這番發言在當時引起了極大的爭議。在談判琉球歸還問題時，由於外務省機密洩漏，公文被報紙一字不漏地登了出來，所以首相討厭報紙可說是其來有自。儘管如此，他的發言仍然象徵著電視媒體的地位已經凌駕於報紙之上。

這時，美國開始在新聞及紀錄片的採訪中使用日本製的家用攝錄影機。一九七一年，他們又率先採用小型照相機和錄影帶組合而成的「ＥＮＧ系統」。日本在一九七五年昭和天皇訪美時正式將之引進國內，在不斷改良下，它的輕巧與機動性，使得新聞及連續劇等節目的製作力產生革命性的進步。

經過七〇年代電視媒體的成長期，在動盪的八〇年代，以新型報導節目的姿態稱霸週三晚間九點的「Nine to Ten」，即使如今節目已播出十一年，仍可平均獲得百分之十三到百分之十六的收視率。如果節目時間內發生了劫機事件之類的新聞時，收視率甚至會衝到百分之二十以上。

如果百分之一的收視率可換算為七十萬收視人口，關東地區被選為收視率調查的樣本家庭，大約是從一千五百萬戶中，用統計學隨機抽樣選出的三百戶而已。平均五萬戶取一戶的比率是否能代表全體，有些統計學者表示可以，也有學者主張這種統計毫無意義。

另有資料顯示，這三百個樣本，在以分鐘為單位的收視率中，會產生正負百分之四到五的誤差。要減少誤差，只要增加樣本數就行了，但這牽涉到收視率調查公司的經營成本，一直難以實現。

沒想到就在這個時候，廣告公司以鞭策電視台的姿態引進了「個人收視率」這種東西。配合家庭結構，在收視率測定器加上「爸爸」、「媽媽」、「爺爺」、「小孩」等按鍵，坐在電視機前的人，在開始看節目與看完時按一下按鍵即可。這種方式不是在計算以戶為單位的收視率，而是實際了解哪個年齡層的人正在看節目。

這的確是關心商品客層的廣告主才想得出的點子，不過這種樣本數超過家戶收視率一倍以上的調查方式，使得節目審核變得更加嚴格。一旦這種操縱廣告的個人收視率變成主流，可以預期古裝時代劇將會逐漸消失，迎合年輕人口味的節目則會日益增加。

這麼一來，報導性節目恐怕也將變得更娛樂取向。

個人收視率的引進，以及數位多頻道——現在的電視界正處於這兩股改革的浪潮中。

「Nine to Ten」的幾個單元中，最能提升收視率的就是「事件檢證」。由少數精銳組成的特別採訪小組，追蹤報導當週最熱門的事件，然後濃縮成五分鐘的特集。

節目曾針對陷入膠著的殺人事件展開獨特的推理，被褒獎為「五分鐘推理劇場」；另外，也曾針對工業廢棄物處理場的興建、攻擊政府官員涉嫌貪汙舞弊；或是在別台發生自導自演醜聞後，對首都電視台做自我檢視，為節目塑造出充滿戰鬥性與強硬作風的形象。

這五分鐘的影像剪接，就是遠藤瑤子的戰場。

瑤子將腳踏車停放在電視台內的停車場，鎖好車，一邊從口袋掏出貼有照片的工作證給警衛看，一邊走過他身旁。

平常早班是在上午十點進電視台，剪接十一點半播出的午間新聞。晚班的工作則從傍晚六點的新聞開始，一直要到夜間新聞結束才能下班。隔週休假兩天，一個月頂多休息七天。

沿著樓梯走到地下室，先走進寄物間。平常台裡隨時都有十名剪接師在，其中七成是男性。寄物間旁有一張上下鋪的單人床，用簾幕和寄物間隔開，由於這樣違反消防安全法，所以對外並不承認這是可以留宿的地方。薄薄的棉被看起來像梅乾菜，不知道多久沒晒了，且殘留著有人睡過的痕跡。房間後面有淋浴設備，但女性過夜時很少使用。

瑤子將皮包放進寄物櫃鎖好，一走進剪接部門，便看到赤松早已坐在剪接設備前，望著今天採訪帶的小標題。赤松雖然屬於「Nine to Ten」製作小組，但也被派來跟瑤子搭檔製作午間新聞。

「遠藤小姐早。」

「早。」瑤子在老位子坐下，開始看母帶的標題。

那是某政治團體集資後用途不明的疑案。在現場記者的指示下，攝影師拍下的市谷區風景重現在螢幕的掃瞄線上。

如果凝神細看，電視螢幕是由五百二十五條橫線切割而成。橫線並不是實線，而是由點組成的虛線，這些虛線組合而成的螢幕，很像那種用細線精織而成的圖案。

瑤子一邊旋轉控制鈕，快速瀏覽帶子，一邊將可以使用的畫面記在腦海中。從現場拍回來的影像，第一個觀眾就是像瑤子這樣的影像剪接師。在剪接作業中，頭一次接觸影像時的感覺比什麼都重要。

政治團體募集資金時，一定會以代表該團體的政治家為號召。觀眾在直覺上，應該會想先聽聽那個政治家的解釋。

如果是普通的新聞，通常會按時間順序，先給觀眾看該團體位於市谷的辦公大樓全景，接著是警方執行搜索的畫面，然後是在記者的麥克風包圍下，政治家憤怒無比的表情，但是瑤子卻開門見山地從政治家的怒吼切入。

先從涉案人的辯解開始，再從後面的事件說明中，讓觀眾發現他的辯解有多麼虛偽，以加深觀眾的印象。強調高額利息及保證還本的集資方式，使一對老夫婦上當，將準備養老的存款全數投入。瑤子決定把他們的怒吼聲放在一分半鐘影像的最後一幕。

「這個老太太的臉會打上馬賽克嗎？」

「會。」

「為什麼拍攝時不避開她的臉呢？用馬賽克遮住臉，豈不是會讓觀眾覺得被害人好像也有什麼不可告人的事情？這會影響到證詞的可信度。」

「聽說是拍攝完畢後，她本人才說不可以照出臉。」

瑤子不禁咋舌。但是赤松又不是現場製作，責備他也沒有用。

關鍵的辯解鏡頭出現了。關於集資來的款項中，有一億五千萬被挪作政治活動費與私人用途的傳聞，政治家神情激動地加以否認。

「我要從這段辯解開始，最後的表情會用停格畫面，你在那裡插入短音。」

短音是一種配樂，用短短的音符作段落的區隔，達到結束前段說明的效果。馬賽克處理與配樂之類的瑣碎加工，是在辦公室後方獨立的剪接室進行。

「你看這樣好不好？在政治家說到一半時開始融入音樂，在報導最後，咚一聲來個結束。」赤松誇張地擺出指揮家的姿態說。

「你要放什麼音樂？又是你拿手的《魔鬼終結者第二集》嗎？」

新聞報導也常用電影原聲帶配音，因為電影原聲帶常竭盡所能地發揮戲劇化的亢奮感。

「那種沒水準的配樂，請你去別的地方搞。」

被瑤子無情地否決，赤松只好噘著嘴說：「遵命。」

瑤子討厭背景音樂。那不僅會抹殺影像本身的特色，只要選曲一不小心，便會賦予畫面與事實偏離的意味。比方說，如果將辯解得口沫橫飛的政治家臉部特寫，配上充滿懸疑氣氛的絃樂音效，原本一件單純的詐欺事件，便會顯得人命關天。

「有三個地方要上字幕吧。政治家的名字、團體名稱和往來銀行的名稱。」

「銀行的名稱好像還不能公開。」

赤松在一旁朗讀旁白稿。預設為一分半鐘的影像中，主播要讀的稿子早就寫好了。

「啊，剛才的鏡頭再讓我看一次。」

交互看著小標題與螢幕的赤松，打斷瑤子的作業。

「警方扣押的紙箱底突然破掉……你看，就是這裡，員警手忙腳亂。」

散落滿地的文件似乎要被風吹跑了，便衣警員連忙四處撿拾。

「這個鏡頭跟事件有什麼關係？」

「是沒有，可是你不覺得這個畫面流露出員警的人性嗎？」

「員警的人性和這個事件又有什麼關係？你的意思是，就算跟正題無關，也要用滑稽的鏡頭吸引觀眾是嗎？我懂了，只要有趣就行了，是吧？」

「你不要說得這麼刻薄嘛。」赤松一頭熱勁頓時冷了下來。

瑤子不理會他，將員警手忙腳亂的鏡頭快速略過。

「準備好了吧，我要開始剪接了。」

「麻煩你了。」

瑤子將大略看過一遍的影像逐一挑出，加以剪接。赤松將臉伸向前，以幾乎碰到瑤子臉頰的距離盯著螢幕。才四月天便穿著夏威夷衫、散發出體溫的這個男人，令人有種窒息感。

旁邊的剪接機前，年輕的女剪接師在執行製作的指揮下，正在剪接俗稱「墊檔花絮」的風景區熱鬧景象。春天的滿眼新綠、走在登山道上的一家大小、正在吃飯團的兒童特寫……這是剪接新手一定會接到的工作。

就像一旁的年輕女孩一樣，瑤子也曾經歷過這種把製作人的話句句當作聖旨，一挨罵就眼淚汪汪的時代。

女剪接師幾乎毫無例外會有一段仰慕執行製作的時期，那是因為在深處地下的工作場所中，和製作人像地鼠般擠在一起，比製作人的老婆跟他在一起的時間還要久的緣故。然而到了某個時候，會突然深刻領悟到「這只是工作上的交往」。在吃尾牙等剪接室之外的場合同席時，會發現製作人男性的一面、家庭生活的一面，而產生一種異樣的感覺。當女剪接師發現自己不知道的事情太多時，便會意識到彼此只是每日並肩看著螢幕影像的同事。

「剛才那個手忙腳亂的鏡頭，我覺得很好嘛……」

赤松還在嘟噥。幸好不必對這個男人抱持憧憬又遭到幻滅，瑤子覺得輕鬆多了。

赤松雖然對手下的助理耀武揚威，但對瑤子的態度卻大不相同，不但親自泡咖啡，還常說些「分發到新聞部，在遠藤小姐身邊學習，一直是我的夢想」之類的奉承話。直到最近，瑤子才漸漸明白，赤松說他崇拜自己，似乎並不是在拍馬屁。

那你說說看，我到底有什麼魅力？瑤子有時也想這樣問他，不過這樣相處起來似乎會更有窒息感，所以話到嘴邊，還是嚥了下去。

「我問你，你大學念什麼的？」大致剪接完畢時，瑤子抱著閒聊的心情問道。

「你怎麼問起這個？」

瑤子丟給他「只是隨便問問而已」的表情。

「日本的新聞節目職員，多半是像我這樣通過嚴格的求職競爭，進入電視台以後，才開始學習做新聞的方法。」

彷彿是想預先堵住瑤子的批評，赤松試著替自己的能力有限辯解。

「如果是在報社，地方記者通常要磨練個四年才能調到總社，但電視台的新人教育簡直是速成班。這如果是在美國，可是白熱化的激烈競爭，幸好我是生在日本。」

美國電視聯播網的從業人員，大多是從大學時代便徹底學習新聞傳播，大學畢業後也多半先在地方電視台累積經驗。只要有實力，三十歲出頭便能擠進大都市的電視台。然而，只有少數人能在競爭中脫穎而出，多數的電視台記者，在三十五歲左右便被強制調往地方電視台。由於在大學受過記者基礎教育的人才實在太多，所以電視台可以雇用年輕又廉價的實習記者，然後像衛生紙一樣用過即丟。

好像是在哪裡聽過的新聞專業術語。

「你知道『清除惡意』這句話嗎？」

「美國的大學生，在四年的新聞專業教育中，反覆被教導要清除malice，也就是『惡意』。換句話說，就是要培養能力，去確認記者是否在有意識地惡意中傷，或是在潛意識中讓畫面潛藏惡意。他們從方法論開始，反覆訓練該如何從言詞與影像中清除惡意。」

據說他們常在課程研討會中討論報導倫理的問題，像報導評論中使用的副詞與形容詞，是否含有過度渲染的語句？攝影機是否刻意作某種隱喻？影像剪輯的過程中，是否涉入太多主觀看法等。

「你到底想說什麼？」瑤子沒有停下手邊的作業，向赤松問道。

「不，我沒別的意思。」

「你是不是想說，你在副教授父女慘死事件報導的體驗，若是在美國，人家學生時代早已當作考試題目體驗過了，你卻在現場出其不意地受到衝擊，覺得很窩囊，是不是？」

「好吧，就算是這樣吧。」

「你覺得自己聽命於充滿惡意的女剪接師，非常可恥。」

「我可沒這麼說。」

瑤子和赤松剪接的新聞，在午間新聞的第一個段落就播映完了。

兩人決定在台內的西餐廳吃午餐，順便討論下次「事件檢證」要做的題材。

由於觀眾的強烈要求，兩天前又重播了上次副教授父女慘死事件的影像。這好像是在向世人誇示，「Nine to Ten」的「事件檢證」將事件的全貌預測得多準確。與其挖掘新題材，還不如趁話題熱門的時候重播，既省事又省錢，還能提升收視率，電視台何樂而不為。

瑤子吃八百五十圓的通心麵，赤松點了九百六十圓的漢堡加煎魚套餐。胸前掛著工作證的員工，一群群圍聚在餐桌邊，餐具旁攤著企畫書或進度表等，邊談公事邊匆忙吃著午餐。

「目前還在繼續採訪的，包括那件特種行業經營者失蹤事件和販賣器官的祕密管道。」

「那件販賣器官管道，雖然泰國和馬來西亞分局好像也在大力追蹤，但被對方坑了一大筆錢，得到的卻都是沒用的消息。」

「的確，如果不再追蹤個半年，好像很難查到問題核心……就做特種行業的案子吧。」

「上面的人怎麼說？」

「我跟他們商量該怎麼辦，結果他們反過來問我你有什麼意見。」

企畫案是由製作人開會決定，瑤子只是剪接師，無權出席，然而瑤子的判斷往往會成為決定的依據，只要她說：「有這捲採訪帶，就能做出有意思的單元。」事情多半就搞定了。

在經理及森島等人出席的會議上，赤松以瑤子的代言人身分出席，極力主張「遠藤小姐說這個題材可行」，在森島的虎視眈眈下爭取到企畫……這已經是每次開會的固定模式。

涉及金錢與黑道糾紛的特種行業經營者失蹤事件，現在警方正以殺人事件進行調查。等到五天後節目播出時，極有可能已經發現屍體，嫌犯也已自白，用不著節目來追蹤、探討，就已經結案了。如果節目單位自行檢證的結果和警方的報告一致，大家也許會說「Nine to Ten」很有先見之明；如果猜錯，那就糗大了。

所以，「事件檢證」選取企畫題材的基準是：事件的全貌曖昧不明、可以從各種角度探討，以及還有幾天可以在街頭巷尾成為茶餘飯後的話題。

「那個自導自演的綁票案，資料收集得差不多了……」

十七歲少女遭到綁架的案子，目前由警方公開偵查中。然而將嫌犯打來的電話做過聲紋分析後，警方懷疑嫌犯是少女的同學。現在不只那個同學，連平安獲釋的少女，也在接受警方的偵訊。

「那只是染髮穿鬆垮襪子的女高中生，為了弄點錢去玩樂，故意欺騙父母的把戲。」

不管提出什麼建議，瑤子似乎都不滿意，於是赤松故意裝作突然想起來似地說：

「啊，對了，上次我在資料庫看到遠藤小姐的成名作喔。」

「你是指什麼？」

「丸池富三郎。」

「啊……」瑤子草草用叉子捲起通心麵塞入口中。

那是五年前執政黨祕書長猝死時所做的特別報導。

大牌政治家去世時，新聞節目一定會播出類似「生涯回顧」的追悼特集。一旦傳來病危的消息，便會緊急收集過去的資料帶，進行剪輯作業，然而當時只傳出丸池痛風的老毛病惡化，根本沒想到他會因心臟病猝死。

消息傳入時已是傍晚五點半，要趕上六點新聞的頭條只剩三十分鐘，必須與時間競賽。要將丸池的一生用兩分三十秒的影像串聯，通常只會將死者的政績加以剪接回顧。

初次當選眾議員，三呼萬歲，替不倒翁開光點睛，妻子兒女，居家的丸池……在這些黑白影像串聯的光榮時代之後，接下來是他成為內閣中樞與冤獄事件的主角；痛風惡化時，他坐著輪椅去眾議院，在在野黨議員的嚴厲追問下，他口乾舌燥，不斷將手伸向茶杯……這些他晚年的影像。

然而，瑤子要的不是羅列他的一生，而是能將丸池的本質，將他那種在不斷打擊下仍然成功凝聚執政黨向心力的本質，用一句話表現出的影像。

「在瀕臨低於半數危機的總選舉時，他與在野黨協調，制衡了權力分配……」伴隨這樣的旁白，瑤子試著在丸池與在野黨代表舉行會談的畫面中，插入他繫著黑帶表演柔道的新聞資料畫面。

瑤子想起過去曾經看過丸池回到故鄉拉票時，在當地的中學和孩子們玩柔道的新聞。她連忙奔去資料庫尋找，在播出前兩分鐘完成剪輯。

含笑與在野黨代表握手的畫面，頗富深意地交疊著他用過肩摔將對手壓制的畫面。

「在周刊上也大受好評噢，被評為可以看出剪輯者風格的新聞畫面。」

赤松好像是在大學時代看到的。

「那只是無聊的剪接。」

「在猝死的新聞中，很難表現出那種幽默感呢。」

當時的執行製作森島，在節目播出後，被思想保守的新聞部經理嚴重警告了一番。森島本來打算把瑤子叫來好好罵一頓，但不久瑤子的剪接技術就被報上的專欄誇獎，使他無法再對瑤子發脾氣。或許瑤子與森島不和，就是那個時候播下的種。

「我認為，日本的新聞節目，就是從遠藤小姐的剪接技術，不只圈內人，就連一般觀眾也覺得不一樣的時候，開始脫胎換骨的。」

「這麼露骨的奉承話，虧你也說得出口。」瑤子覺得很不好意思，不禁失笑出聲。

「我是真的這麼想。」沒想到會被取笑，赤松連忙辯解。

「脫什麼胎、換什麼骨？你看過最近公共電視的新聞嗎？」

「沒有。」

「採訪影像中的聲音幾乎完全被消音了。現場的聲音和訪談的內容都消失得一乾二淨，只用主播和記者的評論來說明事件的背景和事情的經過。」

「真的嗎？」

看來赤松忙於自己的工作，根本沒空看別台的新聞。

「你可以看看今晚七點的新聞。總之，那家電視台以為新聞這種東西充其量不過是用嘴巴就能說明的。若加上現場的聲音，不知道觀眾會怎麼解釋，他們大概不放心吧。這就跟官員不敢將情報完全公開的心態一樣。他們根本不相信看新聞的人，簡直是在粉飾太平。」

話題扯到別的地方去，結果下週的特集企畫還是沒有結論，眼看午休時間就要結束了。再這樣下去，搞不好又要冒險趕在播出前及時完成。

瑤子瞄了一眼自己的手錶。和那個姓春名的郵政省官員見面的時間快到了。

關於那個用懇切的語氣打電話來，要求瑤子看錄影帶的郵政省官員，現在還不能告訴赤松。萬一那捲帶子根本不能用，赤松八成會說：「一定是他提到『事件檢證』，刺激了你的虛榮心，你才會答應見他吧。」

各自付了午餐費，瑤子對赤松說「我兩點就回來」，便朝和電視台相反的街道走去。

灰沉沉的天空灑下些許陽光，緩緩地覆蓋了首都電視台大樓的外牆。

4

位於防衛廳前的大路邊，充滿裝飾藝術風格的「拉克羅」咖啡廳，以咖啡一杯八百圓聞名。這個時候人們多半聚集在供應午餐的店內，所以這間正面有裝飾窗、店內鏡子環繞的高級咖啡廳，顯得十分冷清。

瑤子在一點過五分抵達店內，用不著找藍色信封，就知道是那個背對門口坐著的男人。她在牆上的鏡中和那個男人日光交會。男人似乎也一眼認出瑤子，立刻站起來轉過身，以目光示意瑤子坐下。

他的身高大約有一百八十公分，穿著深藍色的西裝，繫著玫瑰圖案的領帶。看不出年紀的平板五官上，彷彿用雕刻刀切割出的細長眼睛，閃著神經質的光芒。用手梳理開的頭髮毫無油光，只要他願意，似乎可以變換成任何髮型。看起來好像是在哪裡修飾過的外表，服裝也像是借來的。有一種人不論穿上什麼都無法表現出自我，這個男人或許就屬於那一類。

「突然把您找出來，真是對不起。」

男人略微欠身說出第一句話。瑤子背對鏡子坐下。男人只要瞄一眼鏡子，即使不回頭也能看清店內的樣子。當他的視線內有東西移動時，他的眼光就飄移不定，充滿戒心。

「我先自我介紹……」

男人取出名片放在桌上，瑤子接過來，看著男人的職稱：

郵政省　放送行政局　電波監理課　副座　春名誠一

瑤子也隨手取出自己的名片。當女服務生點好東西走開後，春名便將放在桌上的藍色信封無聲地遞給瑤子。

「本來應該先讓您仔細看過，再向您說明才對……總之，為了有助您日後採訪，我先盡量說明一下背景，讓您有個了解，再來看帶子。」

「這裡面拍了什麼？」

「簡單一句話，就是內部舉發。」

春名毫不遲疑地說，但似乎仍未放鬆戒心。瑤子打開信封袋看了一眼。是一捲巴掌大小、裝在透明盒子裡的數位錄影帶。

春名用大約剩下一半的冰咖啡潤潤喉，開始準備長篇大論的說明。

「說話快是我向來的毛病，如果有不明白的地方，請您別客氣，立刻打斷我。」說完，他微微笑了一下。

瑤子坐正身子，準備洗耳恭聽。他不找台裡的製作人舉發，卻先拿來給剪接師，想必是因為瑤子以「事件檢證」獲得極高的評價吧。瑤子心中不禁興奮起來。

春名將嘹亮的聲音略微壓低，以只有瑤子聽得見的音量開始說明。

「首先，我要先說明我工作單位的狀況。您也知道，過去被稱為三流政府機關的郵政省，現在隨著多媒體的發展，已經被視為一流半的機關。」

聽起來像是基礎知識的演說。

「最初郵政省叫做遞信省，後來從遞信省中分出運輸省和現在的郵政省。當時，郵政省的工作只限於郵政、簡易保險，還有郵政儲金這三項。它不是政策機關，而是行政機關，在還沒有搬到霞關以前，位於麻布的狸穴，據說當時其他單位的官員還嘲笑郵政省是『狸穴村的三流機關』。郵政省的老幹部，有很多人很懷念遞信省時代的光榮，或許是因為強烈想要重新成為一流機關吧，他們拚命守住既有權利，不停做些小動作，想組織足以對抗運輸省或通產省的業界團體，因而製造了各種問題。最後終於給他們等到機會，打算藉著設立遠距離通信三局，搖身一變成為政策機關。據說當時的事務次長一開始就先通告職員『不准在單位內穿拖鞋』。在郵政省穿拖鞋或涼鞋上班，是從狸穴時代養成的習慣。如果一直保有這種鄉下人的習慣，永遠會被別人看扁，當作三流公務員。這是事務次長提出這項命令背後的原因。」

在他帶著苦笑揭露過去的種種內幕時，女服務生來了。春名閉上嘴，小心翼翼從鏡中看著服務生將檸檬茶放在瑤子面前後離開，才繼續說明。

「所謂遠距離通信三局，就是負責指導監督電氣通信事業的電氣通信局、負責多媒體的通信政策局，還有我任職的放送行政局。放送行政局在這三局中地位最低，然而隨著衛星放送的普及，已一躍而成郵政省內最有前途的單位。」

春名在言談之前，流露出身為十二官廳中第六大機關的一分子的自傲。假設他的年齡是三十七、八歲，推算起來，他進郵政省大概正好是省內開始大改革的時候。所屬機關隨著時代潮流脫胎換骨的樣子，一定讓年輕官員留下了深刻的印象。

「郵政省能夠有今天的地位，主要的力量來源，我想您也知道，就是號稱世界第一、實力雄厚的郵政儲金……」

最早注意到郵政省利權的，是田中角榮。他利用全國特定郵局的局長，替自民黨鞏固票源。說到地方名流，除了村鎮長和議員，接下來是小學校長，然後便是郵局局長了。深入日本各個角落的郵局，擁有在都市難以想像的巨大力量。把郵政儲金拿來做金融投資，活用這筆資金強化自己的派系，可說是田中角榮眼光獨到之處。接收這個利權好處的，是後來的田中人脈，丸池富三郎也是其中一人。瑤子在剪輯丸池的追悼特集時，從影像中得知在參眾兩院中，有超過三百人被稱為「郵政派議員」。

「以郵政儲金的財力為後盾，趁著日本電信電話公社（原日本國營電信局）的民營化，郵政省開始逐步成長。然後，便進入了多媒體時代，原本資訊產業隸屬通產省的勢力範圍，但為了爭奪龐大的利益，霞關各部會之間自然就掀起了戰爭……」

在強力的運作下，郵政省的氣勢日益升高。郵政省的人自信十足地說，通產省的功能將完全廢止，今後多媒體相關產業的政策應由郵政省一手包辦。對此，通產省只是冷笑回道：「說是這麼說，可是那些人畢竟是送信的嘛。」

「照我看來，雙方人馬都沒有冷靜地試圖解析問題的本質。有人說，多媒體是世紀末降臨日本的救世主，也有人說它是威脅業者的惡魔。就拿衛星放送來說吧，當地上還在為收視率爭得灰頭土臉的時候，電波卻已從天而降，讓大家目瞪口呆……」

瑤子不禁點頭表示同意。迎接數位多頻道的時代，忙於地上波放送的收視率競爭的傳播媒體，終於發現一個事實，那就是今後收視率必須由上百個頻道來瓜分。

「從地上戰變成以BS（放送衛星），CS（通信衛星）為中心的宇宙戰，到二〇一〇年時，日本與美國之間、東京與鄉鎮之間，將會埋設無數光纖電纜，到時還要展開地底戰。多媒體這個妖怪簡直想占領整個日本，然而不只通產和郵政二省在為此較勁，連郵政省內部也在為爭奪勢力範圍而角力。

「如果將遠距離通信三局加以劃分，通信是由通信政策局和電氣通信局負責，電子媒體是由放送行政局掌管。就兩者的關係來說，當然是通信占上風。因為通信是將資訊傳達給不在場的人，就這層意義來說，放送便包含在通信之中。若從人事方面來看，有人從通信政策局升為事務次長，可是放送行政局從沒有這樣的例子。

「此外，放送行政局主導的文圖訊息網路系統和文字放送也陷於停滯狀態。可稱為國策公司的JSB[1]營運不振，高畫質傳真的受挫，再加上涉及報導倫理的電視台醜聞等等，最近放送行政局可說是壞消息連連，雖然看起來像是時代的寵兒，實際狀況卻相當不樂觀。

「在這樣的狀態下，融合通信與電視放送的多媒體，也只不過是個口號。身為政府官員，如果不時時喊口號，預算就不能獲得通過，也不能獲得肯定嘛。喊口號是無所謂，但不能老是忽略民眾的需要。比方說，由於預期將來臥病在床的老人會增加，所以擬定了計畫，打算以新的雙向服務系統來提供遠距離醫療服務。你可以問問有臥病老人的家庭，是否想要能連上網的電腦，他們一定會回答，我們不需要那種玩意，只希望增加看護的人手。」

他很實際地說出官僚只重視硬體設備的謬誤。

彷彿是為了抑制自己的快嘴多舌，春名在這裡停下來喝了一口水。當他痛批忽視人民真正需求的政府施政時，略微流露出他好打抱不平的一面。瑤子可以感受到這個打算舉發內部不法的男人的本性，對他的印象並不壞。

「總之，擁有超過三十萬名公務員的郵政省，如果這樣放任不管，一定會日益坐大，對日本的政治、經濟和文化產生莫大的影響。對民眾來說，郵政省是和他們最接近的公家機

---

1 Japan Satellite Broadcasting Co. 總部設於東京的民營衛星放送局。

關，因為要寄信件和明信片，多少會和郵政局有來往。郵局還有利息頗高的郵政儲金、方便的簡易保險和安全確實的匯票或現金袋……『郵局』這兩個字，充滿絕對的信賴感，我們只要抓住這一點加以利用就可以了。」

他的脣邊浮現自嘲之色，旋即又抿緊了嘴。

「這件事一旦公開，我可以預期會引起多大的騷動。不過，在這種職員踩著拖鞋走來走去的平民化機關，即使出現批判郵政省的報導，他們也只會驚惶失措，頂多去找郵政派議員大事化小、小事化無。如果換成大藏或外務省的官員，一定會找上做這種批判報導的媒體要求道歉吧。我們就是沒有這種氣概。」

難道他是想告訴瑤子，她可以安心播出這捲檢舉錄影帶嗎？

「這裡面到底拍了什麼？」

瑤子已經受不了他滔滔不絕的說明了。

春名略微坐直身子。看來，終於要進入正題了。

「上個月，有個具律師身分的市民團體幹部，從事務所的大樓跳樓自殺。這個事件，您應該知道吧？」

如果是那件俗稱「市民團體幹部墜樓事件」的案子，瑤子當然知道。她還曾和赤松討論過，是否應該選為「事件檢證」的題材。就在他們開始收集相關影像時，正好發生副教授父女遇害的慘案，結果就把採訪重點放在那邊，錯過了報導這個事件的機會。

「我記得那個市民團體的名稱，好像叫『草根運動會』吧。」

「是的，凡是檢舉地方行政貪汙的報導，一定會提到這個團體。我想您也知道，地方電視台多半只負責播出母台的節目，而且由於和當地的行政機構關係密切，自然不會猛力抨擊地方政府。所以，據說像『草根運動會』這種團體，在地方上的勢力比媒體還強。」

「那個律師叫……」瑤子試著回想。

「吉村輝生。他以前參加過左派運動，是團體幹部中著名的急先鋒。」

三月二十日晚間九點左右，吉村律師從位於文京區白山一棟七層樓的大樓樓頂摔落地面，不治死亡。

根據家人的說法，吉村律師沒有任何嚴重到必須尋死的煩惱，墜落現場也有一些疑點，所以警方從自殺、他殺兩方面著手調查。

根據警方的報告，負責解剖的法醫說：「遺體右半邊的內臟受到嚴重損傷，所以吉村先生應該是右背先落地。」此點令人懷疑被害人是被人抱住、橫向推落的。從落下地點看來，死者的確是以橫向畫出弧形摔落。

此外，「草根運動會」也將吉村律師臨死前打的電話錄音及其分析交給調查當局。在事發前三十分鐘，吉村律師曾打電話給該團體的幹部。當時那個幹部正用電話採訪某經濟學家，並將訪談內容以電話內藏的錄音帶錄了下來。就在那時，吉村律師的電話插撥進來。

同事幹部：「喂？哪位？」

吉村律師：「我是吉村。」

同事幹部：「對不起，我正在講電話，我待會打給你。」

吉村律師：「我等你的電話。我會暫時待在事務所。」

談話內容就只有這樣。「草根運動會」對吉村律師的自殺持疑，將這捲帶子送去音響研究所，請專家加以分析。

首都電視台的採訪小組也趁這時與該幹部同行，訪問了聲紋鑑定專家。

——根據電話的聲音，您判斷吉村先生處於什麼狀況下？

「我分析過吉村先生平常的聲音，在團體聚會時錄到的聲音，一般周波數最高約為一百七十到一百九十赫茲。然而出事前的電話錄音，卻升高到四百赫茲。周波數超過平常的一倍以上，這顯示他的心裡非常激動亢奮。雖然在電話中聽起來很鎮定，實際上恐怕是處於力持鎮定、卻無法抑制情緒的狀態。」

——如果以過去的事件為例，在什麼狀況下會變成這種聲音？

「跟這個類似的聲紋，大概是韓航飛機遭擊墜落時機長的聲音。機身遭飛彈射中後，在被第二發擊中前，他曾向塔台發出最後的訊息。這個機長平常的聲音是一百二十五赫茲，墜落前的周波數正好是兩倍，兩百五十赫茲。也就是說，處於極度危險的狀態。」

吉村律師恐怕是在事務所遭人挾持，在凶器的脅迫下打電話給同事的吧。該同事在三十分鐘後雖曾打電話過去，但吉村並未接聽，所以當時吉村打電話到底有什麼事，仍是個謎。

春名繼續說明。

「警方還在調查，所以沒有公開。事實上，吉村律師當時沒有跟同事商量，自己私下在調查一件疑案。」

春名的視線移向瑤子身後的鏡子。有兩個穿西裝的客人進來，春名一直盯著他們，直到他們落坐。

「一件疑案？」

「也許吉村律師擔心在調查過程中抖出『草根運動會』的名字，把同事也捲進去吧，所以在沒有掌握確實證據前，他並不打算告訴同事。只有吉村的私人助手，一個在徵信社工作的人，知道這件事。警方好像也是最近才總算掌握到調查的內容。」

瑤子急著想聽下文。春名當然不是在吊胃口，他只是害怕從自己嘴裡說出這件事。

「之前就有一所私立大學，為了取得衛星放送執照，和郵政省在檯面下進行勾結。在日本全國設立附屬高中、建立龐大組織的超級大學永和學園，計畫利用新的放送衛星，將散布全國的學園組織的基礎教育課程，以衛星和電腦終端機來進行。如果是通信衛星也就罷了，下次預定發射的放送衛星，因為電波中繼器有限，除了公益性高的空中大學之外，禁止民間教育機關使用……」

在BS全面普及的現代，如果用CS，一定要再取得一支天線，這樣將會造成學生經濟上的額外負擔，大學方面判斷，董事會絕對不會贊成這個方式。BS和CS的市場占有率是四十比一。想要推動學園放送網計畫，除了利用業已普及的BS機，別無他法。

最重要的是，CS和BS在層次上就不一樣。永和學園希望藉由電視放送這種比通信更高的公共性，一舉在全國打響知名度。

這時幸運之神來造訪了。預定一九九九年發射的放送衛星，根據今年二月的答詢，決定變更為數位式。藉由數位壓縮技術，頻道數比當初的類比式增加許多，即使將頻道分給公共電視、空中大學，還有東京各家民營電視台的母台，都還綽綽有餘。民間企業和教育機構終於也有機會了。

「剩下的就是資金問題。要在BS擁有頻道、發展放送事業，需要龐大的設備投資與維持費。如果是CS放送，六千萬即可擁有電波中繼器，加上器材費、人事費等，一年準備兩億圓左右就夠了。實際上，目前也有大規模的補習班利用CS開設函授課程。然而，如果要利用BS，就要投下和東京各家電視台不相上下的資金，起碼也得花上數十億，所以永和學園便打算買下既有的電視台。」

這個事件在半年前，透過同事剪接的新聞，瑤子也聽說過。

永和學園收購了一家以名古屋、歧阜、三重為據點，中等規模的地方台——中部電視台的股份。雖說只是地方台，但區區一所私立大學，竟然掌控電視台，牴觸了避免媒體集中的原則，使得郵政省對此抱持戒心。這本來可說是日本版的梅鐸事件[2]，但據說永和學園透過某郵政派議員不斷陳情，提供巨額的政治獻金，總算成功購足了中部電視台的股份。

「這下子硬體設備也有了、提供節目的門路也有了，就只剩下掌握BS頻道的問題。於是，校方再次藉助郵政派議員的力量四處奔走，試圖取得放送行政局的認可。郵政派議員找上放送行政局的審議官，拜託他在分配永和學園頻道的案子上通融一下，審議官雖然也想藉著勾結議員以求飛黃騰達，但是對於私立大學企圖買下地方台，取得衛星放送頻道，在全國發展空中大學講座的計畫，還是難免心生排斥，於是加以拒絕。結果，永和學園的職員也不知是否鬼迷心竅，竟然對審議官展開銀彈攻勢。

「這個人實在太不了解郵政省這個機關的特性。郵政省由於三大事業的地盤強大，勞工組織一直盯得很緊，向來是以內務調查嚴格而出名的公家機關。原本預算規模就小，雖說是熱門單位，但各項利權和通產、建設、厚生各省比起來，簡直是九牛一毛。總之，是個極難

---

2 澳洲企業家，曾經企圖收購日本的朝日電視台。

發生貪汙的乾淨衙門。所以，大家都認為以廉潔聞名的審議官不可能收這種錢，這種賄賂只會收到反效果。沒想到，不知是個人理財失敗還是家庭出問題，審議官竟然收下數千萬的賄款，連永和學園的人也吃了一驚。」

看來，將來的仕途，還不如馬上到手的現金令審議官心動。

「為了在金錢交易上力求謹慎，校方和審議官似乎都各自派出負責送錢和收錢的人。這件事被吉村律師察覺了。根據司法界的風評，吉村也不是什麼廉潔的好律師。說不定他打的算盤是，只要掌握一定程度的證據，便用他手上的情報當籌碼，向郵政派議員和永和學園收取好處……」

原來是靠勒索賺錢的流氓律師。

「總之，吉村律師和徵信社的人開始分頭調查。吉村律師調查永和學園負責送錢的人，徵信社的人調查審議官這邊負責收錢的郵政省職員。在這個過程中，吉村律師曾經受傷，經過兩週才復元。他並沒有報警，不過看來永和學園似乎在阻撓他的調查。」

在沒有查出官商勾結的真相以前，即使受到暴力脅迫，他可能也不想報警。

「你的意思是說，」瑤子急於下結論，「吉村律師是被大學那邊的人殺死的？」

「在墜樓事件剛發生時，我直覺上也是這麼想，可是後來看到一些畫面，我覺得就算凶手是另一方的人馬，應該也不足為奇吧……」

春名欲言又止，低頭看著裝有帶子的信封。

春名是想說，不是大學那邊的人，而是郵政省的人殺死吉村律師嗎？

「這捲錄影帶是我拍的。當我聽說吉村律師正在調查永和學園與郵政省勾結的事情時，我也開始採取行動。然而，郵政省內並不只有我一個人在採取行動。我發現有人一直在跟蹤吉村律師。那個人跟我一樣是放送行政局的人。跟吉村律師的行動比起來，我更不放心那個跟蹤吉村律師的同事。這裡面拍的，其實應該說是那個跟蹤者。看來，那個跟蹤吉村律師的同事，八成就是負責向永和學園收取賄賂的中間人。

「他不是政務官，職位是組長，表現並不優異，在局裡是有名的走狗人物。也就是說，吉村律師一直被自己試圖調查的人跟蹤。當我看到吉村律師跳樓自殺的新聞，立刻拿著攝影機趕到現場。在那裡，我看到了……」

他的聲音帶著輕微的戰慄。

「我看到了我那個同事擠在陳屍現場看熱鬧的人群中。事出突然，我拍得不是很清楚，不過總算記錄在這裡了。」

「換句話說，」瑤子專心思考，「那個負責收受賄賂的官員，害怕事情被抖出來，為了保護自己，把試圖查出真相的吉村律師從樓頂推落……」

瑤子直視對方的眼眸深處，春名卻避開她的視線，嘴角流露出如同嚼砂般的苦澀表情。

「這是我所能做的極限。」他將裝著帶子的信封推給瑤子，「我的努力只能到此為止。我不能向上級報告，只能每天在同一個辦公室，看著也許是殺人犯的同事逍遙法外。我也不能報警。我有妻子兒女，我不想變成第二個吉村律師。最後，我只有選擇在匿名的條件下，把這捲帶子託付給你們這些從事媒體工作的人。」

「那我就看看帶子吧。」瑤子決定先看了帶子再說。

「謝謝您。如果您有什麼不明瞭的地方，請打電話到這裡。」

春名將瑤子原先收下的名片拿回來，在背面用筆寫下十個數字。那是行動電話號碼。

「請您不要打到辦公室。這是我唯一的要求。」

「我知道了。」

瑤子將裝有錄影帶的紙袋收進皮包內。

「這下我可以鬆一口氣了。」春名露出卸下肩頭重擔的表情，「那捲錄影帶終於離開我的手上了。」

這個男人最近一定十分苦惱，好像不小心拿到炸彈一般。即使現在交出帶子，鬆了一口氣，心中依然七上八下，難以拭去不安。

「這麼說，你沒有拷貝囉？」

「就只有這麼一捲。」

「我會仔細看的。」

「每次看『事件檢證』單元，都讓我對遠藤小姐高明的剪接技術佩服不已。最了不起的是有決心、有氣魄。您對事件的見解和主張，從影像中流露出來，直打入觀眾的心底。」

「每天都是硬著頭皮趕時間。」瑤子頭一次展開笑顏。

「就是因為遠藤小姐，我才會把這捲帶子交出來。請您一定要查明真相。您根本不需要什麼證據或客觀的事實，觀眾想要的，是您的疑惑、您的推理。也就是說，我們希望碰觸的是您心中萌生的東西。」

春名一邊慚愧於自己的膽小無力，一邊幾乎是熱淚盈眶地讚美瑤子。

瑤子知道自己臉上一定泛起了紅潮。

仔細想想，除了投書和電話，這還是她第一次親耳聽見觀眾的聲音。影像可以改變社會，這絕不是幻想。實際上，有許多例子可以證明，影像的訴求力在世界歷史上具有極大的意義。瑤子自己也認為，在副教授父女慘死事件中，自己剪接的影像多少促成了凶手招供。

然而，觀眾自始至終從未要求瑤子這些媒體工作者「改變社會」，也沒有懷抱任何不實的期待，他們只想要刺激，想要感受「副教授夫人是凶手」這股影像的魄力，感受這股震撼與驚奇，所以才會以收視率這種形式給予瑤子肯定。只要有數字肯定，不管內部如何勾心鬥角，她仍能勉強存活下去。這就是瑤子每天經歷的冒險。

她還不知道這捲帶子裡究竟拍了什麼。

然而，瑤子的十根手指已經渴望在剪接機上躍動，指尖的每一根神經早已開始暖身。

「一切就拜託您了。我等著看節目播出。」

春名取過帳單，先走出了咖啡廳。

站在店前的人行道上，也許是發覺下雨了吧，春名抬頭看著灰暗的天空。看他的表情，似乎是充滿感傷地企盼著躲在雲後的太陽。

看來雨滴似乎只是錯覺，他目不斜視地沒入人潮中。

等帶子剪接好，播出之後，希望能再一次聽到春名的讚賞。為了那些說出「我們希望碰觸的是您心中萌生的東西」，且迫不及待想看節目的觀眾，瑤子希望能有最好的表現。

但是，瑤子後來再也沒聽過春名的聲音，再也沒有見到他。

朝著六本木方向加快腳步離去，顯眼的深藍色西裝上略有折痕——那是她最後一次看到情報提供者的身影。

5

在地下室一隅的剪接室內，瑤子將帶子看了兩遍。六十分鐘長的錄影帶內，總計收錄了二十三分鐘的影像。

連續出現粗粒子的模糊影像，起初令人心中產生一股奇異的騷動，逐漸被莫名的確信所支配。宛如在瑤子的心中，有株邪惡的植物獲得水分灌溉，轉瞬間快速成長一般。

看了兩遍之後，瑤子全身亢奮、難以抑制，將正在播映中心趕晚間新聞的赤松叫到剪接室來。她先把今天早上，一名自稱春名誠一的郵政官員突然打電話約她見面，交給她一捲內部檢舉錄影帶的經過向赤松說明。關於春名所提到郵政省的基礎結構和內部情形，她也盡量回想，告訴赤松。

聽著她逐步說明，赤松附和的聲音越來越短促，他雖然很專心地聆聽，視線卻頻頻飄向桌上的數位錄影帶。就像剛才的瑤子，他的眼神在懇求著：閒話少說，快讓我看帶子吧。

大致說明完後，瑤子說：「把門鎖上。」

赤松立刻跳起來，扭上門鎖。現在瑤子還不想讓任何人看到這捲帶子。她從透明盒中取出帶子插入機器。

只要擠進五個人便會覺得呼吸困難的狹小剪接室，其中一側放滿各種機器，由控制器加以連接。從背面淩亂如冒出蛇一般的電線，該按哪個鍵才能將影像輸入哪台放映機，連台內職員也搞不清楚，所以到處都貼著指示操作順序的便條紙。

一開始的畫面，是在某個鬧區的街角拍攝的。畫面右下角的日期是三月五日。大大的燈籠在陰暗的畫面中，散發著朦朧的紅光。

攝影機偷偷拍下一個男人佇立在全國連鎖的小酒館前的樣子。由於光線不足，只看得出色彩深淺，不過西裝應該是灰色的。身高大概在一百七十公分左右，風兒吹動他前額稀疏的頭髮，但完全看不清臉上的表情。從他的小腹看來，年齡應該在三十七、八歲吧。

男人站在酒館門口的死角處，一根電線杆的後面，叼著不知道是第幾根香菸。可以看到他的腳邊有幾根菸蒂。

「這是用口袋大小的數位攝影機拍的吧。手晃得很厲害。」赤松說出他注意到的事，「不能再靠近一點嗎？讓我看清楚臉嘛……」

彷彿是聽見赤松的這句話，畫面映出了男人的特寫鏡頭。家用攝影機如果焦距拉到十倍以上，由於不是用光學而是用電力放大，物體的輪廓會變得模糊，畫面顆粒也會變粗。尤其在光線不足的地方會更嚴重。

鏡頭逼近到男人的上半身，可惜男人正好將臉轉向酒店門口，所以看不到表情，只能勉強看出臉部線條。

這時畫面出現變化。男人轉身藏在電線杆後面。鏡頭連忙追隨他的動作把焦距拉遠，變成酒館前的遠景畫面。在穿制服的店員目送下，三個男人掀起店門口的門簾走出來。

「最先出來的是吉村律師。跟在他後面，正在將收據放入錢包的，是最後和吉村通電話的同事。還有一個人不知道是誰，一定也是該團體的成員吧。」瑤子加以解說。

三個男人一起走向店前的人行道，躲在角落穿灰西裝的男人，開始以三十公尺的距離尾隨他們。畫面一直保持固定距離，跟在眾人後面。畫面一角掃過該地段的路標。瑤子用遙控器按下暫停。是「本鄉一丁目」。

「本鄉一丁目大概在哪一帶？」

「在後樂園遊樂場那邊。」瑤子攤開道路地圖給赤松看，「就在這一帶。這三個人接下來會走到面對後樂園遊樂場的白山路，然後只有吉村一個人右轉，往白山方向走去。他的事務所在那裡。」

瑤子再度啟動錄放影機。兩個同事做個手勢跟吉村道別，朝水道橋車站走去。灰衣男子仍固執地跟著獨自轉向白山路的吉村。也許是跟蹤者的習慣，他走路時低著頭、弓著背。

畫面急速跳動。場所變了，日期沒有變，所以是同一晚。在某住宅區的一隅，灰衣男子在街燈下極有耐性地仰望著大樓。

「真讓人不舒服……」赤松不禁低語。在這裡，臉部還是沒有照到足夠的光線。

畫面隨著灰衣男子的視線，搖向大樓的頂樓。鏡頭停在七樓亮著燈的屋子。

「吉村律師的事務所就在那棟大樓。」

「就是他跳樓的那棟大樓吧。」

畫面又變了。日期是三月十三日。拍攝的地點還是一樣。七樓的屋子亮著燈。鏡頭從那裡拉下來，停在路邊一輛廂型車上。攝影機是從車後方拍攝，可以看到駕駛座上有個人影。車門突然打開，車內燈光突然亮起。灰衣男子走出車外，躲在車子後面，在路邊小便。大概是監視吉村的時間太長，讓他憋不住了吧。尿完之後，他抖動了一下身體，又回到駕駛座。在這裡還是看不到臉。在暗影幢幢的畫面中，這只不過是另一道影子。

「看來春名只要有時間，就拚命盯著放送行政局同事的可疑行動。他拍到的雖然只有五日和十三日，不過灰衣男子一定每晚都在監視吉村律師。他在等待機會。」

「殺人的機會嗎？」

畫面又變了。同樣的地點，同樣是夜晚，路上卻充滿燈光——警車的紅色閃光。日期是三月二十日。警方拉起了禁止進入的繩索，看熱鬧的人圍了好幾圈。

「這是他死掉之後嗎？」赤松的聲音略帶顫抖。

「遺體被搬走，開始調查現場。注意，接下來畫面會搖向左邊，你要仔細看。」

赤松擺好準備的架勢。攝影機似乎發現了什麼，突然搖向左邊。然而鏡頭中只照出四、五個看熱鬧的人，並沒有捕捉到任何東西。

「你看不出來？」

「啊？看出來什麼？」

瑤子用遙控器倒帶，回到鏡頭向左搖之前的畫面，重新播放一次。她持續按著遙控器的按鍵，一格一格移動畫面。畫面一邊留下殘像一邊向左移。

「你注意看，下一個鏡頭開始的第三個畫面。」

畫面停住了。在圍觀的人群後方，有個滿臉鬍碴的男人，看不見臉部。隱約露出灰色西裝的肩部。第二個畫面，男人側過身，從圍觀人群的後方離去。略弓著背，背景縮成一團。第三個畫面，鏡頭向左橫切，攝影機沒有再繼續跟下去。

「殺人犯回到犯案現場……」赤松低語道。

凶手將吉村推下樓後，藏身於某處，等到警方開始調查作業時，又回到現場。也許是擔心在犯案現場留下什麼線索。聽到吉村律師死訊後，春名趕到現場，在圍觀的人群中發現自己的同事，連忙用他帶著的攝影機拍攝下來。

畫面突然變白了，原來接著是白天的鏡頭。日期是三月二十四日。在寺院內拉起長長的黑白布幔，擠滿了穿黑衣的人。這是吉村律師的喪禮。

春名的攝影機鎖定五個結伴到收禮檯的男人。依體型、裝扮和頭髮厚薄度看來，有兩個應該在五十歲左右，另外三人大約三十歲上下。攝影機移向前方，沒有拍到五個人的臉。

「春名在這裡也小心地偷拍，依此看來，這五個人八成也是郵政省的官員。」

「這些人之中或許就有殺死吉村的凶手……」

三個年輕的官員跟在兩名上司後面，向上香致哀的正堂走去。光看背影，每一個都很像跟蹤吉村的男子。也許是因為在這種場合吧，三人走路時都略微弓著背。

「郵政省的人怎麼會來參加吉村的喪禮？他不是在調查該省和永和學園勾結的事嗎？」

「根據這上面的說法……」

瑤子翻開一本周刊給赤松看，上面有兩頁關於吉村律師墜樓而死的報導。

「吉村似乎老早就和郵政省放送行政局有來往。三年前不是有傳聞，說放送行政局的次長藉參觀國外通信衛星發射狀況的名義，在拉斯維加斯花天酒地嗎？結果因為涉嫌假出差被撤職，當時檢舉那個次長的就是『草根運動會』。現在的次長和被撤職的前任次長，分屬對立的派系。八成就是現任次長將假出差的事告訴吉村律師……」

「是郵政省幹部利用市民團體，整垮敵對派系的人嗎？」

「這篇報導也只是推測而已。總之，吉村在郵政省內部是有一些管道的。所以不管他們心裡怎麼想，還是來參加喪禮了吧。」

「這麼說，這次吉村又利用這個管道進行調查，想要整垮審議官囉？」

吉村也不是什麼廉潔的好律師。春名的這句話再度在耳邊響起。吉村利用門垮次長時建立的人脈接近放送行政局的職員，試圖掌握該局與學園勾結的證據。

春名的攝影機鏡頭轉向掛在本堂的遺照。略胖的臉，似乎個性溫厚，看不出死者曾經參加左派活動，是消費者運動的開路先鋒。

「好，灰衣男子的真面目要出現了。」

喪禮的畫面即將結束，瑤子立刻預告下一個鏡頭。

畫面一轉。也是白天的鏡頭。警方的巡邏車和摩托車停在停車場，還有警局古老的建築物。這是負責偵辦吉村律師案件的小石川分局。日期是三月二十八日。三名男子從正面玄關走出。其中兩人穿著褐色系的雙排釦西服，另一人穿著灰色西裝。

「這是他們為了吉村事件剛接受完警方的偵訊。」

警方從和吉村合作的徵信社人員那兒得知他正在調查放送行政局，所以才傳喚與吉村熟識的郵政官員加以偵訊吧。

三人都一臉疲憊，在警局門口交談了幾句。灰衣男子似乎是上司。兩名穿褐色西服的男子向他行個禮，便快步離開警局。灰衣男子大概是將自用車停在停車場吧，朝著鏡頭方向走過來。看來，春名是在車中拍攝的。

畫面頭一次清楚照出拍攝對象的臉孔。

他頻頻撥弄額前被風吹亂的稀疏頭髮。鬍碴未刮的臉頰看來十分蒼白。他似乎跟瑤子一樣，屬於那種在室內工作的人。眼睛很大，大概因為疲勞的緣故，泛著黑眼圈，目光混濁無神。顴骨的輪廓和出沒在吉村身邊的神祕男子相似。紅潤的嘴唇彷彿舔過血似的，在畫面中特別顯眼。也許是因為走路有點駝背吧，他的身影好似一直揹負著沉重包袱。

男人突然止步。畫面將男人從頭到腳完全攝入。他回頭注視剛才接受偵訊的警局建築物。過了一會兒，又將臉轉向這邊，表情略微出現變化。嘴角彷彿被線拉扯似地歪向一邊。看來似乎是在苦笑著說「真傷腦筋」。

他的笑容並沒有就此結束。

他盯著遠處的某一點，逐漸展露笑顏。不只是從苦難中解放出來的安心，還充滿一種「終於結束了，我的人生再也沒有阻礙」的喜悅，開朗的笑容洋溢著對未來的夢想。

短短兩秒鐘的表情變化，但那種笑容卻令看的人產生一種異樣的感覺。

「他竟然還笑……」

赤松略帶輕蔑地說。那是對於在不該笑的時候發笑的人所產生的厭惡感。

男人走向自己的車子。畫面轉成廣角鏡頭，可以看見停車場全景。騎摩托車的警官催油門的聲音聽起來很刺耳。警局職員蹲在停車場空地上，用油漆在板子上塗寫著。大概是交通安全之類的標語吧。穿著黃色洋裝，正在玩橡皮球的小女孩，探頭看著板子上的字。

男人坐進跟停在吉村事務所前同樣的深藍色廂型車。鏡頭目送車子開遠，一直到再也看不見時，畫面突然變成藍色。

所有的影像到此結束。

在瑤子和赤松之間，充塞著沉思的寂靜。赤松也照自己的想法試著假設。

「這麼說，是這個穿鼠灰色西裝的男人，為了保護郵政省的利益，殺死了吉村律師嗎？」赤松半信半疑地說。

「不是為了郵政省。不管是上班族或公務員，現在的日本社會，已經沒有那種誓死效忠組織、不惜犧牲自我的人了。他殺人的目的，完全是為了保護自己。春名也曾說過，實際上在永和學園和郵政省幹部間負責收受賄款的，可能就是這個灰衣男子。如果吉村律師把官商勾結的事實抖出來，首先面對社會攻擊的，就是這個傢伙。」

瑤子將錄影帶倒回來，按停在男人浮現可疑笑容的地方，讓畫面停格。

「這麼一來，這個傢伙就必須向調查單位出賣他的上司——也就是貪汙案的主角。吉村如果把事情公開，他的前途就毀了，如果吉村不公開，用這個情報向審議官勒索，負責收錢的這個傢伙也會被拉下現在的職位。為了保護自己的生活，我想他恐怕不是奉上司的命令，而是自作主張殺人滅口吧。對他來說，最幸運的是吉村並不是與組織的人合力調查。只要吉村一個人從世上消失，他的人生就可永保安泰……」

「只憑這捲錄影帶就這麼推論，未免太武斷了吧？」

赤松敏感地察覺瑤子未深思便急於下結論的心情。身為單元製作，他必須及時提醒她。

瑤子將垂在臉旁的長髮一股腦攏到後頭，從牛仔褲口袋中取出髮帶，把頭髮紮成馬尾。

「總之，你快去收集吉村律師橫死事件的資料。」

「下次的特集企畫，你要做這個是嗎？」赤松仍有一絲猶豫。

「我明天會開始作業，你先把時間空出來。」

距離節目播出只剩下兩天，瑤子卻並不緊張。她的盤算是，只要趕在播出前及時剪接完畢就行了，這樣反而可以避開森島和專任副理的檢查。

「那我該怎麼跟上面說呢？」

「你只要說我們打算做吉村律師事件就好了。你跟上面說，結尾會依照往例，說『真相仍未大白』。這樣他們就會放心了。」

報導的主題越是牽扯上許多複雜的問題，在結束時越需要適當地留下謎團。這是避免發生麻煩最聰明的作法。

兩人急忙去資料庫收集帶子。從郵政省與永和學園的資料畫面開始，到購併中部電視台的股份、捐給郵政派議員巨額的政治獻金、吉村律師橫死事件的採訪影像，三十分鐘長的資料母帶起碼有二十捲以上。

那天瑤子一直守在剪接機前，用快速送帶的方式看完所有的錄影帶，挑出可以使用的畫面，叫赤松把畫面的號碼記錄下來。

問題是，春名送來的那捲帶子該如何使用？

那天夜裡，當夜間新聞開始播放片尾音樂，瑤子才離開剪接室踏上歸途。

她在商店街停下腳踏車，走進她常去的便利商店，買了盒裝的白飯和速食味噌湯。三十多歲的女人還在半夜買這種東西。最近她連店員的眼光也不在乎了。

燒開水，把飯放進微波爐加熱，切泡菜，用簡單的晚餐填飽轆轆飢腸。

打開電視。比首都電視台晚三十分鐘開始的東洋電視台夜間新聞，正在報導兩個女高中生在澀谷分局的偵訊下，招認綁架案是她們自導自演的。果然不值得當特集企畫的題材。

她用遙控器將別台節目也逐一瀏覽。雖然已將近深夜一點，還是有很多新聞節目。個人收視率的調查顯示，被稱做F1層的二十至三十四歲女性閱聽者，多半養成了在加班或夜遊後，深夜回到家中收看電視的習慣。因此從今年四月起，各台都將新聞移到深夜時段播出。

瑤子關掉電視，將上班穿的T恤和牛仔褲隨手脫下，搭在椅背上，換上當睡衣穿的運動服。今晚她也懶得泡澡了。

熄掉客廳的燈，坐在床上喝著睡前的迷你罐裝啤酒，淳也的照片彷彿淡淡的發光體，在黑暗中浮現出來。

她必須遵守電話中的約定，去運動用品店買份禮物，祝賀淳也升上小學四年級。就買兒童用的棒球手套，上面繡上他的名字吧。他喜歡漢字還是羅馬拼音呢？……

她躺在床上想著，不知不覺間，睡眠不足和醉意交織在一起，睡魔像一張黑網般罩下。

然而，在黑網的一角，盤踞著一隻蜘蛛似的黑影。

是那個灰色輪廓的男子。在小石川分局前開心一笑的男人。為什麼她這麼在意那張笑臉呢？這種異樣的感覺，絕對不只是因為覺得吉村剛死，他不該露出笑容而產生的。

瑤子怎麼也無法將男人的笑容從網中抖落。她從床上坐起身來。

她從皮包裡取出春名送來的數位錄影帶，以及向台裡借的小型放映機。

結果一直到凌晨三點，瑤子都在反覆看著男人從警局出來，到浮現爽朗笑容的鏡頭。

在警局的停車場，那張笑臉正在歌頌這個世界的春天。他叫什麼名字？他在放送行政局擔任什麼職務？他有家庭嗎？就算不是頂尖優秀的官員，應該也是一流大學畢業的吧。

關於那個男人，她知道的實在太少了。不過，這樣反而比較好。她不能以那個男人的存在為樂。人身攻擊並不是她的目的。

就用這個男人的笑容當作武器，試著暗喻政府機關與私立大學勾結的黑幕吧。

政府官僚這種生物，生活在充滿飲食男女之類誘惑的地雷區。他們就像貪婪的細菌，沉淪於落伍、勾結、腐敗的循環中，只要用這個男人的笑容來象徵他們就行了……

6

位於行政大樓十樓的放送行政局，將整層辦公室依各課區隔開來，七名課長坐在窗邊，放眼望去，正好可以看到各自管轄的十五名左右的部下。

週三晚間，衛星媒體業務一課還在加班。這個單位的主要工作，是核發衛星放送的執照與監督指導，在這個數位多頻道時代，可說是最忙碌的單位。

如果說地上有線電視是「綜合雜誌」，那麼衛星放送就是「專業雜誌的集合體」，傳播業者如雨後春筍般陸續加入，十四個人實在應付不了，而且由於新的通信衛星即將發射，整個單位幾乎天天熬夜加班。

可供分配的數位頻道有三十五個，三十八個節目供應商卻一口氣送來了五十五件頻道申請書。在分配頻道的作業中，不只要根據電視法進行內部審查，考量業者的經濟基礎及是否有能力持續播出等問題，電波監理審議會還要對業者與節目提出質詢。不過，政府也預期到單憑此項基準，未獲認可的業者一定會有不滿，所以正在研討將事業資金中個人資金所占比例、節目的調度能力等基準，具體而詳細地擬定出來。

對於想播映外國色情節目的業者，業務一課通知對方，無法將這種節目列入「放送」，必須和電腦網路一樣，列入「通信服務」。業者雖然很想取得認可，但由於觀眾要求的影片越來越香豔火辣，反而更難取得認可。對於這些不斷陳情，希望能在新衛星取得放送權、播映外國成人電影的業者，負責的麻生公彥已經快要受不了了。

如果不用「弱肉強食、適者生存」的態度去對付他們，業者只會沒頭蒼蠅似地亂鬧。仔細回想，八九年修正電視放送法時沒有充分討論，是造成今日混亂局面的主因。那時放送行政局自作主張，將新誕生的CS放送劃入自己的業務範圍，用「委託放送業者」這種混亂的形式放任業者擴大範圍，一窩蜂擁入多頻道事業。

結果連過去被視為非放送性質的聲音與教材，也就是「擬似放送」的東西，都被大量引入放送領域。「放送」與「擬似放送」之間沒有充分界定，完全任由市場加以競爭淘汰。

「咖哩飯加蛋。」

麻生公彥對負責訂餐的部下說道。雖然他想起昨晚也是吃同樣的東西，但還是嘆口氣自言自語道：「唉，無所謂啦。」要叫他選個滑溜容易下嚥的食物，他也只能想到這一樣。

面對桌子，他開始瀏覽業者送來的業務立案書。上面有一長串預定播出的電影片名，全是一些《巨乳維納斯》、《淫蕩小寡婦》之類的玩意，可以預期女性觀眾一定會打電話來抱怨：「身為政府監督機關，怎麼可以允許這種噁心的影片播出？」

背對窗口的座位上，課長須崎苦著一張臉，正在翻閱一疊申請書。

課裡唯一的一台電視中，「Nine to Ten」正在報導今天的新聞。聲音被消去了。螢幕上出現一棟公家機關的大樓，是厚生省所在的五號館。批判厚生省的聲浪仍未歇止。時勢所趨，最近有關衛星放送的新聞也經常登場，所以主要的報導節目開始播出時，為了檢查新聞內容，放送行政局的電視就會打開。

腳邊的公事包中，行動電話響起。

這種時間會打行動電話來的只有一個人。麻生一想到又要扯上半天，不禁嘆口氣，拿起電話離開座位。

彷彿是與麻生不愉快的招呼聲互相呼應，電話那頭響起妻子陰鬱的聲音：「是我。」果然不出所料。

麻生走到走廊。他不想被隨時用獵犬般的眼神注意部下動態的主管須崎聽見。

「這種事你自己判斷就好了嘛。如果快燒到四十度，就叫救護車呀……冰枕放哪裡我怎麼會知道？」

正月時兒子也曾因流行性感冒發燒。那時是麻生用冰枕在旁看護，事後應該也是麻生收拾的，所以妻子叫他回想一下冰枕放在哪裡了。

「我想不出來啦。我根本不記得用過那玩意。我要掛了。我還有工作要做。」

電話那頭開始邊哭邊說，我已經累了。如果現在不在電話中讓她發牢騷，回家以後就得聽她抱怨到天亮。

兒子身體虛弱，動不動就感冒，我的身體也不好，女兒上幼稚園之後變成愛哭鬼，跟她在一起，我簡直要瘋了。我娘家遠，就算拜託他們幫忙，也不可能立刻趕來，你又忙著工作，根本靠不住……這是妻子每次都發的牢騷。

怎麼說我靠不住？我可是在賺錢養活你們耶。麻生很想這樣頂回去，但是一想到會惹來更多的牢騷，還是閉上嘴比較明智。

似乎還得扯很久。他從走廊偷窺辦公室。電視大概開始播出什麼有趣的新聞，課裡的人都聚集在映像管前。有人將電視音量提高。

「本週的『事件檢證』，要報導上個月二十日發生的市民團體幹部墜樓事件……」

隱約可以聽見長坂文雄嚴肅的聲音，麻生不禁有些好奇。那個男人死掉的事件，「Nine to Ten」會用什麼方式去追蹤報導呢？黯然的思緒如烏雲般飄過麻生心頭。

課長須崎也隨著長坂的評論離開位子，加入部下。每當週三加班，一到「Nine to Ten」的「事件檢證」要開始時，自然就會變成休息時間，打工的女職員開始替大家重新泡咖啡。唯有這個節目的這個單元，大家絕不會錯過。

「我不是說過了，可以叫你媽從新潟來幫忙呀。要不要我去跟你媽說？她是你媽，沒必要客氣吧？喂，等一下，你搞清楚，叫我媽從福島來是無所謂啦，可是是你自己說什麼跟她合不來的，所以我才想說那就叫你媽來好了。什麼叫做每次都讓你媽受苦受罪，你這話也太過分了吧。」

類似這樣的內容，今天又足足在電話裡耗了五分鐘，聽妻子一個人發牢騷。麻生在心中暗想，你要是有這種閒工夫，幹嘛不快去替直樹找冰枕？

「總之，我一、兩點會回去，到時我會找出冰枕，墊在直樹頭下，你就安心先睡吧。」

麻生用哄小孩的語氣結束電話。不只是兒子、女兒，這個家簡直像養了三個小孩。

他拎著行動電話回到辦公室。「Nine to Ten」的那個單元剛好結束，電視上開始播廣告。聚集在電視前的職員超過三十人，也有別課的。麻生想，是什麼題材這麼吸引人呢？

吸引眾人注目的不是電視，而是回到辦公室的麻生。所有人都像背後撐著板子似地僵立著，目不轉睛盯著麻生的臉。

「……怎麼回事？」

沒有人回答。須崎課長也在人群中，像作惡夢似地盯著麻生。

我一定做錯了什麼事。麻生本能地領悟到這一點。他的汗毛豎了起來，感到脖子上似乎有小蟲在蠕動。

須崎鏡片後的眼睛閃出冷酷的光芒。他走出部下圍成的圈子，朝麻生走來。

「呃，請問，我做錯了什麼嗎？……」

隨著須崎的逼近，麻生不由得向後退。須崎逼近到呼吸可以吹到麻生臉上的距離。

「有什麼好笑的？」

須崎的聲音彷彿是從黑暗的洞穴深處傳來。

「……啊？」

麻生毫無頭緒，只是感到害怕。他環顧四周，發現同事投來的目光中，帶著跟他一樣的畏怯。大家都在怕我，就像在沼澤看到怪異的爬蟲般厭惡與畏懼。辦公室好似一個輕輕碰觸便會尖叫出聲的世界。

「你到底在笑什麼？」

須崎的怒吼聲幾乎穿透屋子，令麻生全身痙攣。

在計程車券填上金額，簽名遞給司機後，麻生下了車。

位於櫻上水都立高中後的公家宿舍，是三房兩廳的木造平房，屋齡已經超過二十年。關於這棟寒傖的公家宿舍，有這麼一個小故事。大藏省某官員與某公司董事長的千金結婚。女方一直以為事務官屬於高收入的上流階級，結果當她度完蜜月，初次站在公家宿舍門口時，突然放聲大哭。她說宿舍實在太破舊，令她覺得很委屈。做丈夫的花了一個小時說服站在門口的新婚妻子，最後她才終於以絕望的心情，推開了新家的大門。

最近對事務官抱持幻想的女性越來越少了。回家時間太晚、薪水少、宿舍又爛，女性似乎都已熟知這些缺點，所以許多年過四十的事務官依然形單影隻。

廚房的窗簾透出燈光。佳代子還在等丈夫歸來。

已經半夜三點。後來麻生被叫到小房間，接受須崎課長的質問。他並未親眼看到「Nine to Ten」播出的內容，對於一個接一個湧來的問題，只能回答「我不知道」。

「你有沒有跟蹤吉村律師？」

「我不知道這回事。」

「他墜樓之後，你也跑到現場，擠在人群中看警方調查吧？」

「我不知道這回事。」

「你在警局做完偵訊要回家時，笑得很開心吧？」

這個問題他聽了無數次還是不明白。「我也是人，當然有可能在某種狀況下笑出來。可是，這到底有什麼不對呢？」麻生很想這麼說。由於他無法確定自己的笑容是在何種狀況出現在電視上，所以即使須崎質問他「你笑了吧」，他也無從回答。

結果，課長說一切明天再說，放了他一馬。等到明天，事情大概會驚動到次長階層吧。「Nine to Ten」的「事件檢證」就是有這麼強的影響力。一想到問題會傳到事務次長那邊，一股令人癱軟的虛脫感傳遍他全身。

玄關傳來門鎖從裡面打開的聲音。看來佳代子聽見計程車的聲音，知道丈夫回來了。麻生打開門，但並未聽見佳代子說「你回來了」。穿著睡衣、披著外套的佳代子，紅腫著雙眼站在門口。

三十六歲。耳旁已有數根白髮。從前的她是個眼中始終閃耀著陽光，活潑的短大學生。她來替划船隊加油時，在岸上蹦蹦跳跳、歡天喜地的樣子，到現在還深印在麻生腦海裡。

麻生看也不看妻子，脫下鞋子，走過她身邊。這時，背後傳來鉛塊般沉重的聲音。

「你為什麼要笑？」

麻生瞬間感到全身無力。怎麼又是這個問題？

「你為什麼要笑？你下班回來怎麼從來不在孩子面前笑一下呢？」

妻子的聲音聽來似乎正在努力按捺著滿腔怒火。

「直樹的燒退了嗎？」

「你不要轉移話題。」

麻生長長嘆了一口氣，同時跌坐在餐桌旁的椅子上。「……你應該沒看到電視吧。那個單元播出時，你正在跟我講電話嘛。」

「是前田太太打電話來。就在你掛掉電話後。她把內容鉅細靡遺地全告訴我了。」

「那拜託你也告訴我吧。我根本一頭霧水。」

「你自己摸著良心想想看就知道了。在不該笑的地方亂笑的人可是你自己。」

「我好渴。」

他起身去廚房，從冰箱取出罐裝啤酒。一個月前做定期體檢時，發現他的ＧＴＰ值過高，醫生勸他睡前少喝點酒。醫生說，只是為了幫助睡眠而喝的酒，會增加肝臟的負擔。

「人家說，你在電視上看起來簡直就像殺掉那個什麼律師的凶手一樣！」

妻子的聲音尖銳起來。麻生聽得心煩，咕嚕咕嚕喝下半罐左右的啤酒。他注意到桌上的信。是早稻田同學會的聚會通知。他像往年一樣，隨手揉成一團扔進垃圾桶。

「你認識那個律師？」

「認識是認識，不過只跟他吃過兩、三次飯。」

「你為什麼要跟蹤他？」

「我真的沒做那種事！」麻生的聲音也尖銳起來。

「前田太太說，雖然看不清楚那個跟蹤者的臉部，可是跟你很像。」

「家用攝影機拍的影像，上面應該有日期吧。我馬上可以證明那天我在別的地方。」

「這麼說，真的不是你囉？」

「不是我啦。」

「真的嗎？」

「你自己想想看嘛，三月二十日那天，夜間新聞播出吉村律師跳樓自殺的消息。你應該記得吧。」

「那天你很晚才回來。下班之後你去做什麼了？」

麻生並沒有立刻回答。妻子沒有忽略那一瞬間的遲疑。

「你那時在哪裡？」

「我在喝酒。」

「在哪裡喝？」

「在品川台場的酒吧。」

這話有一半是假的。

「就你一個人？」

「是人家約我去的。」

「那你是跟別人在一起囉？那個人可以替你做證吧。」

「結果對方沒有來。」

妻子的眼光要求著更清楚的解釋。

他很想說，約我去酒吧的人那時已經死了，最後還是打消了念頭。這樣只會使妻子更不知所措。

「總而言之，」麻生採取迂迴的方式說明，「總而言之，我夜裡回來，正好你起來，我們不是還一起喝了啤酒嗎？那時的我怎樣？看起來像是剛殺過人嗎？」

佳代子眼也不眨地盯著丈夫。她的眼光仍充滿猜疑，麻生只好像逃命似地站起來，推開通往鄰室的紙門。小學一年級的兒子躺在冰枕上熟睡著。旁邊的被窩裡，上幼稚園的女兒露出肚子睡著，麻生替她理好睡衣。兒子的感冒早晚會傳染給女兒吧。看來妻子又有好一陣子無法安眠了。

他轉身一看，佳代子愣愣坐在餐桌旁，眼睛盯著半空中。

「你在看什麼？」

妻子沒有回答，然而，她並不是在看空氣。她看的是通往寢室的門。門正中央貼著短短的膠帶。那是為了遮住門上的破洞。

那是去年年底的事。或許是因為房子舊了吧，門常常卡住，拚命轉把手也打不開，他忍不住舉起餐桌旁的椅子往門上砸去。正在吃飯的孩子雖然笑著看他這麼做，佳代子卻一臉蒼白，畏懼地注視丈夫突發性的舉動。

到目前為止，麻生從來沒打過妻子和兒女，但對這個屋子，卻極盡破壞之能事。只要浴缸的水流不順暢，他便拚命用臉盆敲擊水龍頭。

信箱裡漏進雨水浸濕郵件時，他硬是將信箱從門柱上扯下來，摔到馬路上。

夜裡天花板發出沙沙沙的聲音，他料想八成是老鼠在上面跑來跑去，便用掃帚柄朝天花板四處亂戳，簡直就像武士持槍刺向躲在天花板的忍者一樣。結果天花板破了好幾個洞，屋頂內霉臭的塵埃都落到寢室裡了。

他自己也不明白，為什麼會有這麼強烈的破壞衝動。發現妻子用畏懼的眼神盯著自己，麻生這才恢復了理性。

麻生的精神壓力也變相地侵蝕著妻子。只要孩子略一發燒，她就手忙腳亂，用神經質的聲音打電話給正在上班的丈夫。

我們夫妻倆從什麼時候變成這樣了？是由總務課調到衛星放送業務課後開始的吧。然而，孩子並未注意到父母感情的變化，總是天真爛漫地高聲說笑，讓他不禁感謝孩子的遲鈍。

當麻生得知佳代子自作主張拿掉第三個孩子時，他頭一次舉起手想要打妻子。看到妻子畏懼得縮成一團，他才發現，他們夫妻的關係已經陷入無法挽回的絕境。靠著僅存的自制，施暴的手總算沒揮出去。妻子剛做完墮胎手術，臉色依然蒼白，彷彿是在朗讀苦心推敲後寫成的文章般，一字一字地說：「我不想再為你生孩子了。」

大學畢業，他一舉考上國家公務員二級測驗，兩人決定在他如願進入郵政省那年結婚。那時麻生深深對佳代子著迷。當時，父親在福島鄉下當郵局局長，面對這個正要步上事務官之路，同時把未來的媳婦帶回來的兒子，難得充滿感性地訓勉了一番，對他說：「你要好好珍惜那個女孩的笑容。」

那個好似盛開向日葵的女孩，卻在十五年後變成一個目光陰沉、老是抿緊雙唇的女人。得知一個小生命被消滅掉後，他不禁苦澀地想起那個令妻子受孕的夜晚。

那天夜裡，麻生看著妻子背向而眠的腰部曲線，忽然模糊地回想起過去兩人纏綿交歡的景象。他扳過妻子的身體貼了上去。到底是什麼跟過去不同了？他想從妻子身體的各個部位逐一加以確認。佳代子毫無反應地任由他擺布。當他與佳代子目光交會時，他看到妻子的眼中，彷彿是主動將自己囚禁在痛苦的牢獄般，流露出某種深沉的絕望。

為了解決自然湧上的性慾，麻生拚命晃動，在妻子體內發洩完畢。佳代子只有在最後一刻發出短促的呻吟，接著立刻起身，開始清洗收拾。

那一夜，床單凌亂的縐痕，就像他們夫妻間的感情一般虛無。

佳代子垂下眼，趴在餐桌上開始啜泣。

「去睡吧。」

佳代子沒有反應。麻生決定陪在她身旁，直到她停止哭泣。

一想到明天在辦公室大概會受到更多精神折磨，他就打從肚裡開始火大。

眼前是牆壁。麻生想像著一腳將它踢破的快感，忍不住想付諸行動。

7

節目播出後三天。

沒有像報導副教授父女慘死事件那麼戲劇化的反應，不過在放送行政局與首都電視台新聞部高層之間，似乎正在進行磋商。瑤子還不知道他們商討的結果。

導播森島和觀眾一樣，當場才看到播出前十分鐘完成的帶子，雖然不禁咋舌道：「遠藤又幹了好事。」但心中卻輕忽地想，應該不會引起上次那種大騷動吧。

被命名為「市民團體幹部墜樓事件」的這則報導，對於街頭巷尾的觀眾來說，已經成為歷史了，應該不會再有太大的反應。

隱約暗示吉村律師之死與官商勾結案有某種關連的旁白，的確含有聳動的意味。從警局走出的郵政省官員，臉部也沒有打上馬賽克。然而，跟遠藤瑤子過去剪輯的特集比起來，還算是手下留情。這是森島看過後的印象。

早已習慣瑤子作風的工作人員，根據這種比較性看法，過於低估了這則報導的影響力。

節目播出後第二週的星期一，首都電視台來了一位不速之客。

那個男人跟隨倉科副理走出電梯，來到新聞部，恰好與瑤子擦身而過。瑤子正從走廊的自動販賣機取出咖啡，打算去播映中心和赤松討論本週的企畫內容，男人從她眼前走過。

男人胸前掛著寫有今天日期的紙片。那是來賓用的通行證。臉部肌肉幾乎全部擠向中央的緊張表情，刺目地映入瑤子的眼簾。她立刻領悟到，他是自己剪輯的那個男人。

目送男人在倉科的引導下進入會議室後，赤松一邊眺望著那個方向，一邊走近瑤子，小聲地說：「好像是來抗議的。」

「是那個男的吧。」

「聽說他不聲不響地就闖來。專任副理和新聞部經理商量後，決定緊急加以處理。」

森島從播映中心晃著大塊頭出來，繼專任副理與麻生之後，正要走進會議室。他和站在這頭的瑤子四目交會。

看吧，你又害人遭殃了。他雖然沒說出口，拋過來的眼神卻充滿明顯的惡意。

首都電視台這邊，坐著新聞部經理有川、專任副理倉科，森島則敬陪末座。交換過名片後，麻生既未談天氣，也沒說客套話，開門見山地進入正題。

「昨晚我總算看到帶子了。」

要是你們不藏起來，我本來可以更早看到的。他的語氣中流露出這樣的譏諷。

節目播出隔天，郵政省便對首都電視台正式提出交出錄影帶的要求。然而首都電視台表示，如果是要他們提出證據，那麼電視台沒有這個義務，輕描淡寫地便拒絕了。首都電視台的這種回應，引起了一些問題。

郵政省拿出他們的看家本領，搬出電視放送法第四條替他們背書。

在郵政省根據「以放送業者播映不實事項為由，因該項放送導致權利受侵害的當事人或有直接關係者，自播出日起三個月內提出請求時……」的條文要求調查後，首都電視台這才將節目帶交給郵政省。

「害我被上司責備，為什麼要在那種地方笑出來。」麻生用剃刀般鋒利的眼神輪流看著三個負責人，「這次的人事異動，聽說我要被調去宇都宮的儲金事務中心。」

這算是被放逐嗎？有川、倉科和森島都不知該如何接話。

「不只如此，我老婆也帶著孩子回娘家去了，因為你們播出那種毫無事實根據的內容，害我又開始接受警方偵訊，工作被打入冷宮，家庭也完蛋了，整個生活一塌糊塗。」

麻生以略為戲劇化的音調說道。聽起來像是在家練習過無數遍才來的。

「您說那是毫無事實根據的內容……」

有川經理依舊保持懇切的態度，不慌不忙地開了口。圓圓的臉上，每一條皺紋都可以活用在笑容上。「我想，麻生先生那時面露笑容應該是不爭的事實吧。我們只不過是忠實地拍攝出來而已……」

「我的確笑了。從偵訊解脫出來，雖然我想忍住，但還是笑了。你知道為什麼嗎？」

麻生盯著有川，要求他回答，彷彿是個執拗的猜謎節目主持人，非等到答案不可。

「我想，應該是從警局解放出來，鬆了一口氣吧……」

有川用含糊的聲音，沒什麼把握地說道。麻生不理有川，接著又看倉科，眼神猶如露出毒牙正要吞食獵物的毒蛇。

「我認為任何人都會發生這種事。」倉科謹慎地挑選字眼說。

「這種事是什麼事？」

「就是突然笑出來。」

「如果是任何人都會露出的笑容，你們為何要特地將它播出來呢？」

「一般人常說不知道政府官員在想什麼，我認為這樣可以讓觀眾了解，其實他們偶爾也會露出充滿人性的笑容。」

「觀眾看了會這麼想嗎？」

倉科也覺得自己的話毫無說服力。他決定閉上嘴，承受暴風雨的侵襲。

「你認為呢？」麻生似乎未抱什麼期待，轉向正縮著身子坐在一旁的森島。

「你是問為什麼會笑嗎？」

「你有什麼看法？」

「這個嘛……大概是因為天氣很好吧。」

麻生哼了兩聲，浮現略帶快活的笑容。森島也跟著笑了。他有自信，憑著自己的幽默可以緩和緊張的氣氛。

「你的意思是說，讓人摸不清想法的官員，也有感謝老天爺的高貴情操嗎？」

森島的笑容無力地消失了。他將頭低下。

「為什麼我會在那裡笑出來，讓我來告訴你們吧。」

麻生傾身向前，擺出凌駕三人的姿態。

「在那個警局的停車場有一個小女孩，年紀跟我兒子差不多。大概是她媽媽因為違反交通規則到警局來，所以她在那裡等媽媽吧。她穿著黃色的衣服，綁著小辮子，正在柏油路上玩皮球。我被員警盤問了三個小時，已經累癱了。前任次長涉嫌假出差時，我曾經跟吉村律師一起吃過幾次飯，也陪次長打過高爾夫的應酬球局，的確看到他與地方上的頻道業者在來往。吉村律師三天兩頭跟我說，『為了整肅風紀，需要你來作證』，搞得我快煩死了。我跟他的關係不過如此，偏偏不知是哪個同事告訴刑警，說我和吉村交情很好，害我被叫去小石川分局。『吉村律師正在調查放送行政局的什麼事？把你知道的一五一十招出來！』警察不斷這樣盤問我，我只能反覆地說『不知道，我什麼也不知道』，三個小時下來，我已經打從心底累了。這時，我看到了那個小女孩的笑容。她像天使一般，對一個憔悴的中年男子微笑。我覺得受到撫慰，也回她一個同樣的笑容。事情就是這麼簡單。並不是殺人犯躲過警方的懷疑，鬆了一口氣的那種笑容。」

「有原始母帶嗎？」眼見麻生的話告一段落，倉科立刻問森島。

「應該有。」

「我們去下面的剪接室看看吧。」

倉科轉向麻生。「我們去確認一下，當時停車場是否真有這樣的女孩，可以嗎？」

「沒問題。那就去確認一下吧。」

「如果您不介意，請跟我們一起去。」

眾人站起來。倉科吩咐森島順便把播出的節目帶準備好，並且找一個操作剪接機的技師來。森島立刻用內線電話指示剪接室，找個人把上週「事件檢證」單元的資料帶拿來。

搭電梯下樓時，四個男人都一語未發。明明只是去地下一樓，心情卻如墜入無底地獄。

穿過地下大廳進入剪接室，一名女剪接師早已在那裡待命。

是瑤子，始作俑者遠藤瑤子。

有川、倉科和森島皆在一瞬間露出意外的表情，但他們板著撲克臉，避免讓麻生察覺有異。倉科與瑤子視線交會時，無言地警告她別多嘴。瑤子微微頷首，以剪接師的身分坐在桌前。男人圍在她身後並排坐下，赤松不知何時也加入，五個男人表情陰沉地面對螢幕。

麻生坐在視野最好的位子。瑤子右肩的後方，便是麻生汗涔涔的臉。大概有點感冒吧，帶著鼻塞的呼吸吹向瑤子的髮梢。

瑤子覺得很不舒服。

「先從播出的節目帶看起好嗎？然後再確認原始資料帶。」

對於倉科的提議，麻生默默點頭。瑤子將貼著「事件檢證　四月第三週」標籤的工作用母帶插入機器。

麻生的體溫似乎更接近了。他正趨身向前，打算看螢幕。男人冒出的熱氣，令瑤子感到肩頭有如火燒。

她按下播送鍵。

黑色的畫面上出現手寫的標題──「事件檢證」。

鏡頭慢慢淡出後，浮現用歌德式字體寫成的副標題：

「市民團體幹部跳樓自殺之謎」

畫面右半部是永和學園位於東京神田的校本部全景，左半部是郵政省所在的辦公大樓，男記者的聲音和畫面一同出現。「在這個電波從天而降的時代，某私立大學為了實現建立全國學習網的野心，正企圖染指衛星放送事業。負責核發業者許可的郵政省放送行政局，過去一直答覆該校，不可能分配衛星頻道給民間企業及教育機關，然而……」

記者並未指明「某私立大學」是永和學園。但當他繼續說明預定發射的放送衛星，隨著數位化的革新，使情勢產生變化，在「某」郵政派議員的居中撮合下，收購「某」地方電視台股份的「某」私立大學，終於等到獲得頻道的機會，伴隨這段說明出現在畫面上的，是大學平和的校園風景。

「私立大學的私下關說與運作，是否形成了非法的官商勾結呢？關於這件疑案，據說之前便與放送行政局關係深厚的市民團體『草根運動會』的幹部吉村律師，已開始單獨採取調查行動……」

畫面上映出吉村律師生前的樣子。那是他召開記者會，檢舉前任次長假出差的鏡頭。

「吉村律師曾向身邊的熟人提及，有人一直在阻撓他的調查行動。在三月二十日晚間九點左右，他從事務所大樓的屋頂摔落致死，留下諸多謎團。」

現場採證的影像出現。吉村陳屍的地面附近，滿是斑斑血跡。

「警方當初宣布是自殺，但屋頂的護欄並沒有吉村律師的指紋，同時屍體是呈拋物線落下，某位前任法醫在接受採訪時表示，吉村律師有可能是在意識模糊下被人抱著推落。」

畫面上接著出現了曾在吉村臨死前和他通過電話的同事的證詞，及聲紋專家的訪談，說明了根據電話中的聲音分析，吉村當時正處於極度緊張的狀態。

「關於這個充滿疑點的事件，警方仍繼續從自殺與他殺兩方面進行調查。就在這樣的某一天……」音樂短促地響起，郵政省大樓的全景經過灰色加工處理後，出現在畫面上。

「我們採訪小組，從一名熟知郵政省內情的人物手中，得到一捲錄影帶。」

聚光燈投射在放在桌上的數位錄影帶。

「在吉村律師死亡的十五天前……」

那是灰衣男子弓著背，跟蹤從酒店走出的吉村的影像。旁白的說明是：「攝影者發現有人日夜監視企圖查明貪汙疑案的吉村律師，於是用攝影機拍下神祕人物跟蹤吉村的情況。」

跟蹤的鏡頭幾乎是一鏡到底。粗糙的畫面漫長地持續著，沒有音樂，只有現場的聲音，攝影者淡淡的腳步聲，聽起來格外有臨場感。

「在吉村律師死亡的七天前也是……」

駕駛廂型車在大樓前出沒的男子，在路邊小便後又回到車裡。

「還有吉村律師剛墜樓身亡後……」

在現場圍觀警方採證的人群中，隱約可見該男子的鏡頭以連續三個停格畫面呈現出來。

「之後，在吉村律師的喪禮會場上……」

送完奠儀朝本堂走去的五名黑衣男子，其中一個背影最像剛才三個鏡頭中的男人。鏡頭詭異地搖向那個背影。

「後來，有數名郵政省的人員，被警方傳喚，接受偵訊。」

畫面突然溢滿光亮。泛白的畫面中，有幾個人在晃動。

是走出小石川分局的麻生與兩名部下。起初過強的光亮遮蓋了三人的臉，但當兩名部下走出畫面，只剩下麻生時，光亮被加以調整，表情變得清楚起來。那一瞬間，麻生站在舞臺上，成為數千萬觀眾的目光焦點。

鏡頭跟著穿灰西裝的麻生移動，最後出現了麻生露出爽朗笑容的瞬間。兩秒的笑容後，麻生的全身鏡頭帶有深意地逐漸淡出。

漆黑的畫面中，朦朧地浮現灰衣男子的輪廓。

那是將灰衣男子站在酒店前監視的全身影像，加工處理而成的速寫式影像。

串場的旁白說：「灰衣男子帶給事件的，只有灰色的結論嗎？我們將繼續追蹤報導。」

帶子播完後，眾人的視線逐漸離開螢幕，在狹小的剪接室中，擠著身子圍在桌邊。

「跟蹤他的人不是我。」麻生搖頭說道，「背影和髮型的確很相似。可是你們可以去調查看看，三月五日那天我加班到半夜。」

「你聽我說，麻生先生……」有川試圖打斷他的話，麻生卻不肯停止。

「三月十三日我感冒了，在家裡休息，你們可以問我太太。二十四日的喪禮我也沒有去。畫面中出現的另外四個人，也跟我的上司和同事似像非像。」

「那二十日那天呢？」倉科抓住空隙問道。最關鍵的死亡當天的不在場證明，麻生跳過未提。這點倉科沒有忽略。

這時原本喋喋不休的麻生突然閉上嘴，彷彿想用嘆氣來含糊帶過，出現兩秒鐘的沉默。全部的人都察覺到異狀，回頭看著麻生。瑤子也轉頭看著突然閉上嘴的男人。

「……二十日晚上，我在品川台場的酒吧。是有人約我去的。」

麻生的語氣突然含糊起來。

「是誰約你的？只要那個人能替你作證，你就可以洗清嫌疑了。」

倉科凝視著麻生失去血色的臉。

「約我去的人，結果沒有出現。」

眾人都在揣測他話中的含意。

「而且那天是假日，酒吧沒有開。我打電話到那傢伙的事務所去也沒人接。我在酒吧前等了一個小時，然後就回家了。所以，那時如果沒有經過的路人記得我，我的不在場證明就無法成立了。」麻生苦澀地說。

「約你去酒吧的人是誰？」

「……是吉村律師。」

有川、森島、赤松和瑤子，都將全副精神集中在倉科與麻生的對答上。

「你是說，他在臨死前叫你去台場，是嗎？」

「是的。」

「吉村律師正在追查永和學園與放送行政局勾結的疑案，其中郵政派議員及地方電視台也牽涉在內，這件事你當然知道吧。」

倉科質疑的是，難道這種人一約你，你就傻呼呼地去見他嗎？

「我不想批評死掉的人，不過那個律師真的很會死纏爛打。」

「結果你去了，吉村卻沒有來。」

「對。」

「而且酒吧也沒開，又沒有人經過，老實的你，就在那無人可以替你作證的地方等了一個小時才回家。然後你從電視新聞得知吉村律師墜樓的消息，大吃一驚。根據推定，他死亡的時間，正是跟你約好見面的時間。」

據聲紋專家表示，吉村律師在臨死前打電話給同事時，似乎是在某人的脅迫下，處於極度緊張的狀態。

「如果真是這樣，也許他打電話給你時也是處於同樣的狀態。」兇手為了嫁禍給麻生，誘騙麻生到不在場證明難以成立的地點，再將吉村從樓頂推落……

「總而言之，」遭到一連串問題攻擊的麻生，似乎決定與全世界為敵，提高了音量，「總而言之，我跟吉村律師的事件毫無關係。你們沒資格用不在場證明來攻擊我。你們以為自己是誰啊？少給我裝模作樣，擺出一副正義使者的嘴臉！」

「你聽我說，麻生先生，」森島堆出滿臉的笑容，「我們播出的節目中，不管是跟蹤律師的人也好，在陳屍現場圍觀人群中的男人也好，或是參加喪禮的男人也好，我們都沒有說那是你吧。」

「你們表現出來的意思就是這樣！」

他憤怒得似乎快要失去理智。瑤子背對著他，邊聽邊默默地再度開始作業。她將機器中的帶子倒回取出，把春名給她的數位錄影帶放進另一台機器中。

「關於您的畫面，只有您從警局出來走了幾步後，浮現兩秒鐘笑容的樣子。」森島祈禱自己說的話會有鎮靜效果。「你聽我說，麻生先生，請你冷靜地回想一下播出的內容。關於那個偷拍影像的資訊提供者，我們只說是『熟知郵政省內情的人』，可沒說他是『郵政省內部的人』。所以，關於那個穿灰色西裝的人，我們應該也沒強調他是情報提供者『在郵政省的同事』。換言之，他是個身分不明的神祕人物。他在吉村律師身邊出沒的影像，和最後出現的你的畫面，沒有任何關連。」

「真虧你說得出這種話。」麻生聞言，氣得尖聲駁斥。

「一方面有這個神祕人物在，另一方面，郵政省的相關人員曾去警局接受偵訊。我們所報導的只是這樣。」

「這是狡辯，強詞奪理。」

「我哪一點狡辯了？」森島也激動起來。有川連忙安撫部下，要他冷靜一點。

「不管叫誰來看，都會覺得電視是在說，根據灰衣男子跟我的共通點，神祕人物就是我，有殺人嫌疑的我從警局獲釋，所以才會笑出來！」

有川從容地回答：「我可以理解，的確可能有觀眾會這麼解釋。不過，我們可沒辦法對每一個觀眾的詮釋負責。」

「大部分的觀眾都是這麼詮釋的呀。遲鈍到連這個都無法察覺的人，沒資格使用大眾傳播媒體。」麻生擺出官員的口吻。「你們故意在我的笑容上做文章。這點你們承認吧？」

「也許的確是引起了某些聯想。」

「是誰在故意含沙射影？是你？還是你？」

麻生把食指伸得直直的，指向倉科，又指向森島。眾人幾乎要將視線飄向坐在麻生背後的瑤子，但總算勉強忍住了。

如果把播映內容是由剪接師自行決定的事抖出來，問題會變得更不可收拾。

瑤子動也不動，豎起耳朵注意麻生的言行舉止。

「我要控告你們全體毀謗名譽。」

麻生過於亢奮，語氣變得像個耍賴的小孩。

「我想你最好先跟律師商量一下再決定。」森島的語氣好像在給予親切的忠告。

「Nine to Ten」本來就是游擊戰式的報導節目，森島長年在「拍攝者」與「被拍攝者」的鬥爭中打滾，非常清楚這種侵犯個人人權的訴訟爭議。

「毀謗名譽罪的成立，需要兩個條件。首先是『有無公然性』，也就是說，毀謗名譽的事實在某種範圍內流傳，使得不特定多數的人知道。這次的事是發生在電視報導，所以絕對符合這個條件。問題出在『事實的摘示』這一點。」

搬出一堆專業術語，讓對方頭暈腦脹是森島的拿手好戲，這點瑤子早已知道。森島既沒有律師執照，也不是法律系畢業的，所以他只是把過去聽過的東西隨便加以引用而已。

「不能只是以『水性楊花的女人』、『大騙子』之類蔑視對方人格的情緒性字眼，而必須確確實實在節目內容中將事實經過有條理地加以說明才行。」

「你們不就是這樣做了嗎？」

「要有足以構成毀謗名譽的事實啊。真要說起來，必須有完整的故事性，讓所有看到的人都產生同樣的結論才可以。」

「你們不是也導出這樣的結論了嗎？郵政省這個姓麻生的官員可能殺死了吉村律師。」

「批評自己的工作或許很奇怪，不過那段報導的影像剪輯，根本就毫無章法。」

這話也帶有譏諷瑤子工作的意味。「你不覺得就是因為毫無章法，反而救了你嗎？」

「這話是什麼意思？」

「換句話說，如果我們真的想編故事，暗示觀眾跟蹤吉村的灰衣男子，應該和從警局走出的郵政省官員是同一個人，我們應該會在你的臉部打上馬賽克吧。馬賽克雖說好像帶有保護人權的意味，其實遮住臉反而是在暗示觀眾這個人有問題。你的親友早就知道你去警局接受偵訊，所以打上馬賽克不但毫無意義，反而會有反效果，加深你的嫌疑。你不覺得嗎？」

「簡直狗屁不通！」

的確，那名男子跟蹤吉村的影像，和麻生從警局走出的影像，在光線上有明顯的差別。

在麻生的臉變清晰的瞬間，瑤子沒有用馬賽克，取而代之的是在剪輯時改變畫面整體的亮度。跟蹤鏡頭是連續的夜景，喪禮是沉鬱的陰天，接下來麻生出場的鏡頭，卻突然轉為盛夏般的明亮畫面。

這個畫面亮度的調整，是赤松提議的。藉由畫面上明顯的色調，區分神祕男子與麻生，至少可以稍微產生「清除惡意」的效果。

瑤子答應了。如果這點小事可以消除赤松的不安，她並不介意照做。

「我們並沒有斷定你就是殺害吉村律師的凶手。就是因為我們相信你是個善良的人，只是剛從偵訊中解脫，露出充滿人性的微笑，所以才沒有打上馬賽克。」

「你別睜眼說瞎話了，社會大眾根本不這麼想！」

「看來這場爭論是沒結果了。」有川堆出的笑臉，像油漆剝落的牆壁般開始露出倦意。

「總而言之，」麻生按捺著怒意，試圖恢復冷靜。「總而言之」似乎是他的口頭禪。「總而言之，你們先看看我的笑容前面有什麼。」

「好的。」倉科答道，並對背向而坐的瑤子說，「麻煩你了。」瑤子低聲答應，開始播映春名誠一交給她的原始母帶。

眾人皆注視著。森島吩咐直接跳到警局前的畫面，瑤子以操作員的身分順從地照辦。在數位錄放影機獨有的、呈現許多小四方形的影像下，錄影帶快速前進。

到了警局前的場景。麻生與部下分開，來到停車場。對警局投以一瞥，微微露出疲憊的苦笑後，他朝向遠處露出滿臉笑容。

坐在畫面前的麻生，恨恨地盯著畫面中微笑的自己。雖然為時已晚，但或許他正在後悔，要是當時沒露出這種笑容就好了。

接下來，畫面中的麻生，走向自己的廂型車。

「就是那孩子！」

聽到麻生的話，瑤子連忙按下暫停鍵。麻生越過瑤子衝到螢幕前，指著畫面的右角。

「你們看到了吧，就是這個穿黃色洋裝的小女孩。」

瑤子將畫面停格。少女拿著橡皮球，探頭看著蹲在停車場地上寫標語的警局職員，而且不知道為什麼很高興，在柏油路上蹦蹦跳跳。

「就是這個女孩從遠處向我微笑。看起來就像個不認生的開朗女孩，對吧？怎麼樣，現在你們還認為我在說謊嗎？」

沒有人回答。事實上，鏡頭並沒有照出女孩對麻生微笑的樣子，然而每個人都感受到，麻生說的話恐怕是真的。

麻生站起來，睥睨著這些新聞部的職員。

「是誰剪輯這個影像的？」

「就算看到母帶，也不會知道你是在對這個女孩笑，所以……」森島轉為辯解的語氣。

麻生根本聽不進去。

「是誰？是誰自以為是地切掉四周的風景，捏造出另一個我？」

麻生應該攻擊的對象，就坐在他身邊。然而，現在的麻生，眼中並沒有瑤子的存在。

麻生幾乎震動剪接室牆壁的怒吼聲，對瑤子來說，就像在頭頂上肆虐的暴風。

8

兩秒鐘的笑容竟然毀了我的一生。麻生丟下這句話，怒氣衝天地回去了。後來剪接室中傳說，有川還專程去郵政省道過歉。

麻生雖然撂下話要控告電視台毀謗名譽，但也許是被上司制止了吧，看來他只能嚥下這口怨氣。

首都電視台裡也有郵政省退下來的主管。在這樣的關係下，事態並未演變成遭到關東電信監理局長發函警告的地步。然而，瑤子剪接的「事件檢證」莽撞地挖到主管傳播媒體的放送行政局的牆角，這個事實卻沒有任何改變。

雖說批判政府官員是當前報導節目的趨勢，也有人認為「事件檢證」向來作風偏激，所以沒有受到太多批判，不過要是再尖銳一點去挖掘問題，新聞部經理的飯碗可能就不保了。

不知是對此深感不安，或者只是睡姿不佳扭到脖子，最近經常揉著脖子的有川，將部下召集到寬廣的會議室。

有川坐在會議室的上座。對有川來說，上座就是背對面西窗口的位子。

因為背對著染紅乃木坂一帶的夕陽而坐時，部下看他必然會露出目眩的表情。從《首都日報》空降而來的有川，每當面對首都電視台新聞部科班出身的部下時，一定會藉由坐這個位子來表現權威。

這是自卑感在作祟。從《首都日報》社會部長轉任為沒有高階主管加給的新聞部經理，任誰看來都知道是降職。

由於光線的關係，看不清他的表情，在那張一概不接受部下懇求的僵硬臉龐上，沉重地架著厚厚的黑框眼鏡。

集合而來的部下，包括夾在官僚氣十足的經理與現場製作人員之間，變得沉默寡言的專任副理倉科、最大的生存目標就是將瑤子攻擊得體無完膚的森島，還有站在瑤子這邊，但有點靠不住的赤松。當然，瑤子身為話題的主角，也被叫來了。

針對這次的事件，有川像副教授父女慘死事件報導時一樣，反覆斥責倉科沒有事前檢閱帶子。單憑一個連導播也不是的技術人員自作主張，便輕易地將影像播映出去，台裡的工作方式的確是有問題。然而這個新聞部經理卻沒發現，當他說得太理直氣壯時，反而脫離了問題的本質。

「郵政省對電視台有多大影響力，你們可別說不知道。」有川輪流看著四名部下說道。

電視台在郵政大臣的認可下，五年更新一次營業執照。

要成立新電子媒體的人，必須符合放送法與電波法所規定的條件，才能向郵政省提出申請。獲得許可後，才可以依循國際條約與國內法的程序，接受指定的電訊號碼及周波數等等，開始從事傳播事業。

過去日本國內還未發生過執照申請換發時，被郵政大臣否決的例子。然而由於這一行的本質，與計程車牌照相同，每隔一定時間就要更換，監督的公家機關隨時可以祭出這把「尚方寶劍」，對電視台來說，這也成了一股無形的壓力。

新聞自由是受憲法保障的，所以監督機關照理無法以播映內容為由予以處分，但實際上民意代表卻操縱了郵政省，不時對節目方針與內容提出要求，或是警告電視台負責人。

電視台早先拒絕郵政省借提節目帶的要求，也可說是基於對現況的反感。

現在規範傳播業的不只是放送法與電波法，還有有線電視放送法、屬於郵政省的行政命令而擁有效力的「放送局開設基準」、「無線電台運作規制」、「放送法施行細則」等等，設立了大大小小的基準。為什麼會有這麼多規範呢？最常聽到的理由有：電視放送使用的電波是稀有資源，不容濫用。此外，電視跟報紙不一樣，具有衝擊性，對社會影響深遠等等。

由於數位多頻道化及網際網路的普及，個人所能接觸到的傳播媒體日益龐大，現在再來強調電波的稀有性及對社會的影響力，已經沒什麼說服力了。

不論如何，在這種規範重重的結構下，電視台為了避免與郵政省發生摩擦，遂延聘退休的郵政省官員為主管。

公權力與電視台之間的掛勾，事實上還不僅如此。日本的電視台幾乎都有報社當後台老闆，電視台的幹部也有很多是從報社派過來的。

支配電視傳媒的結構，也擴及政府對報紙的支配。長年擔任《首都日報》社會部長的有川比任何人都清楚這一點。

「換發執照的時間就快到了，在這種連小問題都會造成大麻煩的敏感時期，你們偏偏在節目中影射郵政省的人是殺人犯……」

面對麻生時，有川曾矢口否認有暗示神祕人物就是麻生，看來他現在說的才是真心話。

他本來就是個成天把報導倫理掛在嘴上的新聞部經理。在《首都日報》社會部累積的經驗，調到電視台後可說毫無用處，每天過著緊盯收視率起伏的平板生活。但他企圖用「Nine to Ten」成為台內招牌節目的功勞，作為自己升任高階主管的武器。

電視收視時間無法延長，廣告收入也無法增加，螢幕被錄影帶和電視遊樂器瓜分，再加上衛星多頻道化與媒體的多元化，這種種因素使目前電視台的收益陷入瓶頸。此時對首都電視台來說，「Nine to Ten」是寶貴的賺錢節目。

在民營電視台中，新聞部門並未占有主要地位。實際上替電視台賺錢的，是連續劇與綜藝等娛樂節目。

有川一邊看著高層主管與廣告商的臉色，一邊試圖使節目保持中庸路線，既不驚世駭俗，又不失一定的格調。

由這樣的經理負責管理，隨時都會挨訓，說什麼「報導一出麻煩就會影響電視台整體的生存」。這點瑤子在製作現場早已有深刻的體認。

「你是否有種傲慢的想法，認為你的影像剪輯可以左右大眾的喜怒哀樂？」

對於有川批評瑤子的話，森島頻頻點頭。他真希望自己能親自攻擊瑤子。

「一個鏡頭抵得過千言萬語，這點你應該要有自覺。」

瑤子的表情文風不動。看來她決定任憑這些男人說個夠。有川的眼神好似不悅的家貓。

「你從哪裡弄到那捲帶子的？」倉科平穩地問道。

瑤子並未充耳不聞，但僅以目光回應。

過去被封為紀錄性節目常勝軍的倉科，由於得了太多獎遭人嫉恨，被台裡從第一線調了下來。在他氣勢最盛的時候，曾被評為「首都電視台的良心」，可以不管收視率，做他自己想做的節目。然而，拚命設法提升收視率的同事卻不斷對他冷嘲熱諷，說「我們在辛苦戰鬥，你卻只會在那兒裝模作樣」。自從紀錄性節目範圍擴大，再也拿不到獎後，倉科便被打入冷宮。以倉科的資歷，本來足以兼任現場導播與副理，現在卻只是一個普通的管理階層。他的確很了解瑤子，但是他們這個年代的男人往往在緊要關頭靠不住。這是瑤子對他真正的評價。

節目播出後，倉科立刻問瑤子：「匿名情報是誰提供的？」瑤子的回答和現在一樣。

「我不能說。」

「是基於採訪保密原則嗎？」

討人厭的傢伙開始發言。一直在等待機會說話的森島，臉上帶著冷笑，目光炯炯有神。

「Nine to Ten」的成功，使他誤以為自己是首都電視台新聞部的台柱。他唯一擅長的就是見風轉舵，在副控室跩得像個皇帝，但是一到長坂主播面前就立刻矮了三分。一旦部下對自己出言不遜，他會永遠記住。他就是這種小心眼的男人。

「帶子是用掛號包裹寄來的。」

瑤子撒謊道。她將目光瞟向赤松，赤松的表情似乎在哀嘆自己不得不撒謊的悲慘命運。

「郵戳呢？」

「這個嘛……是哪裡呢？」瑤子故意轉問赤松，「你記得是從哪裡寄出來的嗎？」

赤松立刻挺直了背，以「這個嘛……」曖昧含糊地帶過。

瑤子只是想確認赤松是否真的打算當她的共犯。

「是郵政省裡的人吧，你打過電話向郵政省確認嗎？」森島質問她。

「我不能陷害匿名的情報提供者。」

「你說謊。什麼匿名寄來的包裹。女人的謊言我清楚得很。」

森島平日飽受女人的謊言欺騙嗎？嗯，多少可以理解。

「就算我知道情報提供者的身分，我也不打算在這裡說出來。」

「你以為你是誰啊？」

瑤子很想用同樣的話回敬森島。

「你的工作是剪輯畫面。只不過是剪接五分鐘的特集單元，你就以為節目是你的嗎？」

瑤子低聲苦笑。

「有什麼好笑的？」這次輪到有川，「你只憑穿灰西裝、走路駝背這個共通點，就把那個郵政省官員描寫成殺人凶手耶。」

「我可以理解，的確可能有觀眾會這樣解釋。」

這是有川兩天前對麻生說過的話。有川發現瑤子是在諷刺他，臉不禁苦澀地揪成一團。

「他說要被調去宇都宮的儲金中心。老婆孩子也跑了。真是可憐。」

森島假意同情麻生的遭遇，藉此向瑤子示威。

「那可不一定是這次的報導造成的。」倉科在一旁插嘴，「也許是他工作上出了錯，也許他這個做丈夫的本來就有問題。就算他說都是這次的報導害的，我們也不能完全聽信。」

「副理可真維護遠藤。」

台內曾經謠傳倉科與瑤子有曖昧關係，瑤子認為造謠的人就是森島。

「我是從警視廳記者聯誼會聽來的。」森島對著經理，開始吹噓他廣大的情報網。「追查吉村律師他殺嫌疑的檢調單位，看到這次的報導，好像開始調查郵政省內部的人了。」

事件當晚無法提出不在場證明的麻生，也接受了警方的偵訊。不過，搜查二課之前就在調查永和學園與郵政省的賄賂案，如果與吉村律師之死有關連的話，就算跟蹤吉村的人不是麻生，郵政省內部一定也有人和吉村接觸。目前調查已在郵政省內擴大。

「死了一條人命，這下子永和學園的衛星學園網計畫恐怕要被迫中止了。」森島說。

「看他們強行收購中部電視台的動作就知道。學園內的激進派拚命在爭取頻道配額。」有川加以分析。

「很痛快吧？」森島對瑤子投以譏諷的笑容，「你的十根指頭讓政府機關都動了起來。不過你最好有心理準備，刑警早晚會來問你相同的問題。您是從哪裡得到帶子的呢？到時你要怎麼回答？快遞送來的？採訪保密原則？你說謊可要說得高明一點，別給大家添麻煩。」

「是誰設下陷阱的，你毫無興趣嗎？」彷彿要徹底摧毀森島的示威，瑤子突然問道。

「陷阱……？」森島皺起眉頭反問。

「就是叫吉村律師打電話，把麻生引到台場酒吧的人。」

「奇怪，是你把人家當凶手，怎麼現在反而相信麻生的話呢？沒想到你這麼沒原則。」

「我只問你到底有沒有興趣？」

瑤子是在逼問森島，有沒有勇氣採訪那個謎團。

森島本已打算開口，不過還是先窺探了一下有川的臉色。他當然很想說「我有興趣」，但新聞部經理冰冷的表情讓他把話吞下肚去。

「別再碰這件事了。」

新聞部經理只撂下這麼一句話。

「為什麼？麻生在犯案時間被人約出來的事，別台都還不知道。你不覺得要搶獨家只有趁現在嗎？」

倉科代為回答：「如果要這麼做，先得讓麻生在鏡頭前，再次解釋他的不在場證明。麻生剛剛才對我們怒吼過，說我們毀了他的人生，你想他會乖乖坐在我們的攝影機前嗎？」

「請你去說服他。」

以你的能耐應該做得到。瑤子用強烈的眼神請求倉科。

「我們只要跟他談條件，如果他希望我們提出更正說明，那他就得在鏡頭前說明自己的不在場證明，不就行了嗎？這樣便可順理成章帶出他在犯案時間被誘騙到台場的意味。」赤松似乎認為自己想到了好主意。

「別再提這件事了。」有川再次重申，「也許並不是有人要嫁禍麻生，而是吉村真的有事找他，也不知道那天酒吧休息，就和麻生約在那裡碰面。」

瑤子正欲挺身反駁，有川用斥責的口吻繼續說：

「連情報提供者的身分也想瞞著上司，我無法答應讓這種人去追蹤採訪。」

只要說出帶子的來源，就讓她去採訪麻生身邊的謎團，當作交換條件嗎？瑤子在一瞬間這麼想道。不，他一定是看透了瑤子，知道她會堅持採訪保密原則，絕不退讓。

瑤子覺得再討論下去也是白費力氣，便盯著經理說：「那你打算怎麼處分我？」

瑤子直截了當地問這些男人究竟要怎麼懲罰她。

「由我負起責任，停職一個月，可以嗎？我無所謂，反正最近也想休假，這樣正好。」

眼看瑤子先發制人，男人們都陷入沉默。如果瑤子離開剪接工作會變成什麼樣呢？大家開始做現實的考量。不說別的，長坂主播鐵定會討厭讓瑤子以外的人剪輯「事件檢證」。

長坂與瑤子在台裡幾乎從來沒有交談過，但在節目中，他們卻是配合無間的搭檔。對於長坂那種直搗問題核心的陳述方式，瑤子剪接的影像是不可或缺的。

再考慮到五分鐘的「事件檢證」，每週都是節目收視率的最高峰，就更無法輕言處分瑤子了。台裡還沒有培養出可以接替瑤子的剪接師。

「我總算明白你不肯栽培新人的理由了。」

森島還在挑釁。瑤子置若罔聞。

有川的神經構造的確不同凡響，居然堆出一臉從容不迫的笑意。

「我並沒有打算處分你，我只是想聽聽現場工作人員的說法。現在我完全了解了。」

拜託告訴我你到底了解了什麼。倉科的表情似乎很想這麼說。瑤子可以看穿這些人肚子裡打的算盤，甚至有點愉快起來。

「這是組織系統的問題。推而廣之，也可說是整個傳播界的問題。」

剛才還想質疑瑤子個人適性的經理，一想到沒有別人可以剪輯「事件檢證」這個現實問題，立刻變成這副嘴臉。簡直就像政治家接受質詢一樣，輕易就將之轉換為整體性的問題。

瑤子很想冷笑，但還是決定用嚴肅的表情度過這個場面。

瑤子知道，倉科、森島和赤松都已經對經理的話失去興趣。

「那我可以走了嗎？我還要剪輯傍晚的新聞。」

有川露出一副很想吐口水的表情，將目光從瑤子身上移開，微微頷首。

瑤子立刻站起來，赤松也隨之起身，跟在瑤子後面走出會議室。剩下的男人們陷入沉默，空氣中流露著徒勞無功的無奈。

「這下子跟你變成命運共同體了。」一走到走廊上，赤松便嘆息道。

「你也該死心了。」

「對什麼死心？你是說升官嗎？」

瑤子回過身，只是笑而不答。赤松心裡七上八下，說：「你別笑得這麼詭異嘛。」瑤子原來以為他只有體力過人，現在看來，搞不好這個男人是隻打不死的蟑螂。

「有件事我想拜託你。」

「什麼事？」

雖然現在才做這種查證工作已經太遲了，但瑤子無法讓它就這麼過去。

當天的早班結束後，倉科問瑤子要不要一起去吃飯，瑤子也想打聽一下，在她離開會議室後他們談了些什麼，所以便答應了倉科的邀約。

他們去的是位於赤坂、倉科常去的京都料理店。兩人並肩坐在櫃檯前的位子，只喝了一杯啤酒，接下來便決定喝清酒。

「上次有家雜誌社找我寫雜文，我從資料庫找出十年前的『Nine to Ten』重看。」

「長坂先生那時也很年輕吧。」

「嗯。我那時才發現，當時節目的步調溫和從容，報導新聞也是慢條斯理的。」

「十年前花三分鐘報導的新聞，現在只能花一分到一分半了。」

「就是啊。我這才發現現在的新聞節奏變得有多快。我本來還在想，一則新聞分配到的時間變短，是不是因為內容變單薄了，結果並不是。資訊量顯然比十年前增加了許多。」

「現在的新聞，是從前言省略開始的。」

「前言省略？」

瑤子打開小碗的碗蓋，夾起一塊芋頭放入口中，然後才開始說話。看來這頓晚餐，她可能會變得十分饒舌。

「從前言省略開始，把背景和因果關係都當作大家已知的事實。例如，我們說『像那種政治家』，卻不說明『那種』是什麼意思，自以為是地判斷觀眾應該能夠了解。」

「如果是這樣的話，萬一製作者與接收者之間沒有共同的認識，那可就麻煩了。」

「照有川的說法，誰管得了觀眾在想什麼。」

倉科聞言苦笑了一下，說：「遠藤，你最早的電視經驗是什麼？」

「新聞方面嗎？……是什麼呢？應該是淺間山莊的事件吧。因為我從學校回來時，還在實況轉播。」

當時民間電視台從早上十點開始，幾乎將廣告全部卡掉，做了長達十小時的現場轉播。全國的平均收視時間是七小時。收視率在人質獲救的傍晚六點，竟達到百分之八十九點七八。

「至於我嘛……是我念高一那年的十一月二十三日。」

「是甘迺迪暗殺事件對吧。你這個年代的電視工作者，大概都會這麼回答。」瑤子也微笑起來。

「那一天，也是日本和美國頭一次做衛星轉播的日子。結果打開電視，卻只看到沙漠的畫面。據說是因為突然發生了那種事，所以只好將鏡頭轉向衛星轉播站附近的沙漠。滿眼荒涼的黃色沙漠，到現在還深深印在我的腦海裡……」

隔年即將舉辦東京奧運的日本，決定和美國合作進行衛星轉播實驗。甘迺迪總統在促成此事上出了不少力，原本畫面上應該出現他致詞的樣子，結果卻諷刺地出現他橫死的新聞。

「那時我作夢也沒想到，呈現真實影像的電視竟然會扭曲真相。」

這次你也扭曲了真相吧？聽來倉科似乎在這樣暗示，不過這只是瑤子多心。

「電視可以在一瞬間傳達出真相。我記得有一次，有個紀錄性節目曾經拍攝福田首相的早餐。大概是想告訴大家，雖然貴為首相，也沒有一大早就吃山珍海味吧。首相官邸的早餐非常簡單，福田首相把生雞蛋澆在白飯上時，看到打蛋的碗底還殘留著蛋液，便將白飯倒入那個碗中，把生雞蛋吃得乾乾淨淨。福田首相向來主張安定成長，換言之，是個信奉清貧哲學的政治家。關於這點，這個生雞蛋與白飯的鏡頭比任何演講都更能道盡一切。而且只用一瞬間的影像就說清楚了，讓我覺得電視真厲害。」

倉科彷彿在緬懷過去似的，眼神朦朧地將酒杯送到嘴邊。

「……有件事我一直想問你。」

「什麼事？」

「支撐你的力量是什麼？是什麼力量讓你工作下去？」

你幹嘛對我的事這麼感興趣？瑤子邊想邊說：

「如果說是家人的愛，好像有些太冠冕堂皇……」

瑤子說完露出自嘲的笑容，然後突然想到有個相去不遠的答案。

「比方這麼說吧……大約兩年前，跟我分開住的兒子一大早打電話過來。他好像看了前一晚的新聞後整夜都沒有睡，他說『就是很想打電話給媽媽』。我知道他一直透過電視注意我的工作，可是這樣特地打電話來還是頭一次。『昨晚那個是媽媽剪輯的吧？』他這樣問我，我一回答『對呀』，他立刻說『我就知道！』，聲音聽起來好興奮。」

「那是什麼新聞？」

「起初新聞是報導大田區的公立小學，有一名兒童因為老師體罰而跳樓自殺。」

「好像有這麼一回事吧。」

「校方當場就承認疏失，把責任完全推給體罰學生的老師。但後來發現，早就有一群學生在欺負那個孩子，校方也對此事略知一二。校長認為，與其宣稱是因校園暴力而自殺，不如說是因為教師體罰，使他在衝動下跳樓，這樣對學校的傷害比較小。那個只打了孩子一下的老師因此揹了黑鍋。在我剪接新聞時，還沒人知道這個內幕，我當然也不知道。」

「你是怎麼剪輯的？」

「關於事件的說明，就跟別台一樣，照著警方的報告報導，也放進了體罰的老師企圖躲避媒體採訪、逃離學校的鏡頭。就在那之後，我插入了這個老師平時教學的影像。那是現場記者無意中得到的影像，是教學觀摩時一位家長用家庭攝影機拍攝的。那是上作文課的時候，老師在每個孩子朗讀文章後，用不同的話誇獎了每個人。他不時拍拍學生的背或用手搔搔學生的頭髮。對於老師用肢體語言表達讚美的方式，孩子們雖然嘴巴嚷著『好痛』，臉上卻笑得很開心。換句話說，所謂的體罰只是這樣。這是我看過那捲錄影帶後的直覺。」

「你果然厲害。」

「那個老師的學生碰巧跟我兒子上同一家補習班。我兒子從朋友那裡得知，那個老師並非如外面說的那麼壞。在所有媒體都把那個老師當壞人時，只有我剪輯的新聞不一樣。這點讓我兒子很感動，他對我說：『這要靠想像力和勇氣吧，媽媽一定很有想像力和勇氣。』」

「想像力和勇氣……嗎？」

「聽他這麼說，讓我想起以前當新手時，我前夫教過我一件事。他說不只是5W1H，還需要兩個F。」

除了「人、事、時、地、物、方法」這六項要素外，好的報導還需要「for whom」，和「for what」。

為誰報導？為何報導？剪接師在這樣明確的意念下，即使表現出來的結果嚴重牴觸客觀報導的原則也無所謂。當剪接師憑著強烈的意志，從無數的真相中選擇了一個，便會有某種東西開始變化、某些人開始變化……

當瑤子了解到這是流遍他全身的崇高理想主義時，剛滿二十歲的瑤子發現自己戀愛了。

「他告訴我這個崇高的for whom和for what，對過去的我來說，就好像標語一樣，只是掛著好看的裝飾品。但是當我聽到兒子說的話，我終於明白，原來兩個F可以替換成想像力與勇氣……一想到他們父子倆都教了我這件事，我就感覺難以言喻的幸福，決定一輩子做這份工作。」

我說太多了吧，瑤子想，喝點冷酒滋潤一下火熱的喉嚨與胸口吧。

倉科的表情，似乎正在回想兩個F對他而言，也曾是過去的理想與希望。

眼看時機成熟，瑤子主動開了口。

「你們談了些什麼？」

「嗯？」

「在我離開之後……」

從過去的美好時光被拉回，倉科露出略帶寂寞的笑容。

「看經理一個人唱獨角戲啊。什麼叫做公正的電視放送。客觀、公平、中立、均衡、不偏不黨、公共性、公益性……這種時候會出現的字眼全派上用場了。」

瑤子可以想像得到，倉科和森島雖然極不耐煩，還是把它視為一種修行，凝神傾聽。

瑤子和倉科都很清楚，電視要做到完全公正，根本是不可能的。

比方說，對於某政治家的主張，一定會有反對意見存在，但電視無法逐一介紹反對意見，加上報導也有採訪能力與播映時間等限制，絕對無法滿足所有的人。即使被公認為真實的報導，但某人的真實對其他人來說並不見得也是真實，這種事是不可避免的。

「雖然知道這一點，做電視的人還是擺脫不掉公正原則這個玩意。因為只要有公正原則在，不管是左派也好右派也好，都可以對他們宣稱我們並未偏袒任何一方。」

硬派的電視工作者，喝了酒一定會吐這種苦水。倉科最近酒量已大不如前。

「好像有個記者說過吧，新聞傳播可以比作一條河流。報紙在河的中游，雜誌在上游。那電視在哪裡呢？在河的最下游，而且已經接近河口，所以還混和了海水，河上還漂著一大堆叫做低俗節目的垃圾。但是由於河面比上游寬，所以許多人都看得到……

「真實這個字眼，對於在河裡游泳的我們來說，也許是救生圈。快要溺死的人，就算救生圈已經洩了氣，還是會抓住不放。即使抓住了救生圈，如果腳不一直踢水，臉就會沉下去無法呼吸……」

倉科扭曲著嘴角，似乎正在吞嚥什麼苦澀之物。瑤子不太喜歡他這種表情。

也許是察覺到瑤子的沉默，倉科將到了唇邊的牢騷嚥下，同時打破了沉默。

「那傢伙是什麼人？」

原本充滿無力感的眼眸，突然睜了起來，洋溢著熱切。

「……哪個傢伙？」

「就是提供資料帶給你的人……是個男的吧？」

「是經理叫你把我灌醉，好套我的話嗎？」

她當然知道不是這樣，只是想刺激一下倉科。

「你知道他的身分吧？」

「我知道。」

「可別搞砸了。」倉科擺出訓誡的口吻，強調一切都取決於這一點。「我曾經搞砸過很多次，之後的下場有如地獄……」

倉科置身於面對人心險惡的真實紀錄的世界。金錢、性慾、憎恨……沿著細小的線索試圖接近核心的倉科，曾經多次遭到背叛，飲下苦果。

有個母親明知牛奶中含有砒素，卻讓孩子喝下，從業者手中討到賠償金後，便將孩子棄置於孤兒院前，自己遠走高飛。倉科帶著採訪小組沿路往北追蹤，在津輕只差一步便追到那個母親，沒想到卻在陌生的地方，被負責帶路的男人騙了。後來倉科才知道，原來那個談起棄嬰為之淚下、看來頗為善良的長途卡車司機，就是那個母親的情人。那個母親與情人俐落地甩掉倉科等人，就此下落不明。

「你一定要掌握他的行蹤。」

這就是今晚倉科要談的主題。他的話中帶著暖意。

瑤子沒有說「謝謝你的忠告」，只是默默替倉科斟滿了酒。

瑤子在十二點前與倉科分手，回到家中。答錄機的燈號在黑暗中明滅不止。

自從一個人獨居後，答錄機的燈號有段時期曾經撫慰了她的孤獨。有人正想找自己說話，這種感覺讓她得到些許慰藉。

有一通留言。倒帶的時間很長，她立刻知道是誰打來的。她按下按鍵。

「我是赤松。今天我照你的吩咐去採訪了。我去那個市民團體的辦公室，請他們把在吉村律師喪禮時負責收奠儀的職員找來。是一位高井小姐。我給高井小姐看那捲錄影帶，問她那時站在收禮處的五名男子是什麼人。她說來弔唁的人很多，沒辦法記住每個人，不過她把簽名簿拿給我看。高井小姐指出大概是那五個人簽名的地方，五個人都寫著『光和工業股份有限公司』。我立刻去查，結果根本沒有這家公司。我想他們簽的八成都是假名。那五個人正如麻生所說，並不是什麼郵政省官員。就是這樣。明天我再跟你詳談，晚安……」

瑤子並不驚訝。打從聽到麻生的抗議後，她便已猜到一半。出現在吉村喪禮上的五名男子，八成是有人蓄意安排的。

瑤子心中的悔恨，不只是「被假情報所騙」這麼單純。一種不祥的預感在她胸中萌芽。

瑤子取過話筒，按下她熟記在心的春名的行動電話號碼。節目播出後她也打過很多次電話，但一直是語音信箱的聲音。她曾留話請春名有空回個電話給她，然而春名並沒有打來。這次又是語音信箱的聲音。她沒留話就掛斷了。

瑤子從名片夾中取出春名的名片，按下他辦公室的電話號碼。雖然春名要求她千萬不要打到辦公室，但現在瑤子已經顧不了這麼多了。

你一定要掌握他的行蹤，如果搞砸了，下場就是地獄。剛才倉科說的話在她腦中盤旋。

電話立刻有人接聽。這麼晚了，郵政省的電波監理課還有人在，看來這個單位大概經常徹夜加班吧。

「對不起。我姓田中。」瑤子用了假名，「請問春名誠一先生在嗎？」

「哪一位？」帶著疲憊的聲音反問。

「春名誠一先生。」

「這裡沒有這個人。」

瑤子的太陽穴開始怦怦跳動。

「他的身高大約一百八十公分，頭髮旁分，年齡大約三十七、八……」

「是我們課裡的人嗎？」

「名片上是這樣寫的。」

「也許是以前在課裡待過的人吧。」

「不，就是最近。最近他才給了我這張名片。」

「我們課裡真的沒有這個人。」對方將電話掛掉了。

放下電話後，屋內的寂靜令人窒息。瑤子一時無法理清思路。現在回想起來，春名那張略帶造作的臉，就像沒有繫緊繩子的氣球一般，在空白的腦海中茫然地飄蕩。

瑤子走到廚房，從冰箱取出礦泉水瓶，對嘴喝下。流入喉嚨的冰冷液體，使瑤子稍微恢復鎮定。

他是誰？

自稱是內部檢舉，把假造的錄影帶交給自己的男人……

他到底是誰？

9

她跟兒子約在駒澤奧林匹克公園的中央廣場碰面。

瑤子穿著牛仔褲與耐吉球鞋，上面罩著薄夾克。印有ＭＢＣ標誌的黑色棒球帽，是首都電視台舉辦活動時發的贈品。她將綁成馬尾的頭髮從棒球帽後面的洞拉出垂下。

這是五月連續假期結束後的第一個星期天。

連假前瑤子忙得抽不出空，連假期間他們父子又去北海道旅行，所以慶祝兒子升上四年級的禮物遲遲未交給他。

她想起兒子上小學時，她送的禮物是一台護照大小的家用攝影機。現在兒子已經四年級了，她本來想買最新型的數位攝影機替換那台舊的，不過反正他爸爸一定會把公司的新型機器都帶回家。淳也在影像科技環繞的家中成長，玩的也是適合那個環境的玩具。

手提袋中除了全新的兒童用棒球手套和軟式棒球之外，還有另一個棒球手套。那是瑤子念中學時參加壘球隊用的舊手套，從靜岡的老家來東京時特別帶的。她在壁櫥後面找到，雖然有霉味，但還可以用。

她想跟套著全新手套的兒子玩棒球。瑤子從袋中取出自己的手套套上，彷彿要喚起在縣級比賽獲得亞軍那段青春時代的回憶似地，不斷反覆將棒球拋進手套。她又將球擲向晴朗的天空，試著接住高飛球。

淳也接得住從遠處投來的球嗎？他不是個運動神經發達的孩子，而且患有輕微的氣喘。當他伸出手套試圖接球時，球說不定會擦過手套打到他的臉呢。當瑤子微笑著這樣想像時，跟兒子碰面的期待使她心情雀躍不已。玩棒球本來是父子之間的特權，不過看在母子分居的分上，就讓她也分享這種喜悅吧。

她的視線停在遠方的天橋。夾在假日全家出遊的人群和慢跑的年輕人之間走來的，並不是兒子。

是阿川孝明，她的前夫。他舉起手揮了一下。棉質長褲，深藍色的馬球衫，夾克的袖子捲到手肘上。兩年沒見，他的肚子似乎多出一些贅肉。從談戀愛到結婚，他一直是屬於那種再怎麼暴飲暴食也不會胖的體質。也許是生活上有了什麼變化。

粗黑的眉毛，深邃的眼睛，年屆四十五卻依然精悍的臉龐。隨著他的走近，可以看出他的滿面紅光是被太陽晒出來的。去北海道旅行時，父子倆一定享受了不少陽光。

「嗨。」

走近後臉上緩緩出現笑紋。他是那種臉上每個部位都會微笑的男人。那種令人不敢掉以輕心的感覺，使得剛滿二十歲的瑤子被這個充滿神祕感的男人所吸引。

「淳也呢？」

這是她最在意的事。不祥的預感使她的目光游移不定。

「他不能來。對不起。」

瑤子的心揪住了，如同驟然被放氣的輪胎。

「為什麼？」

「我有話跟你說。」

「不能先讓我見到淳也後再說嗎？」

「我們稍微走一走吧。」

阿川帶頭朝林蔭大道走去。他提起地上的手提袋，看了一下裡面。

「淳也一定會很高興，他一直想要這個。」他神態自若地說。

為了打消胸中萌生的不安，瑤子一邊跟在前夫身後走，一邊反覆將球拋進手套。

從樹葉間灑落的陽光在鋪滿石塊的路上映出交錯的光影，瑤子不知道該和前夫保持怎樣的距離，於是走在阿川的斜後方，形成一種夫唱婦隨式的距離。

「對不起，瞞著你打電話。因為淳也升上四年級，他說想要棒球手套當禮物，我只是想把禮物給他。」

其實她並沒有必要乞求阿川原諒。他們說好的，就算離了婚，母子還是可以隨時見面。只是因為想查探阿川要跟她談什麼事，讓她有點心虛。

「上次我突然算了一下，嚇了一跳。」

前夫自顧自地開口，聽來似乎打算在進入正題前先閒聊一下。

「已經十四年了。日子過得真快。」

瑤子一時間無法理解十四年的意思，試著從自己的年齡扣除，才知道是她和阿川相識的時間。

二十歲瑤子從影像專門學校畢業，被製作公司錄用為實習生時，阿川早已是幹練的攝影技師。他那手好功夫，可以將缺乏深度的錄影畫面轉為接近底片質感的影像，使他成為一流連續劇製作人爭相拉攏的當紅技師。

「我現在還記得，在赤坂高樓大廈間的傳統小酒館，你一邊吃著蕎麥麵，一邊紅著臉喃喃低語，說這樣下去只會在電視圈被當成跑腿打雜的。」

手藝好，便宜又迅速。這是導播對她的看法，乍聽起來簡直像是牛肉客飯的宣傳詞。然而，瑤子並不想成為聽命於導播的操作員。

原本只是在酒足飯飽後對上司發發牢騷，沒想到阿川隔天還記得。「你來一下。」他要瑤子坐在空著的剪接機前，俐落地將導播會欣賞的剪接技巧一一教給瑤子。

草原上，男女老幼抬頭仰望著天空。不知道他們在看什麼。小孩的臉，老人的臉，女高中生的臉，家庭主婦的臉，大家都半張著口抬頭看著天上。目光似乎正在追著某樣掉落的物體。終於人群中有人發出尖叫。下一個鏡頭總算看清了落地的物體。是一個上面綁著人的大風箏。這是新年的話題集錦。

事物的真面目可以留在後面，先盡量抓住觀眾的注意力再說。讓他們忍耐到生理上的極限為止。

等到瑤子把阿川傳授的技巧融會貫通，可以將初雪的風景或小學入學典禮這些「花絮鏡頭」正確又有個人風格地加以剪輯時，阿川和三個夥伴決定獨立門戶了。

瑤子在阿川還沒問她「要不要跟我一起工作」前，就已向公司遞出辭呈，雖然薪水少了三成她也不在乎，就這樣開始在阿川的公司上班。

新公司的剪接師逐漸在各家電視台獲得工作機會，薪水也逐漸增加。起初僅僅窩居大樓的一室，隨著器材日漸增加，最後占據了一整層樓。

最新型的剪接機一送來，阿川一定先讓瑤子操作。因為阿川有個小小的迷信，他相信瑤子用過的機器絕不會故障。

「那時你教給我的東西，現在全都成了我的武器。把張力拉到觀眾忍耐的極限。說明留在後面沒關係，先吸引他們的視線……」

瑤子沐浴在光影交錯的陽光下，也不禁含笑談起往事。「我真的很感激你。對我這個專校畢業、不知天高地厚的女人，你傳授給我的東西足以讓我在這個圈子生存了十四年。」

「這可不是因為你有天分。」阿川帶著惡作劇的笑容轉身看著瑤子。「是因為我愛上了你。如此而已。」

阿川是瑤子的第一個男人，到目前為止，也是最後一個。

那是一個寒冬深夜，兩人離開酒館，步向賓館街。

阿川彷彿生氣似地快步向前走，瑤子只好加快腳步追上去問他：「你要去什麼地方？」

阿川一言不發地走入一家賓館的大門。二十一歲的瑤子雖然嘴裡生氣地說著「不行啦」，卻還是縮著肩，尾隨摯愛的男人進入那家賓館。

「我們來玩棒球吧。」

阿川停下腳步說道。就在瑤子「啊？」了一聲，還沒反應過來時，他已經從袋中取出全新的手套套在左手上。那是兒童用的，所以必須將指頭硬擠進去。

「那是送給淳也的禮物。」

瑤子略帶不滿地揚聲說道。

「稍微用一下，皮革才會變軟。」

阿川已經站到可以接球的距離。

瑤子丟出的球，準確飛到前夫的胸口。為了陪兒子玩球，昨天她已經對著公寓附近的牆壁練習過。

「其實你很想穿白紗禮服吧？」阿川邊投球邊問。

「我對那種東西真的沒興趣。」

他們只邀請了雙方家長和剪輯公司的同事，在中國餐館的主廳舉行一場小小的派對。送走被拉去喝第二攤的丈夫後，瑤子為了隔天的新聞又繼續工作。

「一直到開始陣痛送去醫院前，你都還坐在剪接機前吧。」

瑤子還記得，那時正在剪接三井物產馬尼拉分公司負責人被釋放的新聞快報。

孩子出生後的那兩年，瑤子專心在家帶孩子。黑色星期一經濟風暴、瑞克魯特公司賄賂醜聞、昭和天皇駕崩，瑤子都是在家看電視，而非坐在地下室的剪接室。換尿片、餵副食品、在公園推嬰兒車的手指，常常敲打著空氣。

快速前進、倒帶、錄影、旋轉控制鈕找出畫面的開頭……就像朝空氣揮拳，只是空虛的遊戲。

八九年發生天安門事變、宮崎勤[1]遭到逮捕、柏林圍牆倒塌、羅馬尼亞總統遭處決，那是動盪不安的一年。瑤子已經無法再忍受朝空氣揮拳的遊戲了。

然而，她與阿川離婚的理由，並不是動盪的八九年，事情的開端和一般離婚夫妻沒有兩樣，是丈夫的外遇。

瑤子心裡明白，對丈夫來說，那只不過是逢場作戲。得知阿川和歡場女子共度一夜後，在她內心一隅反而因為終於找到理由脫身而高興。

「淳也就交給你照顧，我要回去工作。」

斬釘截鐵地說完後，瑤子便讓未滿三歲的兒子記住她的新地址和電話號碼，叮囑他寂寞的時候隨時可以跟媽媽聯絡。淳也不明白發生了什麼事，只是愣愣地看著母親拎著一個皮箱走出家門。

在門口回首時所看到的淳也，到現在依然烙印在記憶中。清澈無邪的漆黑眼眸，一直凝視著即將遠去的母親。瑤子一點一點地抹平這段痛徹心扉的記憶，總算活了過來。

分開之後，兒子三天就會打一次電話來，瑤子去托兒所接他，然後直接留在瑤子的住處過夜。這個習慣慢慢變成一週一次、一個月一次，淳也逐漸跟母親疏遠。他已經習慣由祖母照料的生活了。

「我不是要替自己的外遇脫罪，不過當你走出家門，說要回去工作時，我頭一次對自己親手教你剪接技術的事感到後悔。」

阿川投來略微強勁的一球。瑤子在眼前接住。她沒有將激動的感情訴諸言詞，只是用同樣強勁的力道將球擲回去。

1 轟動日本社會的姦殺幼女案凶嫌。

「與其說是生氣，不如說是悲哀。寧願放棄孩子選擇工作，這是多麼不幸的女人。」

「你要跟我談什麼？應該不是聊往事吧？」

就像等待判決的犯人，瑤子強迫自己在心裡做好準備。

阿川將接到的球在右手中不斷旋轉。下定決心投球後才說：

「你可不可以別再跟淳也見面？」

瑤子沒有去接投過來的球。球越過身後，飛到公園的另一端，消失在草叢中。阿川的眼睛追著球的去向，瑤子用冰冷的眼神盯著他。

「他有新媽媽了。」阿川低垂著頭說。

「是那個女人？」

「怎麼可能？」

「你要再婚？」

「已經辦過結婚登記了。」

「去北海道旅行是三個人一起去的？」

還有一個人，還有一個晒得滿面紅光的人在淳也身邊嗎？

「……他和新媽媽好不容易才混熟了。他只是個十歲的孩子，要在兩個母親之間取得平衡，對他來說還太難。今後我希望你只做個遠遠守候他的母親，我就是來求你這件事。」

阿川一口氣把話說完，以消弭胸口的痛楚。

「你要來跟我談這件事，淳也知道嗎？」

「昨晚我跟他說過了。」

她知道早晚會有這麼一天。打從她把孩子交給丈夫的母親，一腳跨入電視台的剪接室，剪輯日本人用一百二十五億日圓買下梵谷名畫的新聞那天，她就已經知道了。

當她坐在剪接器材前，把散落眼前的影像片段，用自己的刀子加以切割，塗上漿糊，久久沉醉在組合的快感中時，拋棄孩子換來工作的痛楚，就像注射過嗎啡一般消失了。

「淳也昨晚考慮了一陣子後跟我說，說得也是，也許不見面比較好……」

為何報導？為誰報導？她看見自己像唸咒語似地吟誦兩個F，試圖找回剪接的熟悉感。淚腺猛然受到刺激。痛楚化作一顆大大的淚珠，在瑤子的眼中來回滾動，尋找出口。她不想在這種地方落淚。

「麻煩你把那個交給他。」

瑤子從自己手上拔下手套，夾在腋下說。

阿川含糊地嗯了一聲，從手上拔下新手套，小心地用兩手捧著。

「多用那個陪他玩玩。」

「我會叫淳也打電話向你道謝。」

「店裡說有專用的保養油，仔細塗上油，可以讓皮革變軟，也不會發生失誤。」

「我會告訴他的。」

「恭喜你結婚。」

阿川只是點頭，臉上沒有任何部分露出笑意。

瑤子說聲「再見」便轉身離開。前夫大概打算一直目送她從視線消失吧。也許他又在低語「真是不幸的女人」。

前夫投來的最後一球消失在某處。瑤子想像著沒人發現那顆白球，任它在草叢深處寂寞地遭受風吹雨淋，被落葉和土掩埋，逐漸汙損腐朽的樣子。

風吹過空曠的中央廣場，瑤子從風中嗅到夏天的氣息，她決定專心傾聽自己的腳步聲。和淳也年紀相仿，期待夏天來臨的孩子們，騎著腳踏車越過瑤子身邊。

她在台裡的剪接部門消磨時間直到傍晚。

當她在寄物間的電視前看著六點的新聞時，年輕的女剪接師驚訝地問：

「咦？遠藤小姐，今天不是該你輪休嗎？」

「我搞錯值班表了。」

她臨時扯了個謊。

氣象預報結束後，瑤子離開剪接部門，確定播映中心沒有赤松的人影後，一個人走出後門。要是赤松在，說不定她會邀赤松去喝個爛醉。幸好赤松不在。

從停車場牽出腳踏車，拖著沉重的步伐，牽著車子走。

騎腳踏車只需十分鐘的路程，她花了二十分鐘才走完。一路上，黑夜像一張暗色的網緊緊纏繞著瑤子。

踏進屋內，電話答錄機的燈光在黑暗中微微亮著。紅色的燈號明滅不已，令人聯想到鮮血的脈動。

她沒有打開電燈，在昏暗的屋內按下留言鍵。

只有一通留言，一定是淳也打來的。從倒帶長度看來，應該沒有留下太多話。還沒聽便已有強烈的孤寂湧上心頭。

「是我。」

淳也的聲音聽來彷彿在嘆息。

瑤子垂著頭將耳朵貼近，用祈禱般的姿勢傾聽。

「你已經聽爸爸說過了吧。對不起。對不起，媽媽……」

他顯然也不知道該說什麼好。

「媽媽，工作要加油呢。」

瑤子淚如雨下。

「我會天天看著你的。」

淳也曾給她看過他的班刊。在學生填寫的興趣那一欄，淳也寫的是「看新聞」。瑤子這才知道，淳也一直在收看她的節目，她深刻體認到，兩個F原來是為淳也而存在的。

一點也沒錯。是你教給我想像力和勇氣，我是為了你而剪接。為了你的人生，為了你的將來……

「謝謝你送的棒球手套，我會好好愛惜的。」

瑤子頷首。大顆淚珠隨之滾落。

「再見了……」

聲音斷掉了。恍如血脈跳動的燈號也驟然熄滅。屋內再度陷入黑暗。黑暗中，瑤子依然保持祈禱般的姿勢。

她拚命吞下嗚咽聲，任淚水奔流。

她試著用兩手抱住下腹。那是淳也曾經住過的地方。十個月，淳也在那裡奪取瑤子的養分逐漸長大。

連陣痛時的痛楚也想起來了。十二小時的艱苦奮鬥，彷彿有一根灼熱的棒子正要從身體中心往外穿出。生下來的時候，不知道為什麼，瑤子感到的不是安產的喜悅，而是一種跟嬰兒身體分離的寂寞。那種不可思議的寂寞，也許就是十年後他們母子會分離的預感。

關於離婚，瑤子從來不曾用丈夫的外遇當藉口。

對於住在靜岡的雙親與兄嫂，她只說：「因為我想工作，所以決定放棄孩子。」她到現在還記得，當家人聽見她這麼說時，那種難以言喻的沉痛表情。也許家人也和阿川一樣，在心中低語著「真是個不幸的女人」。

為了折磨自己，瑤子又將帶子倒回去重聽。

「媽媽，工作要加油呢。」

「我會天天看著你的。」

她想像淳也屈膝坐在自己房間的床上，將話筒貼在臉頰上的模樣。露出短褲外的腿上，稀疏的汗毛的觸感，那是瑤子曾經多次撫觸，記憶中三歲的淳也。

應該還有更多回憶吧，應該還有更多忘不掉的事吧，瑤子一邊催促自己，一邊在黑暗中反覆倒帶，用瘋狂閃動的紅燈烘乾自己潮濕的眼睛。

10

當她將腳踏車停在停車場鎖上鍊子時，異物立刻靠了過來。

「您是遠藤瑤子小姐吧。」

男人彷彿要用整個身體壓過來似地逼近瑤子。油膩的汗水沾濕了太陽穴，情緒興奮使他的眼睛籠上一層薄膜，瑤子不禁向後退。

是麻生。

「果然是你。我去抗議時，你就坐在我旁邊操作帶子吧。」

短短數秒中，便從「您」變成「你」。看起來好幾天沒洗的頭髮垂落在額頭上。襯衫滿是縐褶，領帶也鬆開了。也許是在上班途中順道過來的吧，肩上還揹著皮製的公事包，但裡面似乎沒放任何東西，看起來扁扁的。

今天穿的也是灰色西裝。

「那時你既然在旁邊，為什麼不出聲？」

「因為沒人替我介紹。」

瑤子從出其不意的突襲中恢復過來，回應男人的視線。

「你可以自我介紹呀，說你就是捏造我笑容的人。」

「我還有工作。」

她朝電視台門口走去，麻生快步追上，與她並肩而行，從近距離丟話過來。

「人事命令馬上就要下來了，我本來還以為是去宇都宮的儲金中心，結果是旭川。去旭川當郵局局長，這下子離我老婆孩子待的新潟更遠了，你要怎麼負責？」

「我要叫人囉。」

前面就有警衛。警衛早已聽見停車場的爭執，擺好了應變的架勢。

「出了什麼事嗎？」

「我也不知道這個人想幹嘛……」瑤子看也不看麻生，順勢便要走進門內。

「慢著！」麻生的手伸過來，拉住瑤子外套的袖子。

「你想做什麼？你是什麼人？」警衛插進來，擺出職業化的應對方式。

麻生沒有再糾纏下去。他對著瑤子消失在門內的背影放聲說：

「都是你剪接的影像害的，我的人生已經全毀了。喂，你聽見沒有，遠藤瑤子？快道歉，你至少該道個歉，你不道歉我就天天來！知道了嗎，遠藤瑤子？」

麻生口中的那個名字，聽起來凶惡得簡直不像自己的名字。背後持續傳來「快道歉！」的怒吼聲，使她有種赤身裸體在玻璃碎片中打滾的感覺。為什麼男人的叫聲會這麼尖銳地刺過來呢？她挺直身體，恨不得封住所有毛孔。瑤子衝向地下一樓的安全地帶。

早上的騷動立刻傳進赤松和倉科耳裡。

赤松聽到後立刻到門外察看。問了警衛才知道，後來麻生甩開警衛，往赤坂方向走了。

「他只是想把工作和家庭的失敗都怪到電視頭上，好安慰自己。你別放在心上。」

倉科來到剪接部門對瑤子說。

「萬一他又來要我道歉怎麼辦？我該照他要求的乖乖道歉嗎？」

「你根本用不著道歉。那件事上面的人已經解決了。」赤松十分憤慨。

「如果道個歉就能使對方消氣，那你就跟他說聲對不起吧。」

「那個人絕對不會只聽句對不起就算了。」

赤松也有同感。「他一定會繼續來，直到你給他跪下為止。」

「看來只好不理他囉……」倉科嘆了一口氣。

「不過，他怎麼會知道遠藤小姐就是剪輯那段影片的人呢？」

自從獲得技術者協會獎以後，瑤子的大名就傳遍了圈內，不過很少有人能將她的名字和長相連在一起。

「對方是放送行政局的人，在首都電視台應該也有一些關係吧。」

「這麼說，是新聞部有人洩密嗎？」

在瑤子心中，可疑的人選實在太多了。

午間新聞結束後，瑤子帶著赤松走進電視台正對面的麵店。

沒想到麻生也在那裡。他正狼吞虎嚥地吃著鴨肉麵。發現瑤子時，他露出滿面笑容，彷彿看到自己心儀的人，隨後又轉為帶著諷刺的陰險笑容。我可不是故意在這裡等你呢，是你們自己送上門來的。他從隔了兩張桌子的位子上，投來隱含這種意味的表情。

「我們走吧。」赤松對瑤子說。

「沒關係。」瑤子向店員點餐。

也許麻生從早便一直在電視台附近打轉。辦公室沒有他的容身之地了嗎？彷彿故意拖延時間，他慢條斯理地喝著麵湯。

赤松站起來，瑤子小聲制止他「別這樣！」，但他不聽，走去站在麻生面前。

麻生慢吞吞地抬起頭，故意裝出想不起這人是誰的表情後，才說：

「上次真不好意思。」

「你在這裡做什麼？」

「吃飯呀。」

「我是問你幹嘛在電視台附近打轉？」

「我有話跟她說。」他用下顎指向瑤子。

「我們根本沒有義務向你道歉。」

「你是赤松先生吧。」

他連赤松的姓都記得。看來他譴責的對象只有瑤子一個人。

「如果你再亂來，我們可要報告你的上司哦。」

「你是指哪個上司？我在北海道郵局的上司，我也還沒見過他呢。」

「請你不要胡鬧了。」

「我沒有胡鬧，我在吃飯。」

赤松不知該如何接話，只好忿忿地走回瑤子身邊。

「我不是叫你別理他嗎。」

「那傢伙到底想幹嘛？」

「他只是在生氣。如此而已。」

麻生沒有露出絲毫生氣的表情，很享受地喝完最後一滴湯汁。

中午就這麼過去了。

然而到了下午，正在台裡的咖啡廳討論工作時，赤松突然發現麻生還在窗外遊蕩。咖啡廳位於電視台玄關前視野良好的地方。警衛擋在麻生面前，麻生像根灰柱子，呆站著抬頭望向這邊。偶爾似乎想起什麼，臉上浮現笑容，扁扁的背包不斷在左右肩換來換去。

「我去跟警衛室說，把他趕走吧。」

「他只是站在那裡，並沒妨礙到任何人。」

反而是正在等偶像明星的少女們，妨礙到進出停車場的車輛。和女學生待在同一個區域的麻生，看起來好像帶隊的老師。

桌上放著小標題的清單，可是沒人有心情討論這週的企畫內容。瑤子看著在遠處微笑的麻生，覺得全身的汗毛一根根豎了起來。

「反正他本來就是個前途不看好的官員。」赤松輕蔑地說。「這種被打入冷宮、滿腹牢騷的官員，最不肯服輸了。你知道嗎？雖然說得好聽是官員，可是薪水跟銀行裡升遷順利的人相比，只有人家的三分之一呢。尤其是年輕的時候，收入更是少得可憐。剛進去大概只有十七萬左右，到了四十歲，就算一個月加班一百個小時，也不過是三十二、三萬。」

赤松在慶應的同學大概有人當了事務官吧，他倒挺清楚行情的。

「如果當上課長，加上主管加給，薪水大概會多個兩、三成，但是如果沒有升到局長級以上，就比不上民營企業了。二級公務員最多只能升到副課長吧。」

只因為一個笑容，麻生便失去現在的職位。帶著這種前科被放逐到地方單位，恐怕再也不可能調回中央了吧。瑤子感到胸口隱隱作痛。

「如果是戰前的官員，就算辭去公職領點退休金，也足以過著簡單優雅的生活了，可是現在領的年金，勉強只夠一個人糊口。官僚體系故意忽略這種情況，先用微薄的薪水叫大家賣命工作。升到一定職位的人就讓他辭職，不花政府半毛預算，把人打發到相關業界去。在公家機關官做得越大，越容易被酬庸到好企業養老，所以大家只好從年輕時拚命工作。這種酬庸制度實在設計得非常好，不知道是誰發明的？」

只因為瑤子剪接的兩秒鐘影像，麻生就連這個制度也挨不上邊了……是嗎？

胸口還在痛嗎？為了確定，瑤子試著抓緊心臟一帶。疼痛似乎已經消失。

仔細看的話，麻生其實並沒有笑。也許那件事已經使他對微笑倒盡胃口，他只是睨著那群吵鬧的女學生。

原本早班工作應該隨傍晚六點的新聞結束，但為了將現場拍回來的特集企畫快速看過一遍，瑤子甚至沒有時間吃晚飯，一直忙到十點多。

回家途中，她在常去的便利商店停下腳踏車，打算買點東西做晚餐。蔬菜區為了服務單身貴族，將胡蘿蔔一根根分開裝在塑膠袋出售。肉類雖然談不上新鮮，但也分裝成小盒出售。買盒咖哩塊煮咖哩好了，瑤子想。然而，想到還得煮白飯，連煮咖哩的勁都沒了。她把胡蘿蔔和肉放回原位，走向賣便當的貨架。

麻生站在那裡。

由於他等在貨架轉角的地方，瑤子差一點尖叫出聲。

螢光燈使臉色本來就蒼白的麻生，看起來好似大病初癒。

「你幹什麼……」

「我站在那邊看雜誌。」親切的笑臉使得病態的陰鬱少了幾分。

加完班的上班族和女職員聚集在雜誌架前。麻生大概在電視台前晃到傍晚——對，簡直就像在酒館外監視吉村律師的灰衣男子一樣——他一定是在確定瑤子停下腳踏車走進便利商店後，也裝作若無其事地走進來。

「你還沒吃晚飯嗎？」

「請你讓開。」

「與其吃那種東西，不如我們一起去吃飯吧。」

「不必了。」

「你每天就只往返於電視台和家裡嗎？你把所有的時間都奉獻給工作了啊。」

他的口氣並不是在揶揄瑤子，而是打從心底佩服。然而，他們在今天之前並未交談過，他卻表現出很了解瑤子私生活的態度。

「在男性社會孤軍奮鬥，靠技術和天分在輕視女性及注重輩分的世界爭得一席之地。」

麻生彷彿是在背誦瑤子的推薦信。瑤子明白了。告訴麻生那兩秒鐘笑容是瑤子剪接的新聞部職員，一定連瑤子的私生活也說了不少。

會是誰？是那個傢伙嗎？還是那個傢伙？她腦中浮現幾個男人的臉孔。

「前幾天，我老婆從新潟的娘家寄離婚協議書來了。有一欄要填證人。那個可以填自己的朋友吧？」

他知道瑤子離過婚，打算請教瑤子。

「你今天不假曠職嗎？」瑤子邊挑選便當邊說。「你一整天都在電視台附近打轉……你的上司不知道嗎？」

瑤子的話帶著幾分威脅的意味：你再這樣糾纏我，會讓你的人事紀錄更糟喔。這個男人聽得懂她話裡的含意嗎？

「在我去旭川赴任之前，還有一些剩下的事務要處理，可是實在用不了兩星期。我的上司——他叫做須崎課長，對於即將流放邊疆的部下，根本毫無興趣。以前每天熬夜加班時，一直渴望能休個假，現在真的閒下來，時間反而就像沙子從掌心滑落似地流逝了。看來我會漸漸像個正常人了吧。剛才啊，我還注意到路邊開的小花呢。」

瑤子已經失去食慾。然而即使沒有胃口，她還是決定將幾個飯團放進籃子裡。她只想早點離開這裡。

「每次進便利商店就會讓我想起，」麻生還在背後喋喋不休，「有人曾在雜誌上寫過這麼一段話，他說電視就像允許客人偷東西的便利商店。」

瑤子走到別的貨架，但麻生又跟來了。

「如果有便利商店允許客人偷東西，店裡就算有時賣一些餿掉的便當或有瑕疵的商品，因為可以自由偷東西，所以客人也沒立場抱怨，店員即使賣再爛的商品也不用覺得羞恥。像這種便利商店，不管賣什麼瑕疵品都不會倒。這種店跟電視很像……這話說得還真妙。」

麻生想說的是，即使誤報兩秒鐘的笑容，播映再爛的節目，只要有看白戲的觀眾，電視便永遠是勝利者。

瑤子將籃子放在收銀台結帳。麻生站在後面。瑤子打開錢包正要找零錢時，麻生已經將手中的零錢搖得嘩嘩作響，說聲「我這裡有」，把錢遞了過來。

看到瑤子無意收下，他說：「民營電視台，對他們有利時就說『我們是傳播媒體』，對他們不利時就說『我們是顧客至上的營利機構』。就是這樣的雙重標準才讓人受不了。這次的事件是屬於後者嗎？為了讓電視精采好笑，不得不這麼剪輯，是嗎？」

瑤子付錢時，麻生依然喋喋不休。

瑤子收下找回的零錢，提著袋子，避開擋路的麻生走出去。把袋子放進腳踏車的前籃，正要騎上去時，麻生卻堵在路上。

「你認為呢，遠藤小姐？」

「讓開。」

「我又不是藝人，可沒有義務為了節目把笑容奉獻給電視噢。」

「我要叫警察了。」

「我想聽你道歉。」

「你有這種閒功夫跟精力整天在電視台附近打轉，為什麼不去查明是誰想陷害你呢？你不覺得你搞錯怨恨的對象了嗎？」

「是我運氣不好。」揹上這個黑鍋，麻生似乎打算自認倒楣了，「什麼正義、肅清風紀，是我自己傻，才會聽信吉村那種律師的鬼話，把我所知道的有關假出差的事告訴他。我是自作自受。」

「你倒還真認命。」

對於麻生這種絲毫不想查明真相的態度，瑤子總覺得無法釋然。

「我只是相信警察。」麻生說。「只要他們好好調查，就會知道我根本不可能殺人。不可原諒的是你們。」

麻生眼底燃起熾烈的怒火，簡直就像望著熔爐一般。

「道歉。」

「讓開。」

「你快道歉。」

「讓開。」

「請你道歉，遠藤小姐。」

正當瑤子覺得他改變態度、語帶懇求時，他竟又揚起倨傲的官腔說：「你給我道歉！」

瑤子用冰冷的眼神夾雜著嘆息，拋出一句「對不起」。

「這樣你滿意了吧。請你讓開。」

麻生好似失去實體的影子，瑤子騎上腳踏車對著他衝過去。麻生在慌亂間讓開身子。瑤子在車道上加速，後面卻傳來追趕的腳步聲。她回頭一看，麻生正搖晃著背包跟著她跑。看他的速度與跑法，顯然並不打算追上瑤子，而是在輕鬆地慢跑。

他在故意嚇唬瑤子，以此為樂。

瑤子加快車速，皮鞋聲逐漸遠離。為了甩開對方，她特意繞遠路，在路上拐來拐去。交叉的道路不時出現在眼前。她毫不考慮，只憑著動物歸巢的本能選路走。

雖然已經沒有腳步聲，瑤子覺得麻生好像還在後頭跑。她可以聽見自己的心跳聲從喉間發出。心臟似乎已經蹦到喉嚨了。

終於看到她住的都營住宅區。她把車子停妥，提著袋子走上樓梯，然後從樓梯轉角處往下看，凝神注視黑暗中有沒有麻生的人影。

麻生一定也知道她住在這裡。即使他整晚佇立在外，仰望瑤子的房間，也並非不可能。

她走進房間，鎖上門，從窗口向外窺視。四層樓下方的公寓中庭，街燈照亮了每一個角落。有刺耳的金屬摩擦聲。是兒童玩的鞦韆。剛才似乎有人坐過它，鞦韆正在晃動。

然而，並沒有麻生的蹤影。心臟似乎又回到原來的位置，她的喉嚨順暢多了。

位於櫻上水的家中，今晚也無人迎接麻生的歸來。

脫下鞋，將公事包隨手放在玄關，拍著腫脹的雙腿走進浴室。這是太久沒跑步的結果。

他用藥皂仔細地洗手，用印著卡通圖案的杯子漱口。這是妻兒還在時的習慣。因為不想讓孩子傳染感冒，所以最好一回家就先洗手漱口。妻子每次都這樣嘮叨地提醒他。麻生避免去看洗臉台上方的鏡子，用小毛巾擦淨嘴角走入客廳。他不想從鏡中看到自己憔悴的面容。

「我回來了。」

沒有孩子飛奔過來迎接他。

他脫下西裝外套和長褲，襯衫和領帶隨手一扔，換上睡衣打開冰箱。

他拿出不知什麼時候買的魚肉香腸當下酒菜，打開罐裝啤酒。

妻子和孩子離開家，已經超過兩個禮拜了。那天，當他被次長叫去問話，晚上筋疲力盡地回到家時，他們早已離開家了。他打開衣櫃，發現三個人的衣物統統不見了。孩子們心愛的玩具也不見了。連張紙條也沒留。他立刻打電話到新潟，岳母說他們剛到。雖然他懇求岳母讓妻子來聽電話，岳母卻說等他們安頓好了會叫妻子打來。他像獲判罰球的足球選手一樣，對準餐櫃狠命踢去，藉以冷卻怒火。

三天後他才跟佳代子通上話。放送行政局已經和首都電視台交涉完畢，也是須崎暗示他調職的日子。

不管他如何費盡口舌，妻子仍然只是反覆說「我不想回去」。他甚至對妻子起了殺意。他不斷將話筒往牆上砸，不是因為憎恨妻子才砸話筒，而是想砸毀殺妻的念頭。當他再次將話筒拿到耳邊時，電話已被掛斷。

這個週末他打算去新潟。岳父母似乎也在幫他勸佳代子，說這樣單方面寄離婚協議書來不能解決問題，應該好好當面談一次。

他沒開電燈便一屁股坐在榻榻米上，打開電視，又打開錄放影機。最近，晚上臨睡前如果不看這捲錄影帶，他就睡不著。

是從首都電視台扣押的物證錄影帶。引發問題的「事件檢證」節目帶。他拷貝了一份。尾隨吉村律師的灰衣駝背男子。在事務所大樓前出沒的灰色人影。出現在喪禮上的五名黑衣男子。還有受完警方偵訊，露出爽朗笑容的麻生公彥。那時候，溫和的初夏陽光與微風，好似在輕撫臉頰一般，溫柔地裹著自己。

麻生將電視上自己的笑容按下暫停，宛如畫面上出現的是示範動作一般，試著模仿。不管他再怎麼試，脣角依然微微顫抖，做不出電視上那個笑容。

被五百二十五根掃描線的光輝照亮的臉上，總算勉強浮現類似笑容的表情。兩邊的臉頰扭曲著往上扯。

黑暗的畫面反射出自己的臉。

幻想著讓遠藤瑤子屈服謝罪的笑容，陰沉得連自己都感到毛骨悚然。

「出身福島。早稻田大學法學院畢業，通過國家二級測驗進入郵政省，頭一年任職於東京中央郵局，第二年參加轉任考試，如願調往放送行政局，就二級官員來說，應該算是順利的起步。」

在台裡的員工餐廳，赤松邊吃午餐邊告訴瑤子。他是從記者聯誼會查出麻生的經歷。

「他真的被降調到旭川當郵局局長嗎？」

「聽說在這次事件之前，就已經私下決定了。他連寫一張預算表都要比別人多花好幾倍時間，還被女工讀生糾正錯誤。記者之間也拿他當笑話，說如果想打聽衛星放送的最新情報，找麻生準沒錯。只要請他喝點好酒，再拍個馬屁，說衛星媒體的業務課是熱門單位，他就會一邊強調『不可以說出去噢』，一邊抖出內部機密。」

「既然他曾幫助吉村趕走前任次長，就人事方面來說，現任次長不是該替他撐腰嗎？」

「他們都跟麻生劃清界線，你知道為什麼嗎？」

「擺出正義姿態出賣上司的人，不可信任。」

「沒錯。聽信吉村的話抖出前任次長的內幕，他半點好處也沒得到，真是悲慘。」

「那他和太太分居的事呢？」

「記者聯誼會的人說，以他目前的狀況看來，這也不足為奇。就像專任副理說的，麻生只是把自己人生的失敗，完全怪罪到你剪接的影像上。你根本不用放在心上。等他去旭川吸點新鮮空氣換個心情，就會振作起來，把在東京發生的事忘得一乾二淨的。」

「這麼說，至少……」瑤子遲疑了，「他既不可能受上司信賴負責收賄，也不可能是那種為了保護自己而殺人的人囉。」

「可以這麼說吧。」

誤判事實的罪惡感，像針尖一般輕輕在瑤子胸口留下刮痕。

「不過，有一點應該可以肯定。」赤松說，「對麻生而言，懷著某種企圖接近吉村律師，簡直就是個瘟神……」

夜色宛如乞求慈悲般襲來。

逐漸消失的夕陽餘光，微微勾勒出首都電視台大樓聳立著的輪廓。

瑤子看完六點新聞，走到停車場。這兩人都沒看到麻生的人影。

後門前只有打工的年輕人正在來往搬運道具。她凝神注意四周，有人正在等計程車，也有國中生在等待偶像明星到來。

沒看到麻生。然而耳中仍然殘留著聲音，怎麼也拂拭不去。「道歉！」「快道歉！」「你給我道歉！」……幻聽震動鼓膜。

「你沒事吧？」警衛開口問她，似乎有點擔心坐在腳踏車上動也不動的瑤子。是那天早上麻生糾纏不休時替她解圍的警衛。

「晚安。」瑤子打了聲招呼，騎著腳踏車離開。

瑤子沒有注意到。

在後門外，路上黑暗的一隅，豆大的紅光正瞄準著她。

不，瑤子注意到了。似乎有個異物般的光點滑過視線的右角。她煞住車子回頭看。路上東一群西一群的女學生，正不耐煩地等著青春偶像，其中也有人拿著家用攝影機。

原來是那個光啊，瑤子似乎這麼想。鏡頭上方亮著小紅燈，顯示正在拍攝中。瑤子對自己的神經過敏失笑，重新踩動腳踏車朝回家的路前進。

躲在人群中未被發現的紅光，再次盯著瑤子的背影。

鏡頭盡量跟在瑤子背後。直到背影從視線中消失，紅燈和兩隻眼睛一直凝視著……

11

麻生拎著在新潟車站買的點心，造訪妻子位於海濱公園附近的娘家。

厚厚的雲層覆蓋天空，雖然已經五月，這個小鎮卻仍未進入初夏。麻生一直不喜歡妻子的故鄉。

飽含鹽味的海風從一排房子對面呼嘯而來。麻生背對海風，跪在窗戶大開的客廳中。

「是我錯了。」

佳代子和她打扮年輕的母親，面對著遞上點心便額頭貼地、跪著認錯的麻生，露出不知如何是好的眼神俯視著他。

「我向你道歉，請你回來好不好？」

幼小的直樹和由美，爬在父親弓著的背上吵著「爸爸，給我當馬騎」、「爸爸揹我」。

「我道歉。我向你賠罪。請你回來吧。」

他簡直像在示範遠藤瑤子該如何向自己賠罪一般。

「你為什麼要道歉？」

佳代子彷彿在看怪物似的，盯著任由兩個孩子爬在背上、跪地認錯的丈夫。

「為什麼……？」麻生一時語塞。「因為我讓電視那樣拍出來。」說著露出略帶羞意的牽強笑容。

「你並沒有錯吧？跟蹤的人是別人對吧？你是新聞報導的受害者，不是嗎？那你為什麼要道歉？」

「一定是我對工作、對做丈夫和父親，都不夠認真，所以才會在那種場合笑出來。我應該改改個性才對。」

他不停用額頭去撞榻榻米，用各種言詞責備自己。孩子們也在一旁跟著模仿。

「直樹、由美，你們走開。」

兩個孩子對媽媽發出不滿的聲音，佳代子的母親一邊安撫他們，一邊將他們帶往鄰室。客廳變成丈夫與妻子的空間。

「我是個沒出息的男人。」麻生用快要哭出來的聲音，繼續批判自己。「是我搞錯該笑的場合。你罵我好了。如果你這樣丟下我，我會變成一輩子都笑不出來的人。我希望能跟你，還有直樹、由美在一起，變成一個能打從心底開懷大笑的人。」

「我看，你先去醫院看一下吧。」

麻生抬起頭。紅腫充血的淚眼中，在一瞬間對佳代子閃動著跳躍的光芒。佳代子被那熟悉的眼光嚇了一跳，卻還是說出接下來的話。

「在你沒有拿到精神正常的診斷書前，我不會跟你一起生活的。」

「你還在氣我把屋子砸壞？我會修好的。在你們回來之前，我保證，門上的洞、信箱，還有天花板、電話，我都會修好。」

「你好可怕……」佳代子挖出痛苦的核心，「我連接近你都害怕……」

麻生兩手撐在榻榻米上，眼珠彷彿要跟眼淚一起掉下來似地抬眼聽著妻子的告白。

「我看到電視上的笑容，背上都會發冷。」

妻子的父親在新潟電視台好像有熟人，所以將那捲節目帶借來看過了。

「那個節目很爛吧。你應該了解我的憤怒。」

「那兩秒鐘的笑容……我覺得那就是你的真面目。」

「什麼真面目？」

「在那樣笑完之後，你就會毫無預兆地揮舞椅子，用掃把柄開始戳天花板。」

「那是因為在警局的停車場有一個小女孩。她對著我笑，所以我也回她一個微笑。我不是解釋過了嗎？」

「不，不是這樣。」

「我真的沒騙你。」

「電視台的人並沒有冤枉你。」

「你這是什麼意思？」話聲一落，麻生流下了第一滴眼淚。

「電視播出的是你的真面目。它把你這個恐怖、令人發毛，走夜路時絕不想碰到的人，原原本本地播出來了。」

「你這是什麼話？」淚腺的堤防崩塌，淚水滂沱而下。「我好傷心，你竟然這樣說。」

「你走吧。」

佳代子挺直背脊，徹底拒絕了丈夫。麻生的眼淚濡濕了大片榻榻米。待在隔壁的孩子擺脫外婆，跑了過來，吵著對伏在榻榻米上哭泣的父親說：「馬馬在哭耶。快走嘛，快跑嘛。」說著，便騎上了父親的背。

麻生一邊抽泣，一邊揹著兩個孩子，繞妻子的身邊開始爬行。

三個遭到校園暴力的國中女生集體自殺，是上週的熱門話題，這週的「事件檢證」決定加以追蹤。看完十捲現場拍來的資料帶，她和赤松完成了整體架構。

「那個男的，好像沒有再出現吧。」

瑤子雖然裝作不在意，心裡卻鬆了一口氣。然而麻生不再出現的事越是讓她安心，在她心中越有一種東西，就像糾纏不放的水蛭，吸著瑤子的血，逐漸膨脹變大。

「我到處找不到春名誠一。」她突然說道。也許是希望告訴赤松後，心裡可以好過些。

「找不到？連郵政省也找不到他的人嗎？」

她把打電話去電波監理課，找不到這號人物的事告訴赤松。

「你是說，一個跟郵政省毫無關係的人，自稱要檢舉郵政省內部的弊案，將錄影帶交給了你嗎？他的目的何在？」

彷彿要回答這個問題，瑤子從皮包取出春名交給她的數位錄影帶，插入機器。

「你再仔細看一次。」

出現了灰西裝在酒館前監視的影像。

「長鏡頭看不見臉。當我們看到這個鏡頭，一定會希望趕快拍到臉部特寫。接下來雖然鏡頭拉近了，」鏡頭貼近灰衣男子，然而男子卻將臉轉開，讓人看不到面貌。「男人正好在這時候轉開臉。你說這是怎麼回事？」

赤松開始覺得不妙，心想「不會吧」。

「攝影者和拍攝對象，連呼吸都配合得恰到好處。」

瑤子彷彿要從畫面中嗅出那種呼吸，赤松也傾身向前，露出同樣的表情。

「可是，就算兩個人是同夥，也不可能知道鏡頭什麼時候會拉近吧。兩人的距離起碼有五十公尺。就算要提醒對方『現在要靠近囉』或『要拍特寫了，把臉轉開』，也必須大聲說才聽得見。那裡又不是可以反覆預演的場所……」

「你仔細看下一個鏡頭。」

從暫停的畫面，一格一格地送過鏡頭。那是吉村三人從酒館出來，灰衣男子想要躲藏，向畫面左方移動，鏡頭來不及追上，急速轉為長鏡頭拉開的那一瞬間。

「之前鏡頭一直只照到男人的右半邊，只有在這一瞬間，男人轉身時拍到了臉的左半邊。你看左耳附近，就是這裡。」她指著畫面。瑤子的手指沿著從男人左耳到西裝領口的一根線畫過。「你說這根線是什麼？」

爬在脖子上宛如蚯蚓的一根線。赤松認真地看著，低聲說：「是訊號線。」

「他戴著耳機。攝影者帶著麥克風，拍攝對象的左耳掛著耳機。『我現在要拍你的特寫囉。』聽到攝影者指示後，他就把臉轉開。」

「等一下。」赤松在瑤子的推理中發現漏洞。「這個畫面不是無聲的，而是現場錄音，連街上的噪音也錄進去了。如果攝影者對著麥克風說話，就算再小聲，也會被錄進來呀。」

「你仔細看，好嗎？」瑤子沒有立刻回答這個問題，只是將畫面從暫停再次啟動。鏡頭拉開，出現三人掀起門簾從酒館走出的樣子。

畫面在一瞬間閃過白白的東西。

「你發現剛才有東西閃過嗎？」

「嗯。」

可是赤松看不出閃過的是什麼。瑤子將畫面倒回，一格一格地檢視。閃過的東西簡直就像鬼影般出現在一格畫面上。是一輛反射著路燈、橫越過攝影機前的模糊的摩托車。勉強可以看得出摩托車騎士與車子握把的輪廓，但是如果用正常速度，根本看不出來。

「你聽見摩托車的聲音了嗎？」

「……沒聽見。」赤松為之啞然。

瑤子又將帶子倒回，再次映出摩托車越過畫面的模糊影像。「摩托車距離鏡頭這麼近，你說為什麼會聽不見聲音？」

赤松恍然大悟。「這個畫面的雜音……是事後才加進去的！」

「沒錯，為了除去攝影者指示灰衣男子的聲音，在剪接時把現場的聲音完全消掉，再灌進從錄音帶檔案中找來的聲音，也就是我們常用的『都市噪音』那種玩意。」

瑤子旋轉操控鈕，讓畫面流過。接下來的鏡頭中，灰衣男子仰望吉村事務所大樓，在廂型車中繼續監視。

「這個也是在演戲嗎？」赤松凝神細看。

吉村墜樓後警方在現場採證，在圍觀人群的後方隱約可見灰衣男子。還有出現在喪禮上那五名男子的背影。

「當你去幫我調查，確定那五個人不是郵政省官員，而是假公司的假職員時，我就勉強讓自己這麼想：攝影的春名只是碰巧拍到來參加喪禮的五個局外人，那五個人用假名簽名，只是因為碰巧有什麼隱情讓他們這麼做，跟春名毫無關係……也許是因為我不想再讓這個事件扯上更多謎團。」

她的語氣難得充滿了自省。

瑤子累了。被麻生公彥糾纏不休，被前大要求別再跟孩子見面，每天光是消化眼前的工作，便已耗盡了她的力氣。

春名和那五個人毫無關係的想法，雖然沒有任何根據，卻仍揮之不去。

「換言之，是春名叫他的同夥跟蹤吉村律師，故意裝作是在偷拍；出席喪禮的那五個人也是臨時演員，在這些畫面之後，接上麻生從警局出來的樣子，目的就是想讓人以為郵政省官員涉嫌吉村律師墜樓事件……是這樣子嗎？」

「自導自演，再加上群眾心理的操作……他搶了電視台的飯碗，漂亮地騙過這一行的專家。」瑤子語帶苦澀地自嘲道。

那個說什麼希望感受瑤子心中萌發的情感、獻上熱烈支持的春名，原來是個大騙子。

「他為了達到某種目的，利用了你……可是會是誰呢？春名背後的主使者會是誰呢？」

「和郵政省利益衝突的是哪個單位？」

「若說媒體的權益之爭，那是通產省；若說和放送行政局搶地盤的，那就是電氣通信局或通信政策局。」

「或者……」這是這幾天瑤子心中萌生的懷疑。「是學官勾結的另一方，永和學園。」

「指使春名拍這捲錄影帶的人，逼吉村律師打電話，把麻生騙到台場，再把吉村……」

赤松口中的懷疑，就像剝淨腐肉的白骨一般，是另一種冷然閃耀的可能性。

麻生與瑤子或許正落入某人設下的黑網中。模糊的恐懼冷冷地爬上心頭。

這時，剪接室的電話尖聲響起。擊碎沉默的聲音，令瑤子與赤松全身顫抖。

從接起來的話筒中，傳來連瑤子都聽得見的怒吼聲。

打開電視看看！森島怒吼著。

「……東洋電視台嗎？請等一下。」

赤松切換螢幕，轉到東洋電視台的頻道。晚間新聞剛開始。

背景燈光照出一個側面剪影。匿名採訪特有的鏡頭角度與大小。男人被混音器改變的聲音，現在幾乎要哭出來似地提高了音量。

「電視放送的『放送』，寫出來就是『放任播送』。首都電視台的作法就是這樣。現在雖然有保護人權不受侵害的規定，可是要不要做更正聲明，全由電視台判斷。他們想說的是，你希望我們在電視上聲明出現在鏡頭前的某官員與殺人事件無關是嗎？節目播都播了，觀眾也都快忘了，現在如果做更正聲明，觀眾只會曲解，心想原來某官員是殺人事件的嫌犯啊，人家又沒懷疑他，他幹嘛要解釋呢？既然大家快忘了，就讓這件事被遺忘吧。你說這算什麼？這分明是要脅嘛。這不等於是在說，就算做更正聲明，還是要踐踏你的人權嗎？」

赤松不禁低語：「竟然來這招。」

麻生的肩膀上有塵埃飛舞。這是現場錄製的。一定是麻生主動要求的。看來，他選擇了在收視率上與首都電視台競爭日益激烈的東洋電視台，試圖反擊。

「法律通常是保護拍攝的一方。也就是說，只要被拍到你就完了。他們可以說，沒有人說可疑男子是你，你生氣自己被當成凶手，根本是有被害妄想症。他們說，觀眾應該不會這麼想，好像他們可以掌握所有觀眾的心情，可是一旦扯上問題，他們就說無法對每個觀眾的看法負責，開始逃避責任。」

有川經理也正在看這個節目吧。或許他正在思考如何在經理會議上辯解。

負責發問的是一個男主播。「據說高層主管已經出面擺平此事，但A先生您的怒氣顯然還未消去，是吧？您對誰最感到憤怒？是讓首都電視台的檢證節目播出的現場負責人嗎？」

「那家電視台的那個節目，根本就沒有負責人，全憑躲在地下室剪接影像的一個技術人員為所欲為，趕在節目播出前完成剪接，就這麼播出來，根本就沒有人事先檢查過內容。你明白嗎？一個沒有受過記者基礎教育的女剪接師，憑她當天的心情隨意做出來的東西，就這麼輕易地播出了。你說世界上有這麼恐怖的事嗎？那種女人的一根手指就能左右拍攝對象的生死，這種事你能相信嗎？」

赤松小心地窺視瑤子的臉色。雖然被麻生痛罵，但不知為什麼，瑤子只覺得為他心痛。麻生是豁出去了。工作和家庭都被奪走，已經沒有東西可以失去的人，現在想利用媒體，發洩被媒體傷害所累積的恨意。麻生並未天真地期待能靠著在電視上露臉而奪回權利。

在畫面下方，流過「某官員勇敢反擊媒體法西斯主義！」這種不負責任、煽動人心的標題後，鏡頭切換回現場。

發音異常標準的東洋電視台當家主播，用流暢的言詞結束這個單元：「報導節目所引發的這類受害事件，令我深切地感到這並不只是首都電視台的問題，而是我們新聞從業人員每個人都該引以為戒的問題。我們將繼續追蹤報導官員A先生的這場戰鬥。」

赤松關掉電視，誇張地嘆了一口氣。

「要是不去管它，本來可以冷卻下來的……」

「他只是不想死，只是想活下去。如此而已。」

赤松露出無法理解的表情。

拋棄家庭的瑤子，藉由獻身工作熬過了那段最痛苦的日子。

現在的麻生，只有任憑感情衝動的爆發，才能感覺到自己還活著，所以才讓她心痛。

內線電話再度響起。大概是森島吧。赤松費力地勉強從椅子上站起。

□

森島交給赤松應付，瑤子剪接完明天要播出的「事件檢證」後，深夜才回家。

她像往常一樣將腳踏車停在停車場，走上樓梯，從外走廊來到屋前。

她在牛仔褲口袋掏了半天，沒找到鑰匙。瑤子想起來了。由於剪接部門的寄物間遭小偷，今早大家的寄物櫃鑰匙都換過了。拿到新鑰匙裝在鑰匙圈上後，她就隨手擱在台裡的辦公桌上，忘記收起來了。

瑤子踮起腳，取下放在瓦斯表上的備用鑰匙。由於這個住宅區並沒有管理員駐守，鑰匙丟了就無法進門。這麼做或許不夠謹慎，不過瑤子還是一直將備用鑰匙放在那裡。

就在她打開門時，忽然覺得視野左角有微弱的紅光。瑤子回身凝神細看。外走廊的對面是住宅區的另一棟建築物，有幾間屋子亮著燈，但到處都沒發現瑤子感覺到的那種紅光。

她想起三天前的夜晚，在電視台的後門外，也曾發現相同的紅光……

12

那是未寫寄件人名稱的郵寄包裹。

是個寬十五公分，長二十四公分，厚約四公分，內襯保護膠墊的褐色信封。收件人地址是用文書處理機打的貼條，寫著「首都電視台新聞部播映中心技術部・遠藤瑤子小姐收」。

像這種寄件人不明的郵件，原則上規定要在警衛室拆封。自從中央電視台發生郵包爆炸事件後，各家電視台對郵件都不敢掉以輕心。

信封裡裝的，只是一捲普通的ＶＨＳ錄影帶。

早上還不到十點，剪接部門很清閒。瑤子坐在自己慣用的剪接器材前，一邊看著今天的新聞項目表，一邊將寄來的錄影帶插入機器。寄件人不明的錄影帶並不稀奇。一般人常將所謂的「精采畫面」寄來，雖然指名寄給瑤子有點奇怪，不過她想這八成也是那類錄影帶。

出現了熟悉的景色。就是她剛剛才騎車經過的路。還有個熟悉的人物。是瑤子自己。

瑤子盯著畫面，背上開始起雞皮疙瘩。這是什麼玩意？

外行攝影者特有的粗糙畫面。

瑤子騎著腳踏車，與上班上學的人潮逆向，行駛在赤坂的路上。是全身鏡頭。拍攝者躲在角落，從旁舉起攝影機，盯著通過視線範圍的瑤子，直到瑤子消失在首都電視台的後門。

拍攝者知道瑤子上班的路線，特意埋伏在路邊拍下的。

瑤子全神貫注，凝視著下一個畫面。

是夜晚，畫面是用長鏡頭仰望都營住宅區。

攝影者發出金屬摩擦聲，坐在某處不安定的場所，因為畫面正在前後晃動。那個聲音很熟悉。畫面終於鎖定住宅區的一間屋子。那間亮著燈光的屋子是瑤子的房間。當窗上映出瑤子的剪影時，攝影者連忙離去，有衣服摩擦聲和腳步聲。在一瞬間映出了攝影者剛才坐的地方，是中庭給小孩子玩的鞦韆。

瑤子如遭電擊般回想起被麻生糾纏的那一晚。回家之後她覺得麻生還在監視她，將門牢牢鎖上，從窗口向外看。在夜晚的寂靜中傳來刺耳的聲音。剛才似乎有人坐過的鞦韆，正前後晃動著……

接著也是夜晚的鏡頭。

追逐偶像的女學生群聚的後門外，瑤子騎著腳踏車出現了。畫面用特寫跟著。

「就是那時候。」瑤子不由得發出聲音。

畫面中的瑤子停下腳踏車，似乎察覺到什麼，轉向鏡頭這邊。畫面在千鈞一髮之際躲進人群中。當攝影者重新舉起攝影機，瑤子早已騎車走遠，鏡頭盡量貼近，目送瑤子轉彎。

緊張爬遍了全身肌膚。

那時她感到的紅光，果然是拍攝中的家用攝影機的指示燈光。

又是夜景，依這個角度來看，一定是從隔壁住宅的樓頂拍的。回家的瑤子在停車場停妥腳踏車，走上樓梯，來到四樓的走廊上。她在口袋搜尋卻沒找到鑰匙，便從瓦斯表上取下備用鑰匙，打開了門……但她忽然轉頭望向鏡頭這邊。畫面在一瞬間變暗。攝影者躲起來了。就是那時的紅光。原來是在隔壁住宅的樓頂等瑤子回來。瑤子住的這個住宅區，任何人都可以到樓頂。她想像灰色背影的男子一手拎著家用攝影機，推開通往樓頂那扇門的情景。

影像全部播完了，然而瑤子依舊凝視著畫面。不舒服的汗水滴落胸前。

被拍攝、被播映出來的感覺原來是這樣啊。出現在畫面上的自己，和平常在鏡中看到的自己不一樣。鏡中映出的是左右相反的自己，被拍攝、播映出來的才是自己的真面目，這麼理所當然的結論，卻是她看完的頭一個感想。還有，被迫客觀地審視毫無防備的自己，令她感到難以言喻的羞恥與驚訝。原來我是用這種表情走在街上的嗎？用這種凶惡的眼神看人嗎？……恐怕任何人都會覺得窺見了自己的醜陋，恨不得轉開臉吧。

「快道歉……」

那個聲音突然在耳膜間鼓動，在腦海裡盤旋。在公寓樓頂手握攝影機的麻生，一邊吹著溫暖的夜風，一邊用略帶諂媚的語氣說：「請道歉好嗎？」紅潤的唇間傳出用不同說法要求道歉的聲音。

道歉。你快道歉嘛。請你道歉好嗎?

剪接部門開始出現人群,接下來要製作午間新聞了。

「遠藤小姐早。」赤松也來了。他完全沒注意到瑤子的緊張與汗水。

瑤子強裝平靜,從放映機中取出錄影帶,開始將今天的新聞資料帶排在剪接機旁。現在還不能告訴赤松。她打算藏在心中,直到非說出來讓自己好過一點為止。

那天下午,播映中心的會議室起了一場爭執。

瑤子向倉科和森島提出要追蹤採訪「事件檢證.市民團體幹部墜樓自殺之謎」。

「錄影帶的來源,這麼容易就抖出來了啊。」

那是在瑤子說完春名誠一這個男人交給她的錄影帶,是攝影者與拍攝對象串通好,自導自演出來的假影像以後。

「你不是堅持取材來源要保密嗎?」

森島似乎在幸災樂禍,臉上鬆垮的肉幾乎要掉下來了。瑤子好希望那塊肉真的掉下來。

「那怎麼著?」這是倉科窘困時的習慣,語尾提高。「吉村律師的死與永和學園的某人有關,那個姓春名的男人一定會在永和學園附近出沒……是這樣嗎?」

「是的。所以我希望派幾台攝影機去現場。」

「我們想在神田的永和學園校本部和主要學院的正門前，當然是隔一段距離啦，放幾台攝影機，拍下進出的人。」赤松在一旁聲援。

兩人的計畫是，只要瑤子看過拍回來的帶子，找出貌似春名的人，便立刻去突擊採訪。

「你別說得這麼簡單好嗎？」森島嗤笑道。「不管是用大型攝影機，或是掌上型的數位攝影機，萬一被人發現電視台未經許可擅自拍攝，你知道會有什麼後果嗎？」

「只是拍校門而已。跟八卦新聞平常做的比起來，根本是小意思。」赤松輕鬆地說。

「看來寶寶的教育方式錯了。」森島故作悲嘆地看著赤松。「是因為交給行為不檢的姊姊照顧的關係嗎？」

「請認真聽我說好嗎？」赤松臉上泛起紅潮。「也拜託你別再叫我什麼寶寶。」

「我不能答應你們去採訪。」倉科說。

「你害怕對方抗議？」曾經在紀錄片領域身經百戰的男人，怎麼會變得如此膽小怕事？瑤子感到很失望。「你那麼害怕昨天被東洋電視台批評的事會重演嗎？」

昨天傍晚看過節目後，有川經理似乎決定靜觀其變。看來他打算閉上眼睛、摀起耳朵，等待暴風雨過去。

只是靜觀其變也就罷了，但是經理對於有關麻生和郵政省的相關報導全都避而不談，這種怕事態度也傳染到了製作現場。

「你何不先研究一下郵政省，再來攻擊它呢？就像人家常說的，充滿活力的政府機關是很難萌生貪汙的。」

倉科有意將話題扯離問題核心。就連知道麻生沒有不在場證明時，尖銳地追問是誰約他去台場的倉科，過了一段時間也變成這副德性。即使過去的熱情不時抬頭，但他似乎立刻意識到身為管理者的責任。

「去年負責大阪地區郵件分發的事務官就被換掉了。」赤松著實下過一番功夫研究，提出反駁。「當他被調升到中央時，有人發現他請過去有來往的郵件委託業者免費替他搬家，眼看升官機會就在眼前，那個官員就這麼被處分了。還有呢，業者為了向NTT的員工餐廳包下十五萬人份的餐具生意，賄賂NTT的幹部，這事也已獲得證實。在電氣通信方面，為了爭奪行動電話市場，郵政省的退休幹部大舉進入各大企業。最出名的，就是放送行政局的前任次長因為假出差事件遭到調職。怎麼能說他們很難萌生貪汙呢？」

「我的意思是說，我們報導郵政省與永和學園的問題還沒多久，就連正在調查吉村律師事件的警視廳，也非正式地通知過上面，要求我們今後如果要報導，必須謹慎一點。」

「有壓力是吧？」

「我只是叫你們等事件冷卻下來再說。」

「那做『事件檢證』就沒有意義了。」瑤子說。

「對呀，我們的節目不就是要趁話題未冷卻，把我們獨特的檢證和推理告訴觀眾嗎？」

「什麼叫『我們的』節目？」森島想說的是，像你這種菜鳥根本還不算節目的一員。

「行事小心的人，只要看到校門外有人拿著攝影機徘徊，就會察覺了。不行啦，立刻會被拆穿的。」

「說得也是，就連電視台裡，好像也有人把我的背景資料張揚出去了。」

「不是我幹的噢。」森島一臉愕然，又露出微笑道。

到底是誰說的，反正也不重要。

「追根究底，都是因為你被外行人拍的影像騙了，武斷地把穿灰西裝的男子和麻生扯在一起，才會惹出這些問題。」

森島用冷酷的目光盯著瑤子，揮舞著攻擊的材料。

「那可不是外行人拍的東西。」赤松加以反駁。「永和學園的藝術學院也有影像專門學系。不管是器材、人手和能力，他們統統都有。」

「我可以請問一個問題嗎，赤松大師？」森島盛氣淩人地朝向赤松。「永和學園的人會主動要求我們報導他們與郵政省勾結的事嗎？做這種事，對他們有什麼好處？」

「這個……」赤松張口結舌，轉頭向瑤子求助。

「關於雙方的勾結，警視廳早已祕密展開調查，遲早會被哪家新聞媒體挖出來。」瑤子答道。

「對，所以他們才先採取行動。」赤松趁勢繼續說。「反正早晚會被發現，既然如此，不如先洩漏第一手消息，盡量讓自己處於有利的位置。為了讓大家將懷疑的矛頭指向郵政省，於是找個適合的官員揹黑鍋。」

「你是說，為了嫁禍麻生，整個組織都暗中採取行動嗎？你大概是三流推理小說看太多了吧。組織會這麼團結嗎？你以為現在還有不惜犧牲性命效忠組織的人嗎？」

森島的話也言之有理。

「這件事就談到這裡。採訪的事我會看情況再考慮。」

倉科將話打斷，避開瑤子失望的眼神，匆匆站起來。

拍攝瑤子私生活的那捲錄影帶送來那天，瑤子向倉科和森島提出採訪永和學園的要求。這種心理，瑤子自己也分析得出來。

節目播出後，麻生提出抗議。他不僅自己跑來電視台抗議，還潛伏在瑤子周圍，執拗地要求瑤子謝罪，還去上別台的新聞節目，扮演可憐的新聞受害者。

然後，他暗中拍攝瑤子的錄影帶。

被影像逼至絕境的人，現在也打算用影像來報復。他想說的是：「怎麼樣，被拍攝的滋味如何？」

然而瑤子心中卻有一絲愧疚。麻生被降職、失去家庭，恐怕都和瑤子剪接的影像有關。她無法對自己辯稱，說她其實沒有把灰衣男子的影像片段，和站在警局前浮現笑容的麻生扯上關連。歸根究底，那是一則錯誤報導。

麻生面對東洋電視台的鏡頭，陳述自己無辜的言詞，令人感受到要將真心話全部傾吐出來的真實感。

他並未說謊。

那是多年來，瑤子剪接無辜涉案人的訪談畫面所鍛鍊出來的敏銳觀察力。

最重要的是，現在已經確定春名送來的帶子是偽造的。

瑤子和麻生一樣都是遭到某人利用。瑤子甚至對麻生產生一種同病相憐的感覺。

對於麻生遭到社會唾棄的事，瑤子感到自己也有責任，她希望能藉著採訪永和學園查明真相，來解除自己的愧疚。

她不想道歉，但她可以追查謎底。

那天晚上，瑤子沒有回家。她睡在剪接部門後面的休息室，躺在幾乎沒有女性用過、附有簾幕的上下鋪上層，設法遮住棉被上那股汗臭味，一邊盯著伸手可及的天花板，半睡半醒地挨到天亮。

隔天早上，有人用限時掛號寄來包裹。

在警衛室慎重地打開包裹，裡面果然又是一捲錄影帶。

瑤子鎮定地將那捲帶子插入機器。好吧，這次又是什麼？

裡面拍攝的，是前天的自己。

午間新聞結束後五分鐘，瑤子從後門出來。鏡頭尾隨在後。正在找地方吃午餐的上班族陸續通過畫面。鏡頭大約跟瑤子距離二十公尺吧。由於是廣角鏡頭，有點難以掌握距離。瑤子走進便利商店。前天因為天氣很好，所以瑤子打算在外面一邊吹著初夏的風一邊吃午餐。

鏡頭從店外越過玻璃，注視著瑤子在收銀台和女店員閒談的景象。最近瑤子和打工的女店員已經熟到可以聊上兩、三句了。

女店員將三明治、沙拉和罐裝紅茶裝進袋子裡，瑤子提著袋子走到陽光下。鏡頭早已遠遠退到瑤子看不見的死角。走過一條小路後有個公園，天氣好時附近的女職員也常在這裡吃午餐。這個公園安靜得令人懷疑是在東京市中心，滿是耀眼的新綠，是個出乎意料的好地方。瑤子坐在椅子上，一口一口慢慢吃著三明治。

畫面前方是公園茂密的樹叢。鏡頭躲在瑤子絕對不會發現的地方，將望遠鏡頭轉到最大限度，一直凝視著她。

「那是什麼東西？」

背後傳來聲音，嚇得瑤子從椅子上跳起來。

「對不起，嚇到你了。」

是赤松。為了收集資料，他提早來到剪接部門。

瑤子並沒有停下錄放影機。

「這不是你嗎？」赤松一邊看畫面，一邊在旁邊坐了下來。

「是別人寄來的。」

「誰寄的？」

瑤子搖搖頭，表示不知道。一直到瑤子吃完午餐，鏡頭一直保持同樣的位置盯著她。影像全部播完後，瑤子又將昨天寄來的帶子插入機器。

「算是匿名的情報提供者吧。」

她帶著嘲諷說道，把昨天的帶子也給赤松看。赤松似乎逐漸感到事情的嚴重性。看到一半時彷彿突然想到什麼，揚起聲音說：「啊，你別用手去碰它，會把指紋弄掉的。」

「會這樣小心偷拍的人，應該不會留下指紋。」

「你不打算報警嗎？」

「我不希望帶子被當作證物扣押。」

「那你就拷貝一份好啦。一定是麻生公彥寄來的。」

赤松見瑤子猶豫不決，明白了她的心情。「你為什麼不去報警呢？因為你剪接的東西傷害到他，所以就默默忍受他的騷擾嗎？」

如果說沒有這種感情成分，那是騙人的。

「我想自己查清楚，是否真的是他在搞鬼。在確定之前，我不希望警方介入。」

「除了麻生還有誰會這麼做？那傢伙是想以牙還牙，用影像報復影像。」

「一個會親自跑來罵我、不斷要求我道歉的男人，這種作法未免太謹慎了。你看，他一直跟我保持安全距離。」

那是最初拍攝瑤子上班的影像。「鏡頭的位置是以不被發現為優先。與其說是謹慎，不如說他非常膽小。即使這樣限制了畫面大小，他也不打算靠近我，也沒有繞到我的正面拍過特寫鏡頭。」

赤松也開始解析畫面。「照這個畫面的清晰度來看……應該是數位攝影機吧。用母帶再轉錄成ＶＨＳ。剛才那捲帶子讓我看一下。」他自己動手換播今天送來的帶子。

是瑤子正在便利商店買東西的樣子。赤松按下暫停鍵，說：「你看這邊。」

從窗外盯著瑤子的鏡頭，突然拉向她的特寫。從畫面混亂的狀態可想見動作有多急促。

「你看，你正在笑。」

那是瑤子對打工的店員露出的笑容。店員問她：「你喜歡吃鮪魚三明治，對吧？」瑤子隨口答道：「吃這個不用擔心熱量過高。」
「當他看到你的笑容時，簡直像發現寶物似的，立刻將鏡頭拉近。這是一種情感的表現。你不覺得他就像一塊等著吸附到你身上的磁鐵嗎？」
據說現在很流行這種偏執狂的犯罪事件。
尾隨在後，不斷出現在對方的視線中，進行無言的脅迫。這類犯罪棘手的地方，在於這種程度的騷擾很難訴之以法。即使有可能引發事件，但是警方無法以未來可能犯罪的名義將其逮捕。
「根據某位精神科醫師表示，想要獨占不理會自己命令的對象，多半是由於那個人過去的生涯中，遭到心愛的人拒絕或拋棄的感情在作祟。」
「麻生的狀況，是被妻子、兒女拋棄……」
「幻想與對方的關係，據說是在無意識中試圖修正自己的歷史。換言之，獨占對方，就等於是要滿足過去自己無法滿足的部分……」
所以一旦遭到拒絕，就等於失去了彌補過去悲傷歷史的機會。在絕望與混亂的打擊下，不顧一切地企圖維持理想的關係，到最後就可能演變成殺人事件。
「由於這類犯罪事件日漸頻繁，最近警方似乎只要接獲報案，就會盡力保護受害人。你去報警吧。像麻生這種公務員，只要一扯上公權力，他就會安分下來了。」

瑤子不表贊同。「那則報導引起騷動時，他沒有借助任何人的力量，自己跑到電視台，堂堂正正地來抗議。他並沒有依賴警察。」

「那當然，新聞受害事件本來就沒辦法報警處理。」

「就算要控告他，我也想當面控告。我希望能當著他的面說，你不應該再做這種事，把精力耗費在這種事上，等於是在浪費生命。」

「面對一個犯罪者，為什麼還要這麼堅守原則呢？」

「別告訴上面那些人。答應我。」

「好吧。」赤松忍不住嘆氣。瑤子一向說一不二，這點他非常清楚。

那天晚上，瑤子在歸途中一路留心觀察。

沒看到紅光。中庭的鞦韆也沒有發出聲音。她小心地將門鎖好，摸黑快步走向窗邊。她懷疑現在說不定有人正從中庭仰望這邊。

這時，她的腳滑了一下。地上彷彿有香蕉皮，她像電視上的滑稽短劇一樣滑了一跤。在傳真機下面，機器吐出的傳真紙蜷縮成一團。由於沒有自動裁紙功能，傳真紙全部連在一起堆滿了地面。瑤子從紙堆中爬起來，打開電燈。

首先映入眼簾的，是用麥克筆寫的兩個大字「道歉」。

道歉道歉道歉道歉道歉道歉道歉道歉……

快道歉快道歉快道歉快道歉快道歉……

你快道歉你快道歉你快道歉你快道歉……

瑤子彷彿要躲開蛇群似地慌忙貼緊牆壁。她將衝到喉頭的心跳嚥下，蹲著拾起紙張。

傳真紙上印著傳送地點的電話號碼及時間、地點。上面寫著便利商店的名字，電話號碼是港區內的，一共有四個傳送地點。在今晚八點到九點之間，麻生在首都電視台與都營住宅區之間徘徊，利用每一家有傳真服務的便利商店，反覆傳真給瑤子。

只要不是從自己家裡傳真出來的，這些傳真紙就不能當作控告麻生的證據。

電話響起。應該已經平息的心跳，立刻變成短促的悲鳴。電話自動切換成傳真。送來的內容，只不過是張數增加，主旨還是相同的。

「請你快道歉。」

傳送的地點，就是附近瑤子經常去的那家便利商店。

瑤子在堆積如山的要求道歉函中，呆呆地站了一會兒。

跟蹤、偷拍、送傳真信。麻生只有從這些行為才能感受到生存的意義。對於這種男人，自己該怎麼對付呢？

恐怕已經不需要憐憫與同情了吧。

不知道過了多久，瑤子聽到耳熟的聲音。是那個劃破夜色的刺耳金屬聲。瑤子回過神，走到窗邊，凝神注視黑暗的中庭。

有人坐在鞦韆上，讓生鏽的鎖鍊吱吱作響。宛如電影《活下去》中的志村喬，麻生弓著背坐在鞦韆上，張著潮濕的紅脣仰望這裡……麻生就在那裡。

瑤子眨眨眼。他的確在那裡。穿著灰西裝的男子，甚至正不停向她招手。當她看到麻生的臉頰在動，面向這邊說著什麼時，瑤子就像替外國片配音似地，替他配上台詞。

來這裡吧。來這裡玩吧。播映的你與被播映的我。拍攝的我與被拍攝的你。怎麼樣，要不要來玩比傷口遊戲？我們都已經傷痕累累了，不是嗎？

我一定是瘋了。替那個男的辯解做什麼？

瑤子將眼睛閉上兩秒後又睜開。人影的確在那裡。然而，泛白的街燈使男人的影子模糊難辨。那是因為中庭老舊的螢光燈，突然減弱光芒，在一瞬間熄滅的關係。

是光線的作用嗎？不，那本來就是幻影吧。

沒錯，其實我只是幻影。是你在剪接機上創造出來的，不存在的我。就像那個在警局前洗清殺人嫌疑，露出爽朗笑容的麻生公彥，是你創造出來的人物一樣。

瑤子又替他配音了。

這個螢光燈，你快想想辦法嘛。去叫管理員換個新的嘛。這樣才能把你創造出來的麻生公彥這個幻影，照得更鮮明一點呀。

瑤子再度閉上眼睛。消失吧。拜託你消失吧。這次她等了三秒鐘才睜開眼睛。

麻生不見了。只有街燈好似命在旦夕似地閃爍，不斷向周遭散布苦澀的光線。鞦韆也沒有晃動。

振作一點吧。

她鼓勵自己。從廚房拿來可燃物垃圾袋，將堆滿地上要求道歉的傳真信一把抓起，全都塞進袋子裡。明天就把裝滿這些討厭東西的垃圾袋拿出去丟掉吧，她正要將袋子拎到玄關，卻又改變主意。

這個不能丟，這是重要的證據，就在瑤子逐漸恢復冷靜，如此判斷的時候……

距都營住宅區東南方五公里處，沾滿海水味的柏油路上，有個男人的身體被重重砸下。骨碎肉綻，血花像暴雨般灑在周圍的地面上。

沒有人聽到他墜地的聲音。路上流滿鮮紅的血。

翌晨，港灣工人發現了這具被烏鴉啄去眼珠的屍體。

13

「我剛從記者聯誼會得到消息。」

赤松的語氣中，含著壓抑激動的粗重呼吸聲。

瑤子準時來上早班，正在剪接室後面攪著即溶咖啡。如果警視廳記者聯誼會一大早就有事件發表，赤松通常不用內線電話，而是親自跑來剪接室通知瑤子。這是為了午間新聞的剪輯，和瑤子一起等待從現場拍回來的帶子，開始與時間賽跑。

然而，他今早的表情卻比以往凝重。

「你說的那個叫做春名誠一的男人，今天早上被發現了。」

瑤子握著湯匙的手停了下來。

「在哪裡？」

「晴海的倉庫街，變成一具屍體。」

彷彿有什麼東西插進胸口，夾雜著血腥味的反胃感湧了上來。

「好像是跳樓自殺。身上沒帶可證明身分的東西，不過在西裝內袋發現了名片。」

應該是瑤子也拿過的郵政省放送行政局的名片吧。

「可是警方去郵政省調查，發現根本沒有春名這號人物。」

跟瑤子在十天前打電話查詢的結果一樣。

負責錄製現場電傳回來影像的收錄技師，過來通知已經收到了。

瑤子與赤松立刻將收到的帶子插進機器，並肩坐在螢幕前。

首先是倉庫街的全景。風很強，碼頭那一邊的內海正掀起白浪，在海邊昂首闊步的烏鴉拍動著黑色的羽翼。

最近常被當作搖滾音樂會場地的水泥倉庫，左右對稱、井然有序地一直排到大路遠處。到處都是警車，戴著帽子的鑑識人員正在工作。屍體早已被運走，現場附近的地面被血跡染成黑色。

大概是機搜組的刑警吧，正在詢問可能是發現屍體的人。那是個穿著卡其夾克、有點年紀的港灣工人。

帶子裡拍攝的只有現場畫面，並沒有那種記者拿著麥克風對著鏡頭講話，俗稱「立報」的畫面。像這種殺人事件，只要在電視台將攝影機拍回來的影像剪輯，再由主播唸稿說明現場狀況，即可構成一條新聞。

第一發現者的證詞，也是由警方統一向傳播媒體公布。由於有政府相關單位的人負責，這種新聞很少發生新聞報導受害事件。

赤松現在正在宣讀從記者聯誼會傳真過來的警方調查報告。

「今天早上六點左右，在晴海倉庫工作的工人，發現一名男子倒在路上，便打一一〇報警。死者的隨身物品只有西裝內袋的名片夾，裡面裝有十張印著『郵政省　放送行政局　電波監理課　副座　春名誠一』的名片。警方立刻向郵政省詢問，卻發現該局並沒有這樣的人物。死者可能持有倉庫的鑰匙，侵入倉庫六樓跳樓自殺，警視廳與所屬的聯合調查本部，已經開始就他殺、自殺兩方面展開調查。目前也正向倉庫業主『江波田海運』確認，但尚未查明這個可能名叫春名誠一的人物，是如何得到倉庫的鑰匙。屍體現已交由法醫進行解剖，由於春名誠一應是頭部先著地，臉部嚴重受傷，所以可能要花一段時間才能確定身分……」

當螢幕出現墜落現場和倉庫大樓的長鏡頭時，瑤子突然按下暫停鍵。

「和吉村律師一樣耶。」

「你是指什麼？」

「六樓的窗邊和落地的位置。他不是垂直墜落，而是略帶弧形掉下來的。」

瑤子彷彿在描繪墜落的拋物線似的，手指在螢幕上移動。

「你是說這是他殺？」赤松壓低聲音。

瑤子解除暫停，一邊盯著畫面，一邊拾取可用的影像片段。

殺死吉村，試圖嫁禍麻生的人，和春名一起偽造出那捲錄影帶……

那人將做好的帶子通過春名交給瑤子，在春名假扮完郵政省官員後，就殺人滅口……

思路被打斷，因為從另一個方向又生起一個疑惑。

「喂，你說這是為什麼？」

心中湧出的疑念，堵住了接下來要說的話。

「你是指什麼？」

對於拚命在腦中轉著疑念，卻不肯直說的瑤子，赤松略感焦躁。

瑤子漆黑的眼眸從極近距離慢慢轉向赤松。「他為什麼會在西裝裡留下那種名片？」

她注視的不是赤松的臉，而是自己心中浮起的念頭。

「如果是有計畫的殺人，應該不會留下可以辨認身分的東西吧，而且那張名片，只要一調查，立刻就知道是偽造的。凶手為什麼要把那種東西留在屍體身上？」

「也許是要擾亂警方的調查方向吧？」

「這樣只不過是將身分不明的屍體套上『春名』這個假名字。這麼做有什麼用？」

「不知道。」

「凶手或許是想告訴某人，這具面目全非的屍體就是春名吧？」

「你說的某人是指誰？」

「實際見過春名誠一的人。」

「那麼，也就是……」

也就是瑤子。

在防衛廳前的咖啡廳，被春名唱作俱佳的表演唬得一愣一愣的瑤子。

為了再次聽到他的讚美，決心做出最佳調查報導的瑤子。

「你是說，他想告訴你，春名誠一已經死掉了嗎？」

「我也不知道。」

「他想告訴你，春名的死是被春名的告密所激怒的麻生幹的……」

「我也不知道這到底是怎麼回事……」

謎底太深，瑤子無法解答。

最後的影像，是在倉庫屋頂上排成一列的烏鴉。

嗅到散布在柏油路上的死屍味，張大凶惡的長嘴一起尖叫的烏鴉，在瑤子眼中看來，簡直就像潛近自己身邊的死亡陰影。

當天下午，警視廳一課的刑警來到電視台。

刑警是來拜訪瑤子的，但倉科與森島也決定陪在一旁。

警察一定是來詢問瑤子，在小石川分局前偷拍到麻生的錄影帶是從哪裡弄來的。對於警方的這種要求，身為傳播媒體，一定要堅持保密原則，絕不透露。

「終於來了。」森島粗聲自言自語道，似乎覺得已經沒有義務再包庇瑤子，決定豁出去不管，讓倉科自己去應付警察。

掛著名家複製畫的接待室，就像被冰牆包圍般透著寒意。瑤子與兩名刑警互換名片。

茂密的頭髮中白髮夾雜，看起來就像個小公務員的齋藤刑警，一邊囉囉嗦嗦地閒聊著天氣，一邊觀察瑤子。

他的身旁坐著臉色蒼白、看來弱不禁風的年輕刑警長野，正慢吞吞地喝著咖啡廳送過來的咖啡，並且用更明顯的眼神觀察著瑤子。

瑤子淺淺坐在皮沙發上，跟兩個視線在自己身上上下打轉的刑警面對面。

「真是奇怪的天氣，明明已經五月了，海邊卻還吹著刺骨的冷風。對對對，那應該也是今天這種風造成的吧。發現屍體的地點，唉，簡直是一場糊塗，眼看著血水流滿整條路，簡直就像殺戮戰場。害我們傷透腦筋，不知道該怎麼靠近屍體。」

天氣的話題轉到噁心的方向，瑤子等人才知道這兩人是負責調查今早死亡案件的刑警。

然而，只憑著持有郵政省名片的男子陳屍在東京一隅，警方就能聯想到那是提供帶子給瑤子的郵政省相關人員嗎？

也許是刑警的直覺吧。正當瑤子這麼想時，齋藤看著瑤子說：

「死者身上只有皮製的名片夾，其中除了春名誠一的名片，還有另外一張名片。」

旁邊的長野接口說：「是遠藤小姐的名片。」

那是在防衛廳前的咖啡廳交換的名片。

原來如此，所以這兩名刑警才會來這裡。

「你跟死者是什麼關係？」齋藤直截了當地問道。

「是工作上的來往。」瑤子從武裝的盔甲後頭發聲回答。

「請你說詳細一點。」

「是什麼樣的關係，警方應該已經想到了吧？」

年輕刑警坐在苦笑的齋藤身旁，露出「不要用問題回答問題」的表情。

「聽說吉村律師的『事件檢證』，是遠藤小姐剪輯的。」

果然是朝這一點攻擊。

「我們認為，節目中所提到的，很了解郵政省內部情形的情報提供者，應該就是今早發現的死者春名誠一。」

「實在很抱歉，我不能回答你。」

大概沒想到瑤子會表示得這麼乾脆吧，兩名刑警露出錯愕的表情。

「關於取材來源，我不能說。我想你們也知道，根據一九八〇年最高法院的判決，新聞從業人員不公開取材來源的拒絕作證權，在民法上被認定為應該受保護的職業機密。」

倉科一直抱胸聽著。他只能同意部下的話。而赤松卻坐立不安地不停更換翹腳的坐姿，瑤子很清楚他內心正如何提心吊膽、七上八下。

「即使取材來源死了，也要貫徹原則嗎？」

「我不能答覆你。」

這時倉科鬆開手臂，傾身朝向刑警。

「我也可以問個問題嗎？」

他換上了採訪的表情。那是在他的全盛期，可以隨心所欲製作節目的那個時代的熱情。

「請容許我假設一下。假設是春名誠一把郵政省內部檢舉的帶子交給我們台裡的遠藤，而且春名誠一不是自殺而是他殺，警方認為是誰殺死了春名誠一呢？」

他不等刑警回答就開始發問。

齋藤搔搔太陽穴，說：「這個嘛……」

長野則朝向瑤子，諷刺地回敬一句：「這是我們的職業機密。」

「你們是不是認為，這是因春名誠一的檢舉而受害的人，對他採取的報復？」

麻生應該是殺害春名的嫌犯吧？倉科尖銳地刺探著。

「在我們尚未查明春名誠一的身分之前，我們完全不了解他與麻生先生的關係。現在我們唯一的線索，就是死者持有遠藤小姐的名片。」齋藤謹慎地挑選著字眼說。

倉科當然沒有那麼容易打發。

「到底是怎麼樣？麻生公彥也是嫌犯之一嗎？」

「調查吉村律師命案時，我們的確傳訊過他。」

「今早的事件也很難任意傳訊吧。頂多只能若無其事地問他昨晚人在哪裡。沒錯吧？」

齋藤不由自主地回答「一點也沒錯」，情況完全被倉科主導了。

「這也是我的假設啦……」

倉科用「假設」這個字眼當作拐杖，逐漸撥開推測的密林深入其中。

「要在這個大都會中找出身分不明的告密者加以報復，實在不太可能。殺死春名的凶手，一定是能隨時和他保持聯絡、跟他關係密切的人。」

「嗯，應該是吧。」

「所謂的關係密切，以目前的狀況來看，應該是在吉村律師橫死事件中有共謀關係。警方大概也是這麼想吧？」

瑤子也在思考。倉科想說的是，麻生與春名是殺害吉村律師的共犯。但不知是春名良心發現，或者只是想把罪名全推到麻生頭上，所以拍了那捲帶子，誣陷麻生是殺害吉村的凶手，交給瑤子在電視上播出。麻生得知這是春名設下的陷阱後，在盛怒中殺死了背叛者……

「我這也是假設啦……」瑤子加入討論。「如果麻生的動機真的是要報復陷害自己的人，他憎恨的對象只有告密的春名誠一一個人嗎？」

「說得也是。」齋藤苦笑著說。「不只是背叛者，或許也會對播出告密錄影帶的人懷抱殺意。」

「我們正在擔心遠藤小姐是否會有危險呢。」長野以施恩的口吻說道。

齋藤看著手錶說：「我們現在正在偵訊麻生先生，應該可以確認他在春名誠一死亡推定時刻的行蹤。」

瑤子從兩名刑警的臉色可看出，他們似乎對於偵訊麻生感到萬分不耐，這從他們的言談之間也隱約聽得出端倪。

麻生果然與吉村律師遇害事件有關。他跟春名是共犯嗎？他殺死春名，連播出錄影帶的我也不放過嗎？

瑤子仔細地玩味這個想法。線索實在太多了。麻生陰鬱地不斷要求道歉，還寄來偷拍瑤子日常生活的錄影帶。

這種行為，就像貓在玩弄到手的老鼠嗎？先用前爪充分玩弄過後，再將爪子刺進去嗎？從心底湧出的恐懼逐漸傳遍全身，但瑤子還是無法完全接受這個想法。麻生公彥真的有這麼殘忍嗎？

從眼前刑警的態度看來，警方雖然也對麻生心存懷疑，但恐怕也有相同的疑慮吧。

「聽說麻生單槍匹馬闖來電視台抗議，後來又在電視台前要求遠藤小姐道歉是吧？」

一定是從警衛那裡打聽出來的。

「他有沒有更進一步騷擾你或恐嚇你？」

「沒有。」

赤松的視線刺在瑤子臉上，表情也充滿訝異，彷彿在說，你為什麼不說出他寄來偷拍錄影帶的事呢？

兩名刑警把咖啡喝得一滴不剩後便回去了。

雖然瑤子堅持取材來源保密的原則，不肯鬆口，但是他們大致可以確定，提供告密錄影帶的人就是今晨的死者春名，離開時一副頗有收穫的表情。

在特別接待室外的走廊目送兩人離去後，倉科對瑤子說：「跟我來，我有話對你說。」

轉移陣地到播映中心內的會議室，瑤子接著受到上司的追問。瑤子告訴自己，現在還不能放鬆。

「連死人的名譽也要保護嗎？」倉科一開口便帶著諷刺。「你覺得這樣，死掉的春名會高興嗎？」

「我知道你想說什麼。」宛如一池淺水反射出的淡淡陽光，瑤子露出笑容說：「平常剪輯手法偏激、根本不在乎報導倫理的女人，為什麼這時候偏偏成了認真守法、毫不通融的記者，是嗎？」

瑤子旋即收起笑意，用凌厲的目光盯著倉科說：「因為這是我的戰鬥方式。」

「戰鬥方式……嗎？」

那並非揶揄的口吻。

帶著攝影師和錄音師，以人數最少的採訪小組走遍全國，追討罪犯時的倉科，已經在不知不覺中被時代吞沒。以前上面的老闆曾去下難題，吩咐他做可以提高收視率的有趣紀錄報導，他當下拒絕，厲聲說，如果要在自己的節目中搞什麼實況重現的戲碼，那還不如離開製作現場。那時硬派的報導紀錄節目自早已陸續從電視上消失。然而，當他成為一個管理者後，反而比在製作現場時更必須迎合體制。

「時代不同了。」

你想告訴我，這種戰鬥方式已經落伍了嗎？

「是時代的因素嗎？」是你自己認輸了。瑤子將這句話嚥回肚裡。攻擊一個早已忘記戰鬥方式的人，就點到為止吧。「前天我也說過，春名送來的帶子有許多疑點。在我沒弄清真偽之前，我不想告訴警方帶子是從春名那裡得來的。」

「你是說，要查明是不是他自導自演？」

操作情報、播映偽造的情報，通稱為「自導自演」。

關於操作情報，其定義為：「媒體在選擇情報，以及剪接、編輯過程中，從企畫、採訪到實際播映的各個階段，用異於社會真實的形態刻意加以製作。」

自導自演並不是現在才有的，這點倉科和瑤子都很清楚。

「自古當權者就常用這種手段，德國納粹的希特勒和他的宣傳大臣戈培爾甚至把它擴充到國家規模。」

難道是想講解自導自演的歷史嗎？瑤子一邊揣測倉科想要說什麼，一邊側耳傾聽。

「為了強化日耳曼民族應該統治世界的主張，他從與納粹毫無關係的古典作品或權威學者的書中擷取符合自己主張的部分，斷章取義地作成一篇文章。這也影響到電影的領域，當時據稱是希特勒情人的女導演蘭妮·萊芬斯坦，運用當時最新的器材，把納粹的黨代表大會拍成一部壯觀的宣傳電影。不僅如此，蘭妮在希特勒的支持下，還製作了一九三六年的柏林奧運紀錄片。」

瑤子曾在歷史性節目中看過這部名叫《奧林匹亞》的紀錄電影，裡面充斥著自導自演的偽造鏡頭。在希臘點燃聖火的那一幕，其實是在德國的攝影棚內拍攝的。短距離賽跑的起跑特寫，也是在別的場所事後拍攝的。

「英國的評論家抨擊道：『這不是柏林奧運的正確記錄，紀錄片應該是真實的記錄。』

對於這點，蘭妮冷笑著駁斥：「那部電影是我腦中的奧運，對我來說就是真實。」

瑤子逐漸明白倉科想說什麼了。

「那的確是充滿偽造影像的紀錄電影，可是直到現在，在奧運紀錄片史上，公認還沒有任何一部影片能超越蘭妮的《奧林匹亞》。」

「請你直說吧。」

「問題出在遠藤瑤子腦中的那個真實。」

倉科似乎是在暗示，「真實」這個字眼也可以換成「惡意」。

「什麼叫做真實？」瑤子反問。看來這場議論會變得不太愉快，然而瑤子好像受到某種衝動驅使，滔滔不絕地說：「請你回想一下。過去你不也認為，真實只是天真的幻想嗎？」

倉科既不承認也不否認。真狡猾，瑤子心想。

「百年的影像歷史，其實不就是自導自演的歷史嗎？什麼超能力啦、心電感應啦、未發現的怪獸之類的偽造影像，在收視率的背書下，變得越來越真偽難辨。」

偽造影像的發達史，與影像技術的革新一起邁步向前。

例如最近的電子處理技術，靠著電腦和數位紀錄有了大幅進步。被稱為「電子橡皮擦」的機器，可以把古裝劇場景中拍到的電線杆，輕易地從畫面上消去。

「影像剪輯是把記錄下來的現實，加以縮短組合，所以不能信任。如果是現場直播，就無法動手腳——像這種見解最近也受到挑戰，因為即使現場直播，還是可以操作時間。」

比方說棒球賽的轉播。當打擊者擊中球時，以前攝影機會猶豫，不知道該去拍攝追球的內外野手，還是捕捉跑壘的鏡頭，現在卻可以同時讓觀眾看到內外野手接球和跑者跑壘的鏡頭。兩個鏡頭大約只差一秒，剪接在一起，就可以讓觀眾看到過去的一秒鐘。像這種「重疊時間」的手法，新聞界也經常在暗中使用。

「我記得是艾森斯坦吧，他曾經說『影像剪輯就是讓觀眾產生錯覺，將不存在的空間當作本已存在的』。影像這玩意兒，即使不加上偽造與蓄意演出，其實本質上就有虛構性吧？電視鏡頭使人亢奮。你說被訪問的人面對鏡頭時，會表現出平常的樣子嗎？一定會比平常更仔細化妝，比平常更親切地回答問題。對於普通人來說，攝影機本身就是非日常的。照這樣說來，在原本就已脫離真實的影像中尋求真實，有什麼意義呢？影像是否接近真實，對我們來說根本不是大問題。就算是難辨真偽的影像，我們每天不也都投注最大的心力，考慮如何使用它、如何潤色，讓它變成吸引觀眾的形態播出嗎？如果一開始就沒有真實這種東西，那就只有借助擁有冷靜判斷力的人的手，做出充滿魅力、有絕對性的真實。」

「那是上帝之手嗎？」

倉科用下顎示意一指。那是瑤子沒塗指甲油也沒戴戒指的手。

「如果再怎麼努力，也得不到什麼名聲和財富，至少操縱一下真實，享受一下當上帝的快感，是嗎？」

「你敢說你從來沒有享受過那種快感嗎，副理？」

「我不敢。我曾經充分享受過。但是，某個傢伙跟我們一樣清楚影像對人們的影響力，這次不就把我們這些電視人騙得團團轉嗎？」

「……」

瑤子一時之間說不出話來。他說中了瑤子最大的恥辱。

「你想做什麼？啟蒙？洗腦？」

倉科的目光像個父親。強硬的口吻中，帶著祈求瑤子不要誤入歧途的關切。

「你想變成什麼？一個掌權者嗎？」

這十根指頭賦予影像力量，煽動副教授家人的怒火，替夫人銬上了手銬；暗示官商勾結與律師遇害案件有關，驚動了警視廳。

真如副理所說，我想要的是權力嗎？瑤子回視倉科，在心中自問。

「如果是這樣，過去有很多例子。二次大戰期間，以解說新聞廣受歡迎的愛德華・蒙洛，曾在某紀錄性節目中，批判麥卡錫與反共活動委員會的暴行。蒙洛聰明的地方是，他完全沒有用批判性的言詞，只是淡淡地用影像介紹兩個因為麥卡錫主義失去個人尊嚴的事件。單憑受害者含淚的臉部特寫，就有足以改變輿論的震撼力。在甘迺迪競選總統時，勸他利用電視媒體的也是蒙洛。為了讓他說話時，好像在凝視每一個國民的眼睛，還特別發明了可以看著鏡頭正面唸稿的自動字幕機。充分了解電視與影像魔力的蒙洛，在甘迺迪就任總統的同時，當上了美國新聞署署長。我想，他在這個職位上也不會缺少活躍空間吧。還有呢。CBS電視台的華特．克朗凱向來的信念，就是絕不在自己的節目中發表個人意見，但在越戰的特別節目中，他頭一次陳述個人見解，表示『我們應該立刻從這場戰爭抽身』，在全美引起強烈的迴響。據說詹森總統決定結束戰爭，就是受到克朗凱的發言影響……怎麼樣，你也想仿效這些前輩嗎？」

「……」

「那麼，被拍攝的人又會怎麼樣呢？」

失去一切，在東洋電視台的鏡頭前，叫人看了滿心不忍的麻生公彥。

倉科和瑤子一樣，都不認為吉村律師和春名之死與麻生有關。麻生公彥只不過是一個人生不斷走下坡的人。

「我講過很多遍，叫你一定要盯緊春名，結果你還是跟丟了他。這是你的失誤。這一點你可不能推託。」

「你到底要我怎麼辦？」

瑤子的聲音不由得發顫。她已經多久沒因上司的責備而聲音發抖了？

「我說過了。今後就是地獄，你只能熬過去。」

會是怎樣的地獄呢？瑤子可以想像得出來。她眼前浮現彷彿要爭食春名屍體的烏鴉群，在倉庫屋頂上排成一排，高聲啼叫的景象。

死者懷中，還有瑤子那張吸飽了鮮血的名片。

殺死春名的人為什麼要將瑤子的名片留在那裡？疑問從她準備下地獄的心中洶洶湧上。

凶手的目的，恐怕是這樣吧。

警方根據那張名片發現瑤子與春名的關係，確定是春名將錄影帶交給瑤子。由於瑤子製作的「事件檢證」使麻生受害，警方大概會認為麻生將怒氣發洩在春名頭上。這樣一來，麻生就成了殺害春名的嫌犯。

打算讓我下地獄的人，真的會盤算到這麼周密的地步嗎？

與看不見的敵人戰鬥的地獄。

不在場證明。只要昨晚麻生有不在場證明，便可擊潰那個隱形敵人的計謀。

14

因為春名之死而被警方盯得更緊的麻生，應該沒空再像之前那樣纏著要求道歉了吧。這種安心感，使得瑤子至少可以毫無恐懼地踏上歸途。

不過積壓在全身關節的疲憊，幾乎要打敗瑤子。她的身心團結一致，拒絕去反芻倉科的那句「熬過地獄」。

瑤子將腳踏車停在停車場鎖上，正要走向都營住宅的入口時，突然停住了腳步。信箱旁邊有個黑色的人影。瑤子的心臟開始急速跳動，恐懼從腳底爬升至五臟六腑。眼見瑤子向後退，倚在信箱旁的那個背影緩緩離開信箱，轉向這邊。另一個人影也從後面出現了。

走到街燈下的是齋藤和長野，那兩名刑警。

「嚇了你一跳嗎？」

齋藤親切的微笑背後，流露出「想讓她嚇一跳」似乎也是他的目的。

「有什麼事嗎？」

瑤子臉上總算恢復了血色。

「有件事情一定要來請教你。」

「明天再說不行嗎？」

「一下子就好了。」

雖說如此，但看來似乎不是站著就能說完。

「……我家沒東西可以招待你們。」

「沒關係。」

兩名刑警跟著瑤子走上樓。已經有幾年沒讓男人進屋了呢？瑤子懶得去回想。

兩人進屋後，瑤子請他們在廚房的椅子上坐下。瑤子從隔壁房間搬來搭配書桌用的旋轉椅，面對兩人坐下。

「已經到了打開窗戶，坐在窗邊喝啤酒的季節了。剛才路上還有小朋友在放煙火呢。」

看來這個人不論任何時候，都得先聊聊季節才肯進入正題。

「對不起，我已經很累了，麻煩你有話直說好嗎？」

她注意到長野的視線。長野正盯著放在角落的可燃物垃圾袋。裡面裝的是麻生傳真過來要求道歉的紙堆。凝神細看的話，或許可以透過半透明的袋子看到「道歉」兩個字。

「白天我們偵訊麻生公彥時，他堅持他有不在場證明。」

「是嗎？」瑤子雖然裝作沒興趣，心裡卻急著聽下文。

「他說昨晚十一點左右，他正與某人見面。」

「你們確認過了嗎？」

「正打算要確認。」

他擺出悠哉的姿態，問：「我可以抽菸嗎？」

「請你不要抽。」瑤子說。

「所謂的某人……」

齋藤在指間搓弄著拿出來的香菸，視線突然移到瑤子臉上。

「就是你，遠藤小姐。」

「啊？」

「麻生公彥說，昨晚十一點左右，為了要求你道歉，他在樓下的中庭等你。」

瑤子的臉在齋藤與長野的注視下，宛如泥糊的牆壁般僵硬起來。

「他說那時這間屋子亮著燈，他曾跟站在窗邊的你目光相對，你清楚地看到他揮手。」

原來那並不是幻覺。在眨眼之間逐漸模糊的，麻生的影子，只有潮濕的嘴唇留下殘影，最後從視野中完全消失。

「怎麼樣，在那個時間，你曾經目擊麻生先生嗎？」

「……我不知道。」

「你說不知道是什麼意思？」

長野開始攻擊。「到底是看到了，還是沒看到？」

「我覺得好像看到類似的人影……」瑤子曖昧地回答。或者她應該說，她看到像幻影般的麻生公彥嗎？

如果斷定昨晚的男人就是麻生，他的不在場證明即可成立，多少可以瓦解那個試圖操縱自己與麻生的人物的企圖。

然而瑤子對於自己現在掌握著麻生的生殺大權，有一種揮之不去的不祥感。

在拯救麻生這個情勢的另一端，隱約閃現麻生張著快滴口水的紅唇，邪惡微笑的嘴臉。

「這麼說，你不能確定昨晚在中庭的人就是麻生囉？」齋藤再次確認。

「……對。」

兩個刑警的嘴角流露出回到起點的失望。白天時也是這樣。他們給瑤子的印象是很想得到麻生無罪的確證，卻因得不到而萬分遺憾。

「因為他是個麻煩人物嗎？」瑤子抬眼問道。

「你說什麼？」齋藤一時摸不著頭緒。

「因為他很難纏，在遭到首都電視台的報導影射後，盛怒之下向東洋電視台控訴受到報導傷害。所以警方希望早點找到他無罪的證據，把他剔出嫌犯名單，對不對？」

「那種人根本不可能殺人。」長野毫不掩飾地說。

終於聽到警方的真心話。在瑤子心中，有某種東西蠢蠢欲動，逐漸成形。

「你們還沒查出春名的底細嗎？」

「你又不肯告訴我們取材來源，到目前為止，春名與麻生之間沒有任何關連。」

齋藤雖然這麼說，但經過白天的訪談，他已經確信春名就是告密錄影帶的提供者。

「在這種狀況下，我們不能再為春名遇害的事約談麻生。他是個把媒體當作傭人使喚的危險人物。如果演變成人權問題，又像那個電視節目一樣惹火他，我們可吃不消。」

瑤子腦中突然閃過一道銀光。

這就是他的目的。麻生的目的就在這裡。

「你怎麼了？」

齋藤訝異地看著瑤子盯著某一點的表情。

「有件事我想請你們確認。」

瑤子把角落的可燃物垃圾袋拖過來，打開袋口，把裡面的東西全部抖落在地板上。那是散亂成堆的「道歉」傳真紙。她從裡面找出最新的一張。

齋藤與長野默默地看著。根據內容，只要稍微想一下就知道，那是麻生傳過來的。

瑤子找到那張「請你快點道歉」遞給齋藤。

「傳真地點就在附近那家便利商店。這上面有傳真時間。二十二點五十二分。如果能夠證明這是麻生先生親自傳過來的，即可如你們所願，洗清他的嫌疑了。」

「這張我們先收下了。」

兩名刑警站起身。大概打算立刻去那家便利商店確認吧。瑤子很想跟他們一起去。

瑤子並非想與警方一同洗清麻生的嫌疑，而是正好相反。

如果能查明傳真的人不是麻生，瑤子心中萌生的假設，便朝真實邁進了一步。

真實。她想起自己曾經對倉科說，那種東西只是天真的幻想。

瑤子深切體認到，唯有抓住真實，才能戰勝地獄，即使那只是天真的幻想。

瑤子自問：那麼，遠藤瑤子的真實是什麼呢？

簡而言之，就是「麻生公彥才是連續殺人事件的真凶」。

從小石川警局出來，浮現兩秒鐘笑容的麻生。看到那個鏡頭時的厭惡感與異樣感。直覺並沒有錯。我所做的並不是錯誤報導。

「打擾你了。」一眼看兩名刑警走出門口，她有一股衝動，想把她的確信告訴他們。

如同順利解開纏成一團的線團，她逐漸明白了麻生公彥的策略。

然而，當勝利的確信在內心沸騰的同時，心裡也響起了警告聲。

那裡恐怕是個無底泥沼吧？你是否企圖在那種危險的地方尋寶呢？這也許就是倉科副理所說的地獄吧。

15

霞關的天空沒有半朵雲。令人冒汗的陽光，使得公務員換上白襯衫。

當她正要推開郵政省的正面大門時，中年的警衛叫住她，問：「你要找誰？」當她表明和放送行政局的人有約後，警衛命她在櫃檯的會客表上寫下自己的名字。

根據赤松從記者聯誼會聽來的消息，麻生一週後便要調職，目前似乎天天忙於交接工作與整理殘存事務。

「放送行政局的麻生是吧？」

總機小姐複誦一遍，用電話替她找人。

「有位首都電視台的遠藤小姐來找麻生先生。」

總機小姐的話似乎使對方突然愣住了。看來應該是麻生本人。「是的，首都電視台的遠藤小姐。」

瑤子的突襲一定令他手足無措。

「請到十樓。」取得會客許可後，總機小姐將通行證交給瑤子。

她採取了跟麻生到首都電視台抗議時同樣的步驟。這是和採用「以牙還牙」戰術的對手過招時唯一的禮儀。

來到放送行政局的大廳。這是在「監督．指導」的名義下，操控瑤子這些電視從業人員的單位。混雜的大廳與一般企業的氣氛沒兩樣，但這裡畢竟是男性的堡壘，女性人數看起來似乎比一般企業少。

「歡迎光臨。」

麻生從辦公桌之間俐落地走來，掛著竭誠歡迎意外訪客的笑容。也許是從知道瑤子來訪那一刻起，絞盡腦汁想出來的表情。

「真沒想到，遠藤小姐竟然會主動來找我。我正好也想跟你談談呢。」

瑤子心想，他是個在稱呼自己時，懂得巧妙區分「我」「小弟」「俺」的人。

「來，請這邊坐。」

他將瑤子帶到大廳正中央，那邊有個用隔板隔開的會客區。

「宮田，麻煩你倒杯咖啡。」

「不用了。」瑤子回絕道。

「人家說不用了。這個人呀，就是在那個節目中剪輯我微笑的人。很過分吧。她就是不肯道歉，你們也幫我說說她嘛。」

麻生對周圍的部下雖然特別親切，但年輕的公務員聽到這番話，卻浮現困擾的表情。

他壓低聲音對瑤子說：「每個人看見我就像看見罪犯似的。既然我這麼礙眼，叫我停職在家就好了嘛，虧我上司也做得出來，故意叫我繼續工作。像這樣應該叫凌遲吧，還是拿我當小丑看呢？」

他爽朗地哈哈大笑。瑤子依舊面無表情，專注地觀察麻生。

「由我先說可以嗎？」

「請便。」

「你真過分耶，遠藤小姐。我們不是明明四目相對嗎？你竟然說什麼雖然看到中庭有人影，但不知道是不是麻生公彥。」

看來他在接受警方偵訊時，聽說了瑤子的證詞。

「我的確是這麼回答的，但我又把『請你快點道歉』那張傳真交給刑警。他們去便利商店調查的結果如何？」

「你說那個呀。」

「你承認那是你傳真過來的吧。」

「是啊。」

「店員不記得晚間十一點時，你在便利商店傳真過嗎？」

「你應該也清楚吧。那家便利商店的傳真機是由客人自己操作的，而且又在賣場後方，所以店員無法確定。」

「沒有任何人記得你的樣子嗎？」

「算我倒楣吧。」

瑤子勉強忍住想笑的衝動。

「不過因為你說好像看到一個類似我的人影，警方好像勉強承認了我的不在場證明。」

「應該不會是你的替身吧。」

「誰肯來做我的替身？那些傢伙嗎？」

他是指大廳裡不時斜眼偷窺瑤子和麻生的年輕公務員。原來如此，麻生是個小丑。

「根本沒有人願意幫助我。我在部下之間是出了名的討厭鬼！」

笑聲拖著長長的尾巴。那是面對殘酷現實已經豁出去的男人，不拘場合的大笑聲。

「春名誠一，我連聽都沒有聽過。據說他就是把偷拍我的錄影帶交給你的人？」

瑤子聳聳肩，沒有回答。這是保密原則。

「如果是陷害我的人，那我當然很恨他，問題是我根本沒見過那個人。」

眼睛的笑意。臉上的笑紋。瑤子仔細觀察是否有破綻。

「那你今天來有何貴幹呢？」

瑤子從皮包取出兩捲錄影帶遞給他。

「這是什麼？」

麻生的笑容僵在半途，用充滿問號的眼神盯著瑤子手上的東西。「送給我的？」他大概誤以為是禮物，打算從瑤子手中收下。你到底打算演戲演到什麼時候？瑤子收回錄影帶，重新用刀鋒般銳利的眼神審視麻生。

「看來你不是為了之前的事來道歉的。」

「這件事，我還沒有告訴警方。」

「哪件事？」

「警方不願懷疑你是兩樁殺人案的嫌犯，但若看到這些錄影帶，說不定會改變主意。」

「我不懂你的意思。」

「這算是威脅嗎？」

聲音傳入大廳裡一些人的耳中。瑤子是故意要讓大家聽見的。這些公務員雖然看起來忙於工作，實際上正因險惡的氣氛而感到緊張。

「你說威脅是什麼意思？拜託你不要說得這麼誇張。你看，大家都在看著呢。就算下週我就要被踢到旭川去，但是現在還得當這些傢伙的上司呀。」

話雖這麼說，聽起來卻似乎不甚介意。

「遠藤小姐，我來介紹一下。這位是須崎課長。」

坐在對面聽他們說話，看起來像是主管的人，表情僵硬地走了過來。麻生替瑤子引見。

「課長，這位是『Nine to Ten』的遠藤小姐。」

「首都電視台的人突然來訪，有什麼事嗎？」

須崎連名片也沒拿出來，對瑤子的來訪充滿警戒。

「是你拍攝的吧。」瑤子繼續對麻生說。

「你說什麼？」麻生一頭霧水。

「就是這兩捲帶子。」

「這是什麼帶子？」

「遠藤小姐，你這到底算是哪一種抗議？」

「你的部下麻生公彥先生，偷拍我的私生活，把這些錄影帶郵寄到電視台來。」

須崎轉向麻生，用「喂，真的嗎？」的目光看著他。

「是遠藤小姐的私生活嗎？那我還真想看看。」

麻生未對被指控的嫌疑加以反駁，反倒對帶子的內容露出極有興趣的表情。

「可以呀，請看。」

瑤子將帶子交給麻生。在會客區一隅，有一台跟錄放影機一體成形的電視機。麻生打開電源開關，將帶子插入機器。

麻生似乎充滿期待，專注地看著畫面，瑤子在一旁凝視著他。他會用什麼表情看自己拍攝的東西呢？

影像開始了。

首先是早晨上班的景象。

接著是回家的景象。當公寓窗口出現剪影時，攝影者連忙從鞦韆上起身躲藏。

在追星族的中學生群聚的後門前，瑤子騎著腳踏車出來了。當她察覺異狀回頭時，攝影者躲進了人群中。

從瓦斯表上取下備用鑰匙開門的瑤子，察覺到什麼，轉向這邊。

「噢。」

麻生吐出含意不明的嘆息，再換入另一捲錄影帶。看第二捲時，他的表情並無變化。

在便利商店買好東西，瑤子坐在公園啃三明治的畫面持續著。

「這麼說也許有點那個。」麻生忍著湧上的笑意。「你的生活很寂寞耶。」

瑤子取回播映完畢的錄影帶，對須崎說：「麻生先生對那兩秒鐘笑容在電視上播出的事，一直耿耿於懷，就用這種方式來報復，讓我在精神上覺得很痛苦。」

「這麼說，你了解被拍者的感覺了嗎？」麻生說。

「剛才這句話你聽見沒有？」瑤子抓住話尾對須崎說：「對於用影像傷害自己的人，就用影像加以報復，這就是他的目的。」

須崎困惑地歪著頭苦笑。這個課長八成也懷疑麻生，知道他可能做出這種陰險的報復。然而在跑來控訴的外人面前，他必須擺出相信部下清白的表情。這就是維護組織的公務員。

「你有什麼證據證明麻生的確拍了這些帶子嗎？」

「請你這個上司好好調查一下。你可以質問他。」

須崎問部下。「這件事是你幹的嗎？」

「不是。」

「他說不是他。」

瑤子知道，這是在敷衍她。

「剛開始我本來以為只是單純的騷擾，結果並不只是這樣。這是威脅。」

「我就是搞不懂這一點。你在說什麼威脅啊？」麻生問。

「你想警告我，不准再追查下去了，對不對？」

「追查下去？」

「你想用這些錄影帶，阻止我在『事件檢證』中報導吉村律師和春名誠一這兩樁殺人事件的關連，以及凶手的真面目。」

言外之意似乎已經夠清楚了。

他是在威脅瑤子，如果再繼續追查這個事件，就會跟吉村和春名一樣，鮮血與腦漿濺滿柏油路面。

原本一直帶著開朗微笑的麻生，表情上出現似乎皮膚敏感的地方被人捏了一下的反應。

須崎說「請你先等一下」，阻止這個話題繼續發展下去。

「遠藤小姐，這是首都電視台的正式抗議嗎？如果是這樣，麻煩你先提出公文。如果能加上具體的證明，我們會考慮如何來處置，今天請你先回去吧。」

瑤子注視著麻生。剛才在一瞬間流露殘酷本性的麻生，現在卻好像椅子少了一隻腳，表情微妙地失去平衡。

「你也真是的，為什麼不問一下來訪目的就讓她上來了呢？」須崎用這一點責備部下。

「對不起。我還以為她終於願意道歉，所以就忍不住讓她來了。」

這話聽起來像是真心話。

「請你回去吧。」須崎站了起來。

瑤子也不再堅持。她將錄影帶收進皮包，站起來說聲「告辭了」，轉身離開會客區。

一邊工作一邊豎著耳朵偷聽的公務員，碰上瑤子的視線時，立刻一起避開。

「遠藤小姐。」

瑤子正要走向走廊，聽到麻生的叫喚，回過頭去。

須崎課長已經回到自己的座位，正在拿起電話。說不定是針對首都電視台新聞部職員來突襲的事，打算通過什麼人提出抗議。

其他公務員都故意不看瑤子與麻生。麻生叫住瑤子，確定四周沒有人在看之後，朝著瑤子逐漸展露笑容。

那是瑤子剪輯過的笑容，那個據說是對穿黃衣服的小女孩展現的、充滿解脫感的笑容。然而，現在的笑容不復當時。麻生的眼睛凹陷。臉上雖然笑得出現幾條魚尾紋，但兩隻眼睛卻在唱反調，充滿死亡的陰影。彷彿是個早已失去視力，卻還拚命要活下去的死人的眼睛。

是誰創造出這樣的他？也許是自己，也許是那個影像剪輯害的，瑤子想。然而，心中的另一隅也在尖聲高叫，這傢伙是殺人凶手，應該接受制裁。

麻生的兩手緩緩抬起，在他的臉前，用兩手的大拇指與食指組合成一個四角框框，從框中窺視著瑤子。

那是電視螢幕的形狀。我會從這個框中盯著你的。無神的雙眼閃動著黯淡的光芒，威嚇瑤子。

瑤子為之悚然。看久了之後，那個四角框框幾乎要烙印在網膜上。

我在看著噢。我隨時都在看著你。如果你害怕了，就流著淚向我求饒吧，而且給我閉上嘴，不准再追查。

麻生的聲音在腦中低低的迴響，頭蓋骨的表面開始怦怦跳動，瑤子轉身離開大廳。

「遠藤小姐！」耳邊又傳來誘惑似的呼喚聲，但她再也沒有回頭。

那天深夜，剪接部門還亮著燈光。

赤松從傍晚就在電視台工作，當他從播映中心下來拿背包時，發現辦公室後方的人影。深夜新聞結束後，除了留下來過夜的人，辦公室應該是空蕩蕩的，但是現在還有人埋首於一組剪接器材前。

「遠藤小姐……」

走近一看，瑤子的十根手指正在剪接機上躍動。每根手指似乎都有各自的意志，不停跳動著。那是瑤子一直讓赤松心醉的姿態。

然而，今晚的瑤子連赤松的呼喚也充耳未聞，一心一意盯著螢幕，看起來彷彿把靈魂賣給了眼前的影像，有一種鬼氣逼人的態勢。綁在腦後的馬尾，三分之一已經散落在髮帶外。那是工作不順，拚命搔頭的結果。

「你怎麼了，遠藤小姐？」

赤松提心吊膽地走近，看著出現在螢幕上的畫面。那是跟蹤吉村律師的灰衣男子的背影。瑤子現在正要在這裡切入麻生走出小石川警局，露出充滿解脫感笑容的鏡頭。

「你在做什麼？」

「下週的特集企畫。」

「等一下。副理沒答應吧？你怎麼可以擅自……而且，你這樣做是什麼意思？」

灰衣男子與麻生完美地剪接在一起。在跟蹤從酒館走出的吉村的神祕男子後，切入麻生從警局走出的身影；在仰望吉村事務所的神祕男子後，切入走向警局停車場的麻生；在現場圍觀人群後方出現的灰色人影後，接上麻生在警局停車場露出笑容那一瞬間的停格鏡頭。

她只是在麻生一路走來，直到浮現笑容的過程中，插入灰衣男子的影像而已。連小孩都會的簡單明快的剪輯方式。

「這是怎麼回事？」

「什麼？」瑤子的手指靈巧地移動著。不，如果仔細看，離靈巧還有一大段距離。動作遲滯、錯誤百出。

「你不是才說過，這捲帶子是偽造的，麻生是笑容被利用的受害者嗎？」

「就是他。」

「你在說什麼？」

「就是他殺的。」

「你在胡說什麼啊？」

「那是殺人凶手的眼睛。」

「等一下，遠藤小姐。」
「我們太小看那傢伙了。」
「請你看著我。」赤松硬是將瑤子的椅子轉過來。
瑤子的眼中，有著只要逮到機會便立刻撲過來的衝動，但也好似被逼至絕路的野獸。
「他說回小女孩一笑，那也是謊話。他只是利用在警局停車場玩耍的小孩作藉口。」
「我會找到那孩子的，我會找到小女孩，當面問她有沒有對麻生笑……」
瑤子打斷他的話。「他一直叫我道歉，只要能讓媒體道歉，麻生就能成為完美的受害者。他從一開始就打著這個主意。」
「到底發生了什麼事？」赤松力持冷靜地問道。
「那傢伙在看我，他一直在看著我。」
聲音苦澀地從瑤子的喉頭發出。這是赤松頭一次聽見她如此畏縮的聲音。
「我們去找證據。我會保護你，只要麻生拿著攝影機出現在你附近，我立刻逮住他。」
「我希望你裝作什麼也不知道。」
「你到底在說什麼？」
「這次的『事件檢證』單元……就像以前那樣，讓我在播出前及時完成。只要讓副理來不及檢查，立刻播出就行了。」

「你瘋了。」赤松對瑤子混亂的模樣有些不知所措。「你一定是瘋了，遠藤小姐。」

「我不想給你添麻煩。就算是我自作主張。」

「如果再扯出更大的問題，那真的會完蛋耶。森島先生和有川經理都在找機會把你趕走。上次節目結束之後，他們也在化妝間和長坂先生商量，說要替『事件檢證』找一些新鮮的外包工作人員，換個面貌。請你不要天真地以為觀眾會永遠支持你。雖然目前這件事在副理的層級壓下去了，但是最近投書批評『事件檢證』的人越來越多。」

「那是假的，是森島叫人寫的。」

「有很多人都在反應，『事件檢證』所說的是否就代表首都電視台整體的意見？就算扯破嘴，我們也不可能說出這只是一名剪接師個人的看法。被觀眾這樣追問卻無言以對，我看經理也快吃不消了。」

「那些不花錢就可以看我們節目的人，要說就讓他們說好了。」

「東洋電視台播出麻生的反駁意見，顯然也是要搞垮『事件檢證』。雖說就此屈服令人氣憤，但台內現在充滿要重新整頓新聞報導的氣氛，這也是不可否認的事實。」

「那些膽小的傢伙，隨他們去吧。」

「請你冷靜一點。不說別的，這算什麼？」

他按下剪接機的按鍵。瑤子剪接好的影像映現出來，從頭到尾都是神祕男子與麻生的鏡頭交疊。「這種幼稚的剪接，有誰會接受？你套用這些舊的影像，到底能做出什麼？」

「有就可以吧？」

「啊？」

「我是說，只要能收集到新的資料，你就會讓我做吧？」

「你收集不到的，因為沒人會答應你去採訪。」

「拜託你讓我去採訪。」瑤子一把抓住赤松的手腕。「說不定可以拍到什麼，讓我去吧。等看到東西後你再做決定。」

「你別胡鬧了。就憑我們兩個能做什麼？」

「當然可以，你看看這個！」瑤子提高音量，指著在酒館前拍攝的跟蹤景象，也就是他們判定春名與灰衣男子是一夥的根據。「既然他們做得到，我們為什麼做不到？」

赤松不知該如何接話。

「你是說真的嗎……？」

「當然是真的。即使只有一個人，我也要做。如果我們電視台不能播，我就把帶子拿去賣給東洋電視台。」

赤松用兩手抹臉，卻抹不掉臉上的僵硬。他正在絞盡腦汁，思考該如何才能阻止瑤子胡來。如果他不管瑤子，她一定會擅自行動，莽撞地衝到底，如果他不守在她身邊……

彷彿是要擠出赤松的妥協，瑤子一邊用懇求的眼神看著他，一邊用力抓住他的手腕。赤松沒有嚷出「好痛」，只是點頭答應。

麻生用手指做出的方形螢幕。那是一扇通往徹底瘋狂的窗子。她感覺到自己清醒的神智一邊顫抖，一邊卻忍不住步步逼近那扇窗。

然而，瑤子早已選妥適合自己的戰術。

她放棄休假，將下週以歌舞伎町黑社會勢力分布圖為主題的「事件檢證」剪輯完畢，等到了星期一。

日比谷公園晴朗無雲，噴水池冒出的水花上，出現淡淡的彩虹。

午後一點，在公園吃午餐打羽毛球的上班族與女職員，三三兩兩準備回辦公室。

麻生從彩虹的另一端走來。襯衫雖然縐，領帶卻仍緊緊地繫在領口。當他在噴水池前看到瑤子後，揮了揮手。雖然動作輕快，嘴角帶著笑意，但凹陷的眼睛還是令人聯想到死人。這個男人表面上越是活力充沛，其實內在枯萎得越嚴重。瑤子不得不這麼想。

「他從東邊過來了。你看得到吧。」

瑤子一邊迎向走來的麻生，一邊像說腹語似地微微對著胸口低語。她在襯衫的胸前別著一個很像別針的無線麥克風。

電波飛到百公尺外，傳到藤架後面。躲在繡球花叢裡的赤松，拿著數位攝影機錄下音。

赤松用手持數位攝影機追著麻生從公園東側走近的身影。耳朵掛著從攝影機延伸出來的耳機。兩人差不多要開始對話了。

如果沒有拍到好鏡頭就中止；當麻生沒露出破綻時，我有權力喊停。這是他對瑤子提出的條件。

謝謝。我會感激你的。當瑤子這麼說時，臉上浮現的笑容充滿了螞蟻見到蜜糖的喜悅。她已經開始瘋狂了。說不定我也開始瘋了……赤松一邊操縱十倍數鏡頭，準備拍攝瑤子與麻生的對峙，一邊想著。

「對不起，約你來這種地方。」

瑤子刻意用優雅的聲音說。

「上週如果也用這種方式見面該多好，談話被課長打斷，害我有種消化不良的感覺。」

麻生用手遮在眼睛上。也許對平常只看黑暗面的眼睛來說，這天的陽光太耀眼了。

「我在電話中也說過，這是非正式的訪談，內容絕不會洩漏出去。」

「我可以相信你吧。」

麻生的表情似乎也跟著緩和下來，露出不知世間疾苦的童稚表情。

「我們坐下來吧。」瑤子在噴水池旁的石階坐下。麻生隔了兩公尺遠也並排坐下。赤松的鏡頭應該可以完整拍到兩人的正面全身。

「你要求採訪我的事，我沒告訴課長噢。」

「謝謝你。」

「好像變成你的共犯，這倒也滿有意思的……」

說完之後，他問：「你不做筆記或是錄音嗎？」

對於瑤子什麼也沒準備，麻生似乎覺得訝異。

「我說過了，這是非正式的採訪，只是想聽聽你的意見。就算將來發生問題，你也沒有留下任何接受採訪的證據，所以如果對你不利時，你可以否認你曾這麼說過。」

「真有良心啊。你是怎麼了，遠藤小姐？」麻生心情極佳，對這個狀況非常滿意。

「當你聽到吉村律師死掉時，你有什麼感想？」

「我覺得很難過呀。我又不是不認識他，我還祝他早日成佛呢。」

「可是你並未去參加喪禮。」

「因為怕人家看到說閒話嘛。」

「你心裡是怎麼想的呢？應該覺得少了一個瘟神，輕鬆多了吧？」

「瘟神？」

「吉村律師的調查毀了你的人生，你不這麼認為嗎？」

「不，因為毀了我的另有其人。」

他也學會不動聲色地諷刺人了。瑤子換個問題。

「你認為是誰在小石川分局前偷拍你？」

「不就是那個姓春名的男人嗎？」

「關於春名的真實身分，你有什麼線索嗎？」

「大概是和我們局裡有利害衝突的人吧？我沒有仔細想過。」

「如果想洗刷殺人的罪名，照理說應該會仔細去想一想吧？」

聽起來他似乎沒什麼興趣。

「我的罪名立刻洗清了啊。」

「某人企圖藉著在電視播出你的笑容，強調官僚的可怕，讓你變成殺害吉村律師的凶手。由於我們節目的報導，警方開始深入調查郵政省。這正是某人預期的結果。」

「他相信只要讓你看到那種錄影帶，你一定會有興趣報導，因為你是副教授父女慘死事件中逼出真凶的幕後英雄嘛。結果，你果然滴著口水迫不及待上鉤了。簡單地說，我跟你都遭到了某人的利用。」

「你說得沒錯。」瑤子坦率地承認。鬥爭心像潮水般高漲。「但是，我後來突然想到，說不定利用我剪接技術的人，就是你吧。」

空氣在一瞬間緊縮。

在初夏陽光的照耀下，公園的樹林在地面灑落陰森的樹影。

赤松的鏡頭，從兩人的對談逐漸搖向麻生一個人。從耳機中可以聽見兩人的對話。

「好像滿有意思的。那我就洗耳恭聽你的高見吧。」畫面中，麻生抱著手臂。「昨天你也說我在威脅你，那個我也想聽聽下文。」

一瞬間，瑤子的眼神突然飄向這邊，在鏡頭中與赤松目光交會。「要開始囉，你可要好好拍攝。」赤松彷彿聽見瑤子這麼說。

瑤子彷彿瞄準好了狙擊點，開始對麻生說話。

「由於你的笑容出現在電視上，使得社會大眾懷疑，吉村命案的凶手是在接受警方偵訊後露出笑容的那個噁心的郵政省官員。」

「我的嫌疑立刻就洗清了。我應該已經說過很多次了。」

「靠著那招闖來電視台控訴，說你是報導受害者，對吧？而且還在東洋電視台的鏡頭前，說那些可憐兮兮的話。」

「但你就是不肯道歉。」

「然後又讓傳真紙堆滿我家地板，寄來偷拍我私生活的錄影帶。」

「明明沒有證據，你卻認定郵政省的麻牛公彥對你採取『以牙還牙』的報復手段。」

「問題就是從這裡開始的。」

「那我倒很想聽聽。」

他的表情充滿興奮。

「今後即使再有人懷疑永和學園和郵政省勾結，我們也無法用之前那樣尖銳的角度報導郵政省。上司嚴重警告我們不可再發生同樣的報導受害事件，製作單位已經嚇著了。你在東洋電視台的現身也收到預期的效果。整個電視圈，現在都盡量在調查報導時手下留情。」

「那又怎樣？你是說，我故意拍那種讓自己遭到懷疑的錄影帶，然後再交給你？那不等於是在自己額頭上貼箭靶嗎？」

他的嘴角帶著嘲笑。

「這就是懂得利用電視的你，最聰明的地方。」

「你要誇獎我，我是不反對啦。」

「錄影帶中清楚映現的，只有麻生公彥兩秒鐘的笑容。足以斷定麻生公彥殺了吉村律師的資料實在太少了。然而，如果是『Nine to Ten』的『事件檢證』單元，應該會像那椿副教授父女慘死事件的報導一樣，巧妙地操縱剪輯技巧，把薄弱的證據灌點水，讓麻生公彥看起來像個凶手吧。你從一開始就算準我會變卦。」

「真虧你能幻想到這個地步。」

麻生取笑著瑤子。

「然後節目播出，你控訴遭到報導迫害，任何人都會覺得你說得有理，認為『Nine to Ten』的調查報導做得太過火了。毫無證據便遭社會定罪的人，即使一開始會受到一些批判打擊，最後還是會變成可憐的受害者。越是控訴受到人權侵害，便越能獲得輿論支持，警察也把你當燙手山芋處理。」

「總之，你是說我算準了嫌疑立刻會洗清，所以利用春名這個人，把偷拍我自己笑容的錄影帶交給你。」

「為了轉移迫在眉睫的學官勾結疑案的報導焦點，你把吉村律師橫死事件的嫌疑，轉換成報導受害的狀況。我一開始懷疑的沒有錯，在永和學園與郵政省的賄賂案中，你是扮演白手套的角色。郵政省這邊由你負責，永和學園那邊的聯絡人則是春名誠一。」

「那你倒說說看，那個春名到底是誰？」

「他要不就是永和學園集團的職員，要不就跟中部電視台有關係，或者是屬於那類絕不會登記在組織名冊上的人。」

「你是指黑道嗎？」

麻生似乎覺得很好笑，但立刻又板緊了臉孔。「那我的不在場證明怎麼說？」

「假設那捲帶子上的時間、日期是真的……」

「那個的確可以事後再加上去。但是你只要調查吉村三人去酒館的日子就知道真假了。你調查過了吧？」

「工作人員去調查過了。」

赤松走訪白山路附近的酒館，確認了吉村三人去酒館的日子。店員還記得吉村等人，收銀台的發票也留有紀錄。正如錄影帶上打出的時間和日期，他們三人是在三月五日晚間九點半走出酒館。

「你在三月五日和三月十三日的不在場證明成立。不知道不肯面對鏡頭的灰衣跟蹤者究竟是誰，這表示還有另一名共犯吧。」

「在我加班時，春名和我們的同夥拍下偽造的錄影帶。原來如此，是有組織的犯罪。」

「吉村律師遇害那晚，你說你被吉村約去台場的酒吧。這個不在場證明雖然無法獲得證實，但是警方打算相信你的話。吉村在臨死前打給同事的電話中，聲音充滿恐懼，似乎正遭人脅迫。所以警方認為，吉村打給你的電話，應該也是在同樣的狀況下。」

「而且這傢伙又歇斯底里地吵著侵害人權，所以警方也想趕快把他剔出嫌犯名單……是嗎？我想你大概不知道，接受警方偵訊其實是很累人的，洗清嫌疑並不是件輕鬆的事。」

「你被貶職到旭川，也許是與審議官有私約。比方說兩年後就把你調回中央的要職。」

「做為我為了保護放送行政局而殺人的獎勵，是嗎？」

「不要再說了，遠藤小姐……」赤松一邊窺視鏡頭一邊低語。沒有用的。就算這樣刺激麻生，他也不會露出真面目，因為麻生根本就沒有瑤子所想的那種真面目。

「你已經瘋了。」畫面中的麻生一臉認真，似乎打從心底擔心瑤子的精神狀態。「你很嚴重呢。最好去看醫生。」

「那你要不要跟我一起去？」

瑤子近距離拋給他一個大膽的笑容。

「好啊，我老婆也叫我去耶。她說等我從醫院拿到精神正常的診斷書後，她或許可以考慮跟我復合。」

「我看下個月我去你在旭川的新家拜訪一下吧。說不定可以看到妻子兒女陪在身邊，你那一臉幸福的笑容。」

「你是說連我老婆跑掉，也是全家人串通好在演戲？」

如果真是這樣該多好。麻生浮現彷彿在這樣夢想的表情後，宛如全身加滿能源似地站起來，再次用手遮在眼睛上方，視線向周圍移動。

「在哪裡？」

「什麼？」瑤子也站了起來。

「攝影機藏在哪裡？」

「你不相信我啊。」

「不相信。」

赤松感到太陽穴冒著汗，一邊繼續攝影。麻生察看四周，謹慎的眼神在一瞬間掃過這邊，但是沒有發現赤松。

「算了。」麻生放棄搜尋攝影機。「那我們兩個就演戲演到底吧。」

麻生黯淡的目光中，藏著深不見底的凶暴光芒。

「你在想什麼我很清楚。你曾經認為自己做了錯誤報導，很對不起那個根本不可能殺人的小市民麻生先生。但是當那個叫春名的男人被殺後，你立刻又回到『麻生是凶手』的論點。只要能夠照最初的直覺那樣讓我當凶手，你就可以理直氣壯地說，你並沒有失誤。這是你在組織中恢復自己地位的好機會。」

「這跟什麼地位沒有關係，我根本不在乎什麼組織……」瑤子正欲辯解，麻生打斷她的話。「關於春名誠一事件，我有明確的不在場證明。可以替我證明的不是別人，就是你。你可不能說不記得噢。我就在公寓中庭。你看到我揮手了吧？你曾跟我目光交會吧？」

「……」

撐下去，只要能熬過這一關，就能將麻生逼至絕境。瑤子默默地忍耐著。

「你為什麼不說話？你回答我呀。你看到我了。你為何不承認呢？」

「那是……」她將黏在牙床上的話勉強吐出。「那不是你，那是我創造出來的你。」

「……你說什麼？」

「那時你說，快過來這裡吧，來這裡玩吧，還對我招手。」

麻生啞口無言。能夠讓麻生閉嘴，瑤子有一種快感。

「你還說，同樣是被拍攝的對象，要不要來玩比傷口遊戲。」

「你說我……？」

「是我創造出來的『你』。」瑤子訂正他的語病，「我就像替外語片配音一樣，按照你的嘴形配上台詞。替你把你的心情變成言詞。」

「你到底在說什麼?……」

赤松也發覺瑤子的不對勁,嚥下一口口水。透過鏡頭,他很清楚瑤子的混亂。

「你還說,沒錯,其實我只是幻影,是你在剪接機上創造出來的,不存在的我。就像那個在警局前洗清殺人嫌疑、露出爽朗笑容的麻生公彥,是你創造的人物一樣……」

「我才沒有說過這種話。」

「我說過了,不是你,是我創造出來的你啦。」

尖銳的聲音從耳機中傳來,赤松忍不住皺緊眉頭。

「那時候,我只是坐在鞦韆上,對著你映在窗邊的剪影揮手,如此而已。」

「我閉上眼睛默唸:消失吧,拜託你消失。三秒鐘後,等我張開眼睛,你就消失了。」

麻生眼也不眨地盯著瑤子,瑤子勉強抗拒著他的視線,那幾秒鐘有如無底深淵。

「為什麼會是幻影?」彷彿輕鬆地將彈珠彈出去似的,麻生突然問道。眼看瑤子無法回答,他換了一個問法。「你為什麼會看到我的幻影?」

「……」

熬過去。用沉默熬過去。

「原來你這麼怕我嗎?所以才會有那種妄想。」

他朝瑤子走近一步,盯著她胸口的別針說,似乎已經發現自己的聲音被吸進麥克風了。

「你晚上回家時一直回頭觀望吧。你是在擔心,怕一回頭會看到我吧?」

「這樣你也高興嗎?」

「高興呀。」

「你變態。」

「你沒資格說別人。」

「不要靠近我。」

「你在愛我吧。」

「你說什麼?」

「你知道我為什麼像飛蛾撲火一樣來這裡見你嗎?」

「因為用嘴巴損我實在太愉快了,是嗎?」

「的確是太愉快了。最近我已經迷上了你,很期待跟你見面呢。」

他露出白白的牙齒。出乎意料的,他的牙齒乾淨得透明。配上紅紅的嘴唇,仔細看起來還真讓人心裡發毛。

「我喜歡你。」麻生的話中並沒有調侃的意味。「我愛你。我們這樣算是在相愛吧。」

「你在胡說什麼？」聲音沙啞不清。

「當你看到錄影帶中的我，就對我一見鍾情了吧？對於我那精采的一瞬間，那兩秒鐘的笑容，不只是一個人看，你還想讓成千上萬的觀眾看，是吧？」

這個男人瘋了。不，也許是我瘋了。瑤子陷入混亂。

「原本就是你先找上我的。現在還會看到我的幻影，又打電話約我見面。我好高興。」

「離開他，遠藤小姐。」赤松在心中默唸。在鏡頭中，麻生看起來吃定了瑤子。出乎意料的發展，使赤松的太陽穴開始跳動。

「我倒想聽一聽那是什麼樣的感情。」瑤子鼓起好勝心迎戰。赤松將鏡頭盡可能貼近。

「沒問題。」

麻生做個深呼吸，用舌尖潤唇。他的嘴唇像塗了口紅似的變得更加鮮紅。

「我現在每晚都在看你剪接的那捲『事件檢證』的帶子。最後那個笑容充滿暗示的淡出的鏡頭，我越看越喜歡。然後我突然想到，遠藤瑤子這個女人，為什麼這麼在乎我的笑容呢？在跟蹤吉村律師的灰衣男子的影像之後，接上一個郵政省官員的笑容，任誰看了都會認為那個微笑的官員就是殺人凶手。而且又沒有打上馬賽克。遠藤瑤子應該可以預期到可能造成報導受害，因為她是個經驗豐富的剪接師。為什麼她甘願冒這麼大的風險，忠實播出我的笑容呢？那是因為她看到我的影像的那一瞬間，便有一股非要再見我一面不可的強烈欲望。只要在電視上播出這個男人，這個人一定會來電視台抗議，這樣我就能和他見面了。所以，這是為了跟我見面的一種手段。」

瑤子無話可說。麻生的話有種奇異的魅力，瑤子陷入一種窺見自己心底意圖的情緒中。

「我的想像越來越膨脹。一個離過婚，全心為工作奉獻，將三十五歲的女人味隱藏在寬鬆T恤下的女人。如果把她壓倒在床上，那個女人會發出怎樣的呻吟聲呢？想像一下應該沒關係吧。也許你會在我的身體下面要求『再像那時候那樣笑一下』。為了迎接那個時刻，我還特地練習過噢。因為我有點沒把握，不知道我在遠藤瑤子面前，是否還能像面對穿黃色洋裝的小女孩一樣，再次浮現同樣的笑容，所以我對著鏡頭裡的自己，就像照鏡子似地反覆練習。那時警方偵訊完畢，我覺得好似通過黑暗的隧道，來到黃色的花園般神清氣爽，所以才會笑出來。如果你能讓我再像那時一樣神清氣爽，我就再笑一次給你看。」

透過別針的麥克風，麻生說的一字一句清楚地傳進赤松耳中。這個男人實在太恐怖了，赤松想，如果瑤子朝這邊逃來，我一定也會背對那個傢伙拔腿就跑吧。

「你跟老公分手幾年了？」

麻生這次又想說什麼？

「八年。」

鏡頭中的瑤子，完全是反射性地回答。

「這些年，你跟幾個男人睡過？」

「你就只會問這種無聊的問題嗎？」

算了吧，遠藤小姐，你必須趕快離開他。

「沒有人抱過你嗎？」

「不要靠近我。」

「你一定不知道如何填補寂寞吧。連小孩也被搶走了。」

「不是被搶走，是我拋棄他的。」瑤子這麼說時，淳也的臉瞬時浮現，擾亂了她的心。

「你一定很寂寞吧，所以才會把我塑造成凶手，搶走我的飯碗，連老婆孩子也不放過。想讓我變成跟你一樣寂寞的人吧。」

「你簡直有毛病。」

「我不是說過了嗎？我們兩個一起去醫院吧，或是任何地方都好。我們一起逃走吧，快！我喜歡你。不是你自己主動要見我的嗎？你靠過來一點嘛。」

麻生抓住瑤子的手腕時，一百公尺外的繡球花叢突然被撥開，發出簌簌的聲音。是赤松。他拿著攝影機飛奔而出，筆直地朝這邊跑過來。

麻生放開瑤子，兩手舉起，做出投降的姿勢，冷笑著後退。

「看吧，果然有攝影機。」

衝過來的赤松，用虛張聲勢的憤怒眼神瞪著麻生，擺出保護瑤子的架勢。

「你都拍進去了吧？」

麻生用食指指著赤松。「我倒要看看，你們要如何剪輯這捲錄影帶。」

麻生將擺著投降姿勢的雙手插入褲袋，哼著歌離開公園，腳步輕快得宛如在踏著舞步。

「……你沒事吧？」

瑤子勉強露出笑容點點頭。

麻生沿著公園小徑走去，再也沒有回頭，就這麼從視線中消失了。

麻生說那是愛。是哪一種愛？用不著多想，或許自己早已明白。

與麻生的對峙，等於是在面對自己的本性。

我將麻生的笑容播映在電視上，麻生用攝影機拍下我的生活。播映是一種快感，被播映是一種恐懼。我和麻生彼此交換立場，充分體驗了快感與恐懼嗎？

或許是影像這種電波惡魔，將我們連接在一起的……

16

瑤子牽著腳踏車，步履踉蹌地回到家中。

她要求赤松答應她，將那捲日比谷公園的採訪帶永遠封印。冷靜之後想一想，那是一種姑息手段。是自己想得太天真，以為只要激怒麻生，便能使他在盛怒之下自己招認罪行。

在停車場停妥腳踏車，她一邊窺看中庭，一邊進入公寓。鞦韆並未晃動。不知從哪兒飄來晚餐的味道。晚上八點，是棒球賽轉播聲與公貓叫春聲交織的時段。

位於樓梯口的信箱裡，插著厚厚的信封。

涼意彷彿自腳底竄升，凍結了她的全身。

露在信箱口外的信封，似乎正在對她招手。信封的材質很眼熟。是每次都先在警衛室慎重開封，裝有錄影帶的信封。

僵硬的身體伸出了右手，打開信箱將之取出。沒有收件人的地址貼條。是寄件人親自放進這個信箱裡的。既然知道地址，之前根本用不著特地寄去電視台。她感到麻生逐漸逼近身邊的恐懼。

她將信封夾在腋下，走上階梯。

這次又拍了什麼呢？……這種恐懼，混雜著自己也難以理解的，等著看連續劇劇情發展的期待。

進入屋內鎖上門後，她筆直朝著電視機與錄放影機走去。

像要接受挑戰似地將帶子插入，將電視機頻道切換到錄放影機。

電視開始出現影像，瑤子硬生生挨了一擊。她早已預料會出現自己的身影，但映出的地點卻令她屏息。肌膚下流動的恐懼逐漸沸騰，幾乎要衝破皮膚。

是這間屋子。瑤子回到這間屋子後的影像。脫下的外套搭在椅背上，那是瑤子在廚房洗手的身影。

她用雙手摀住嘴，驚人的尖叫聲幾乎脫口而出。

畫面中的瑤子拿起放在洗碗盆中的杯子，沖過之後裝滿水，開始漱口。

在哪裡？攝影機放在哪裡？瑤子將頭轉動三百六十度，試圖從畫面中的背景尋找攝影機放置的地點。

是那裡！玻璃餐具櫃的裡面。他一定是事先將小型的數位攝影機設定在錄影狀態，放在一個接一個緊緊排放的咖啡杯之間。

帶子長度為六十分鐘。攝影者在瑤子即將回來前，進入屋內把攝影機放在這裡。

那麼，他是怎麼進來的呢？是那把放在瓦斯表上的備用鑰匙！攝影者——也就是麻生，從對面公寓的樓頂看到瑤子取下備用鑰匙的那一幕。

出現在畫面上的，是上週五的瑤子。說服赤松參與那個約麻生到日比谷公園的計畫後，瑤子回到家中，難得在浴缸放了水，仔細洗了頭髮，坐在餐桌前慢慢喝著比平常大杯的啤酒。現在電視螢幕上，雖然有時會逸出鏡頭外，還是可以看到瑤子在更衣間脫衣服的樣子，在剪接過程中略過了中間的影像，直到洗完澡換上睡衣的瑤子，一屁股在椅子上坐下，輕啜著啤酒，不斷疲憊地發出嘆息聲的景象，全被攝影者用定點觀測的方式記錄下來。

一想到麻生用備用鑰匙侵入這裡，搜尋絕佳攝影位置的景象，瑤子背上的每塊骨頭就像被刷過似的，竄過一陣寒意。

他什麼時候來把餐具櫃裡的攝影機收走的？

答案就在下一個鏡頭中。

畫面很暗。只有微弱的光線射進屋內，也許是從白紗窗簾透進的月光吧。瑤子躺在床上，身體朝外熟睡著。

手持攝影機一路從廚房搖向在隔壁房間睡覺的瑤子。也許攝影者本來想再貼近一點，貼近到可以感受瑤子的呼吸，但是為了慎重起見，不敢踏入寢室吧。畫面激烈晃動，似乎可以聽見攝影者的心跳。

麻生一定是坐在中庭的鞦韆上，等待瑤子屋內的燈光熄滅。算準瑤子應該已經熟睡後，便又利用瓦斯表上的鑰匙潛入房間。

麻生從餐具櫃取出攝影機，抽出拍攝完的六十分鐘帶子，換入新的錄影帶，拿著攝影機再開始拍攝。

麻生曾經在這間屋子待過。他讓眼睛習慣黑暗後，在這塊地板上，這張桌子旁，自由地徘徊過。

畫面突然切斷。影像全部播完了。

拍夠了瑤子安詳的睡顏，心滿意足的麻生毫無聲息地離開屋子。「我喜歡你。我愛你。是你先對我一見鍾情的……」他在日比谷公園說的話，說不定也在這裡對著熟睡的我說過。也許他是這麼說的：「如果你再繼續追查這個事件，我會像幹掉吉村和春名一樣殺掉你。我隨時都可以接近你。你看著吧，你的睡臉就在我伸手可及之處。我甚至可以衝上前立刻扭斷你的脖子。」

然後麻生回到自己家，將數位錄影帶轉錄成ＶＨＳ錄影帶裝進信封，在今天早上放進樓下的信箱。一進辦公室就意外接到我的電話。當他聽到我說「我想跟你在外頭見面」，一定張開濕濡的嘴唇笑了吧。

這樣就結束了嗎？應該還有續集吧。

瑤子突然跳了起來，戰慄感刺上胸口：屋裡說不定還藏著攝影機。

她四處搜尋能夠隱藏口袋型攝影機的地方。餐具櫃、書櫃、家具的縫隙。瑤子睜大眼睛尋找。在用力過猛之下，三個咖啡杯掉到地上摔碎了。等她回過神來，才發現書櫃已向前傾倒，書全都散落在地上。她無法控制自己的行動。

冷靜下來想一想，根本不可能有攝影機。瑤子看到這捲帶子後一定會提高戒心。他不會再使用同樣的手段。

瑤子跪坐在散滿書本與咖啡杯碎片的地板上。

是恐懼。

即使盒子鎖得再牢固，恐懼還是會從盒中冒出，而且一旦冒出，便會像黏在皮膚上似地賴著不走了……

當東方天空開始發白時，瑤子終於睡著了。

門鎖好，也拉上了鍊子。然而，麻生掛著濕濡的微笑從這扇門侵入的妄想，即使裹緊被子依然使她的神經緊繃。

但從日比谷公園發生的事開始，這一整天的疲憊，從緊繃的神經之間喚來了睡魔。

瑤子正躺在某處。

是手術台。

手術燈的光線淡淡地照亮她赤裸的全身。沒有穿手術衣的醫生正俯視著她。不是醫生，是穿著灰西裝的麻生。他的手上握著閃閃發亮的手術刀，就像解剖屍體一樣，從瑤子的喉嚨下方切開至腹部。瑤子感到自己明明是活著的，卻一滴血也未噴濺出。

打了麻醉針躺在手術台上的自己，什麼感覺也沒有，可是看著這幅景象的她，身上卻閃過一陣尖銳的痛楚。雖然好像醒過來了，不知為什麼，精神卻在惡夢中掙扎。

一刀切至下腹後，麻生狀似愉快地掏出瑤子的內臟。連挖內臟的聲音也像合成音效般聽得清清楚楚，心臟在手中宛如自己有生命似地跳動著。麻生將兩片膨脹的肺葉在手中翻轉。他拎起裹著一層薄薄脂肪的肝臟，仔細觀察肝臟的顏色。長長的腸子糾纏成一團，似乎令麻生束手無策。他拿起衰敗的子宮，貼在臉頰上摩擦，似乎想在裡面孕育新的生命。

取出所有的內臟後，麻生滿意地俯視著空洞的軀體。然後他像要重組被分解的玩具似的，把分別放置在金屬盤上的內臟，一個一個仔細塞回原位。

耳邊傳來悲鳴聲。是我在尖叫。

麻生自由地殺死我，又隨意地讓我復活。內臟在原來的位置上閃著油光開始跳動。

從破曉晨光照射的床上跳起來，瑤子滿身大汗，彷彿被潑了滿滿一桶水似的。

她受不了了。

晨光宛如尖針。

積壓多日的疲憊與睡眠不足流竄至身體末端，幾乎要擊垮她。從精神上勉強擠出的活力雖然靠不住，瑤子還是拚命讓自己振作起來搭上電車。

她從萬用手冊的夾層中取出之前拿到的麻生公彥的資料，來到京王線櫻上水車站前。是赤松從記者聯誼會打聽到麻生的履歷、家族成員、地址等，細心地用文字處理機打好交給瑤子的。

越過染髮、穿耳洞的都立高中生熙來攘往的馬路，來到麻生住的公務員宿舍。

木造平房，巴掌大的院子，只是一般的老舊宿舍，但當瑤子看到門柱上的信箱歪斜，似乎就要掉到地上似地掛在那兒時，已可窺知住戶的精神狀態。

她勉強提起最後一絲精力，自問道：我來這種地方到底有什麼目的？

她想證明麻生就是不斷送錄影帶來的人。對於自己認真地打算趁麻生不在時侵入他家扣押母帶，她也覺得有點過分。如果找找瓦斯表上面，搞不好會摸到鑰匙。她天真地這樣想。

她環顧住家周圍。這個住宅區多半是同樣的木造平房。環境與其說是安靜，更像是附近居民全死光了般的沉寂。

推開大門時，瑤子才發現，根本用不著去瓦斯表上搜尋，玄關的門是微開著的。門把就跟信箱一樣，幾乎快要從門上掉下來，完全沒有作用。

瑤子打開門進去。眼前就是走廊，那一頭應該是廚房吧，光看玄關的樣子即可想像整個內部的狀況，簡直就像家中有個暴力傾向問題的少年一般。

鞋櫃已經變成一堆碎木，幾乎拼湊不成原形，木片與鞋子散落滿地。有女人的鞋子和兩種童鞋。塗了漆的牆壁上到處都是球棒打出的洞，露出黃色的隔熱材質。

應該沒必要脫鞋了。她穿著鞋走過長廊進入廚房。雖然她不知道這種破壞行動是什麼時候發生的，可是附近的居民難道沒有聽到驚人的碎裂聲而報警嗎？餐具櫃、餐桌、廚房的流理台，觸目所及，每樣家具都是破損的。

防雨窗雖是關著的，但由於窗子本身布滿破洞，外面的光線遂從洞中呈放射狀射入。堆積的塵埃使得光線如箭般射落地面，尖銳地照在散落一地的玻璃上。

原來麻生公彥是個把自己的家糟蹋到這種地步的破壞狂。

瑤子在無意識中開始賦予影像意義。她有點後悔，要是把小型數位攝影機帶來就好了。她將眼前的景象變成攝影畫面，開始在腦中剪輯。

鏡頭先搖過整間房屋。接著是從破損的防雨窗射入的光線，在地板上形成光影交錯的景象。卡通玩偶被踩扁滾落一旁。鎖定扭曲的玩偶臉孔來個特寫後，再將廚房水龍頭斷續滴落的水聲，宛如整個屋子的心跳聲般覆蓋鏡頭。

用左右皆為一點二的視力捕捉住的影像，被切碎、連接，在瑤子體內獲得生命。

擺著電視與錄放影機的客廳，並沒有受到太大的損害。

只有這個鋪著綿綿床墊的房間，才是麻生起居的空間吧。雖然似乎另有寢室，失去家人的獨居生活中，他大概是在電視機前打地鋪睡覺吧。

ＶＨＳ錄影帶還插在錄放影機裡，瑤子試著打開電視，將帶子放映出來。是瑤子自己也反覆看了很多次的「事件檢證」帶子。才看到站在酒館前的灰衣男子，她就已經失去興趣，按下了停止鍵。還有一人堆其他的錄影帶，有的用稚拙的筆跡寫著卡通片名，沒有標籤的帶子大概是麻生工作上的資料吧。

沒看到數位攝影機與轉錄用的電線，就無法證明他曾在這裡把偷拍的帶子簡單剪輯過。

她重新環顧如同被龍捲風掃過的屋子。

這裡是墳場，瑤子想。

對於這個在家庭墳場的中心，鋪上棉被安眠的男人，瑤子一方面既畏懼又厭惡，另一方面也有一種施虐的衝動，想要更進一步踐踏他的內心世界。

17

那天輪到瑤子剪輯傍晚的新聞，她卻不假曠職。赤松一定會幫她掩飾過去吧。

瑤子佇立在郵政省前的人行道上。

郵政省的正門隔著停車場，與人行道之間種著稀疏的植物，正方便她藏身。

五點的鐘聲從某處傳來。準時結束工作、看起來像是窗邊族[1]的職員們，悠哉地推開正門走出。

隨著白日燠熱的逐漸消失，整個官廳街飄散著一股幾近無人的空漠感。

麻生終於也踩著毫無霸氣的步伐出來了。瑤子蒼白的臉上浮現久候的人終於出現的笑容。

麻生穿著跟昨天一樣的西裝，繫著相同的領帶。公事包輕飄飄地搖晃著。四周邁向歸途的人，在這個微風輕拂的黃昏，都一臉涼爽的表情，只有他似乎體溫失調，汗流滿頰。

瑤子巧妙地躲在麻生視線的死角，目送麻生沿著人行道走去。過了隔壁的通產省，麻生從附近的地下鐵入口走下車站，瑤子才連忙跟上去。

麻生按了千代田線連接小田急線的售票鍵，他的月票大概過期了。下個月就要調職，所

1 指中高年齡層，已退出第一線業務的上班族。

以他一定沒換新的。

不知道他會不會從下北澤換乘井之頭線，就這樣直接回家。瑤子決定還是先按下與麻生相同金額的售票鍵，持票通過自動剪票口，保持不會被發現的距離跟在後面。

她多少有點了解麻生跟蹤自己的心情了。偷窺對方毫無防備的表情，得到的就是這種喜悅吧。不是因為怕被發現而不靠近。保持這個距離盯著對方，讓人有一種凌辱對方的快感。

電車來了。距離下班尖峰還有一段時間，車內很空曠。瑤子在隔壁車廂牢牢盯著麻生的身影，一路搖晃到下北澤。

麻生沒有換車。他走出車站的剪票口，在薄暮中，以茫然的背影走在學生與愛好戲劇的年輕人穿梭的路上。

夕陽即將消失，飢渴的夜幕吞盡白晝的餘光。來往的車輛打開車燈，在柏油路面投射下猙獰的光線。吸進夜晚的氣息，使得瑤子睡眠不足的眼睛開始清醒。

麻生向左彎過茶澤街，以一副熟客的模樣進入一家似乎正放著爵士樂的酒吧。

瑤子從門上的窗口向內張望，麻生雖是一個人，卻未坐在吧台，而是大模大樣地坐在靠裡面的包廂。距離人們來酒吧喝酒的時間還早，昏暗的店內除了麻生就只有老闆一個人。

瑤子站著發愣。她已想不起一路跟蹤而來的目的。明明應該條理分明的思路，現在已經不知滑落何處。

最後她帶著恍惚的表情轉身離去。

第一天就這麼結束了。

第二天，瑤子又在同樣的時間，將身體隱藏在郵政省前的樹叢後。她的腳邊放著黑色的皮包，裡面裝著一些擅自從電視台借出的小型機器。今天的跟蹤有明確的目的。

麻生在五點準時推門而出。手上除了公事包外，還拿著面紙盒大小的包裹。大概是同事送的臨別紀念品吧。沒有任何人發起什麼惜別會，用這點小禮物便敷衍地將麻生打發掉，她可以想像得出麻生的處境。

我在部下之間是出了名的不受歡迎，麻生雖然笑著這麼說，但他小心翼翼地將禮物夾在腋下低頭踏上歸途的身影，令瑤子略感悲哀。

麻生和昨天一樣，按下連接小田急線的售票鍵。票價也一樣。大概又要在下北澤下車吧。也許那是他每晚都會去坐一下的酒吧。

瑤子從隔壁車廂盯著麻生黑眼圈日益加深的面孔。

他正在逐漸死去。

照他拿著紀念品的狀況看來，今天應該已經結束在總局的工作，明天也許就要開始打包行李了吧。依麻生的個性，瑤子覺得他明天還是會準時上班，勉強找出沒整理完的工作，挨著部下「怎麼還沒走啊」的白眼，硬是在辦公室賴到五點。

麻生在下北澤下車，又走進那家酒吧。

隔著茶澤街，斜對面就有一家羅多倫咖啡館。瑤子在可以看到酒吧門口的窗邊坐下，一邊喝著兩百圓的法式咖啡，一邊等待麻生從酒吧走出。

比想像中還要早。大約不到一小時，麻生便輕飄飄地踩著夢遊似的步伐走出酒吧。瑤子也收拾好咖啡杯走出來。她和朝車站方向走去的麻生保持五十公尺距離，一路尾隨著他。

跟剛才來時走的路不同。只要穿出這條路，似乎就是車站前的繁華商業街。

人跡稀少的住宅區街道，充斥著施工的嘈雜聲。黃色的燈光成串亮著，工人正在進行水管工程。路邊挖著深坑，足以震動地面的鑽孔機從地底傳來聲音。

麻生可能愛喝酒卻沒酒量，才喝了一個小時，腳步就已踉蹌不穩。從背影看起來似乎還哼著歌。

走出郵政省時拿的紀念品，現在並不在手上。說不定他在酒吧打開一看，並不是什麼值得帶回家的好東西，便隨口跟酒保說聲「送給你吧」，留在酒吧了。

他從下北澤搭井之頭線。買的是到櫻上水的車票。

在明大前換乘京王線。現在正是下班的尖峰時間，瑤子也擠在塞滿了人的車廂中。

在櫻上水站月台擠出電車。隔著下班的人潮，她盯著麻生穿過剪票口。

好，要開始了。如果不能比麻生早一步抵達他家，便無法達成今天的目的。白天她已經看過這一帶的地圖，將抄近路的走法記在腦海裡。

當她跟麻生分開，正要向右彎時，看到麻生走進了便利商店，於是她改變了主意。與其冒著迷路的風險走不熟的路，不如趁麻生在買東西消磨時間，直接走原來那條路。

她從店外隔著玻璃瞥了一眼，看到麻生提著籃子，慢吞吞地走在賣場的貨架間。

瑤子快步通過店前，腳步聲在夜路上聽起來特別響亮。都立高中的建築物聳立在暗夜中，看起來宛如一座巨大的墓碑。

瑤子轉個彎，俐落地推開麻生家的大門，好似回到自己家一般，走進未上鎖的玄關。先打開袖珍手電筒啣在嘴上，一路照著通往客廳的長廊。她沒有脫鞋。家庭暴力的痕跡和前幾天一樣，電視機前凌亂的床鋪也還是老樣子。

瑤子從黑皮包取出三台小型數位攝影機。

麻生應該還在買東西吧。瑤子必須盡快決定放置攝影機的地點。

首先，是玻璃已有裂痕的餐具櫃裡面。兩個兒童用的塑膠杯並排放著。第一台攝影機就放在杯子之間。這個角度可以俯視客廳全景。

第二台的位置正好相反。在客廳對面有個塞滿童書與婦女雜誌的矮櫃。她將第二台攝影機仰放在書本之間。只有一本小說大小的攝影機完美地藏在那裡。

剩下一台該怎麼辦呢？

麻生把映出自己笑容的「事件檢證」節目帶當成每天的功課，誤以為那個笑容出現在電視上是基於瑤子的愛慕，反覆看著直到睡魔降臨。

瑤子想仔細看看那個表情。

電視旁邊淩亂堆著ＶＨＳ錄影帶。藏在這裡應該不會當晚就被發現。瑤子祈禱麻生今晚也會著迷地看著「事件檢證」帶子，於是用成堆的卡帶隱藏第三台攝影機，只將鏡頭露出來。瑤子先充當麻生，坐在床鋪上面對電視機調整鏡頭，使它正對自己的臉部。

「好了。」

正當她發出滿足的低語時，屋外傳來聲音。是有人打開那個快要從門柱上脫落的信箱，摸索裡面東西的聲音。

突來的衝擊使太陽穴緊抽，心臟激烈地跳動。麻生回來了。瑤子慌忙關掉袖珍手電筒，拿著黑皮包尋找逃遁之路。

麻生正朝著玄關走來。躲在屋內趁麻生不注意時從玄關出去太危險。從廚房。廚房應該有後門。她像疾風般衝過去，卻忘了最重要的事。

攝影機的開關還沒打開。

餐具櫃的第一台，矮櫃中的第二台，錄影帶堆裡的第三台，瑤子彷彿在狹小的運動場中縱橫穿梭似地，迅速打開攝影機的開關。錄影帶轉動幾乎毫無聲音。從現在開始到帶子拍完的一個小時內，麻生在家庭墳場中的生活，將被攝影機以三個角度詳細記錄下來。

傳來玄關壞掉的門把轉開的聲音。聽見麻生含糊地說聲「我回來了」時，瑤子大感驚恐。在一瞬間，她以為那是對著她說的。

原來是對失去的家人說的話。瑤子從餐廳衝往廚房。趕緊逃吧。快點。心裡喊著在這種狀況下的老套台詞。找到後門了。她祈禱能毫無聲響地打開門。她感覺到麻生已脫下鞋子，走進長廊了。一股臭味撲鼻而來。是腎上腺素的味道。麻生走進客廳打開電燈。當燈光流進後門口的暗處時，瑤子注意到一個幾乎讓她落淚的景象。後門竟然小心地拴上了鎖鍊。破損敞開的正門與小心緊閉的後門。瑤子詛咒著這種矛盾。

她沒有時間去解開鎖鍊。如果慌張地打開，在一片寂靜中，一定會聽到鎖鍊的聲音吧。背後傳來麻生的腳步聲。瑤子背對著逼近的麻生，在後門口動也不動。她祈求暗色的夾克在昏暗中多少能發揮保護色的作用。

麻生直接走向冰箱，完全沒注意到瑤子在後門口的黑暗中，像雕像一般縮著身子。他打開冰箱取出一瓶水，當場就對著嘴喝起來。喉頭發出的咕嚕咕嚕聲，傳進將頭抵在後門上、宛如化石的瑤子耳中，簡直就像一頭為了吞食獵物，正在潤喉舔舌的野獸。

喉嚨的乾渴充分解除後，麻生應該會把水瓶放回冰箱的架上，走出廚房。這時只要他向右轉，就不會看到瑤子。瑤子雖然在祈求好運，但也開始思索被發現時該如何辯解。她應該老實地說，我想多看看你的日常生活嗎？

她想起麻生說過，他曾想像兩人在床上交纏時瑤子會發出怎樣滿足的呻吟聲。她會在這張布滿塵埃的床上被侵犯嗎？懷著被強暴的恐懼和一旦被發現將會斷送掉新聞工作生命的憂慮，瑤子對於在那種狀況下自己能抵抗到什麼地步，完全沒有把握。

麻生關上冰箱門。大約有一秒鐘緊繃得可怕的寂靜，之後，瑤子由背後感覺到麻生逐漸從廚房消失。麻生沒發現瑤子，朝著洗手間走去了。

瑤子以如同拆卸炸彈般的謹慎，從溝槽拔出鎖鍊。布滿鐵鏽的鎖鍊發出抵抗的聲音。洗手間傳來大量的流水聲。麻生正用怨嘆的聲音粗魯地漱口。

瑤子旋轉握把打開後門，悄悄潛入夜色中，再也沒有回顧。她用野貓般謹慎的步伐繞過雜草叢生的屋外，走到大門前。

一走到大路上，她的腳步聲明顯消失。緊張使兩腿僵硬，步伐宛如便宜的塑膠娃娃。

那一晚，回到都營住宅的瑤子，一直無法平息激烈的心跳，睜著眼睛直到天明。

由於整夜輾轉反側，床單縐得一塌糊塗。

她在等待麻生上班的時間。她必須去取回攝影機。瑤子祈禱麻生雖然已收下紀念品被趕出辦公室，依然厚著臉皮去上班，千萬別待在家裡打掃什麼的。

瑤子在上午八點走出公寓，搭上連接小田急線的千代田線。與上班人潮反方向的電車很空。她不斷揉壓乾澀的眼皮，試圖揉碎那一團睡眠不足。

她在櫻上水站下車，一邊祈禱別跟麻生碰個正著，一邊配合都立高中生上學的步調走向麻生家。

她如同麻生的老情人般擅自推開他家大門，然後將玄關的門打開一條縫，確定麻生的鞋子不在門口後，走進屋內。

她穿著鞋走進客廳。床鋪縐折的形狀與昨晚不同。

她取出安眠於餐具櫃中未被發現的攝影機。整捲帶子已經拍完，電池也耗盡了。第二台也一樣。藏在錄影帶堆中的第三台攝影機，應該詳實錄下了麻生的表情。

她將三台攝影機收進皮包，走出麻生家，與都立高中生的人潮逆向而行，快步離開。

上午十點，瑤子準時進入電視台，照例詢問昨晚「Nine to Ten」的收視率，聽到年輕的剪接師說「事件檢證」依然高踞個別收視率冠軍後，瑤子甚至浮現微笑。她將準備好的股價狂飆影像迅速剪輯成一分鐘長的新聞，也不看現場播出便鑽進辦公室後方的剪接室。

她不讓邀她吃午餐的赤松靠近，鎖上剪接室的門，把由三個角度拍下的麻生的生活樣貌映現在螢幕上。

將三捲帶子最初的影像配合麻生的動作，三種影像便在同一時間自三台螢幕放映出來。

瑤子很想尖叫勝利。拍到的影像比想像中還精采。

麻生的破壞性格，簡直就像為這次的攝影特地演出似的，赤裸裸地表現出來。瑤子把麻生返家後自己掀起一場風暴，然後終於累到睡著為止的一個小時，濃縮剪輯成五分鐘。

作業完畢後，突然好希望有人能看看這些影像。她不想只是自我滿足。

我想把這個給誰看呢？

她的腦中只浮現一個人的面孔。

瑤子推開酒吧的門走入店中。

下午六點在下北澤。如果麻生今天也重複每天固定的行程，現在他應該出現了。

一頭白髮理成平頭、年齡不詳的老闆，一邊說著「歡迎光臨」，一邊打量這個剛開店便光臨的生客。

瑤子在那個麻生慣坐的陰暗角落坐了下來。

「給我生啤酒。」

點了東西後，瑤子等著酒吧的入口被打開。外套口袋中放著數位攝影機。不是為了攝影，而是為了播放剪輯成五分鐘的影像。攝影機附有三吋液晶螢幕。

啤酒送來後，她立刻端到嘴邊，一下子就喝掉半杯。

一想到麻生看到帶子不知會浮現什麼表情，瑤子便覺得興奮。

比起在警局前露出的笑容，這捲帶子更能描述麻生的本質。就像首相將白飯倒入生雞蛋碗中的影像描繪出一個真實的樣貌般，麻生在鏡頭前也赤裸地暴露出他心中的每一道褶痕。

門響了。老闆招呼道「你好」。

如同幻影般晃進來的麻生，看著坐在自己老位子上的女人。發現是瑤子後，他的表情立刻鬆弛下來。他被嚇到了。瑤子有一種快感。在麻生開口前，她對平頭老闆說「給他也來一杯同樣的」，先替麻生點了東西。

麻生走近瑤子，一邊盯著她一邊在對面的位子坐下。

「……你跟蹤我？」

「到昨天為止。」

「那今天是在這等我囉？」

「好像是這樣。」

即使不多加說明，僅靠短短的句子，便能極有默契地進行對話。

「真是不可思議。」

「什麼事？」

「當我想見你時，你就主動來找我了。」

宛如長年飽受寒雨的岩石般的冰冷雙眸注視著瑤子。

「大概是因為相愛吧？」瑤子諷刺地回道。

生啤酒送到麻生的面前。

「真想跟你乾杯。」

「為了什麼？」

「為我們能這樣面對面。」

「這種噁心的台詞虧你也說得出。」

瑤子主動將杯子湊過去碰了一下，不等對方說「乾杯」便自己喝下。

麻生一口氣喝掉一半，也不去拭嘴角的泡沫。

「我有沒有告訴過你，我老婆怎麼說我？」

「沒有。」

「她說，那個笑容就是你，電視並沒有冤枉你，像你這種噁心的人，令人絕不想在夜路上遇見你，電視只是忠實地呈現出來……」

「你聽了很傷心？」

「我都哭了呢。」

「對我來說，卻是讚美之詞。」

「我老婆和須崎課長一直都在找理由擺脫我。因為沒有決定性的理由，只好在家裡和辦公室收留我這個廢物。這時出現了那個笑容。你替那些傢伙製造了一個擺脫我的好藉口。」

麻生的口氣並非在抱怨，似乎很看得開。

「這次說不定輪到我了。」瑤子低聲說。

「輪到你？」

「我周圍的人也正在找理由，想把我踢出現在的工作。我可以想像當那些人知道我又闖禍時，臉上的表情有多高興。」

這樣親密地互相揭露自己的傷口，簡直像在開一個惡劣的玩笑。

「這麼說，你這樣跟蹤採訪我，正好給那些人機會把你趕走囉？」

麻生好像找到攻擊方法似地說。

「如果你想製造一個跟你一樣悽慘的人，現在正是好機會。只要你再去我們電視台控訴受到報導迫害，我勉強保住的腦袋這次鐵定會斷掉。」

「聽起來你似乎在鼓勵我。」

「你何不試試看？」

「也許是陷阱呢。」

從頭頂的聚光燈射下的光，反射在桌面，在麻生臉上形成扭曲的陰影。逐漸死去的面容中，今天同樣也只有嘴唇濡濕而充滿生氣，完全看不出那到底是痛苦還是微笑的表情。

「今天你沒有掛著麥克風啊。」麻生看著瑤子的胸口。沒有掛著麥克風的別針。

「你最好不要太大意噢。搞不好攝影機會從哪裡冒出來。」她故意試探麻生的膽量。

麻生將視線往門上的玻璃窗大致掃了一下。

「你跟蹤我，發現了什麼？」

「該怎麼說呢？發現了我所謂的真實吧。」

「遠藤瑤子的真實嗎？那我倒想看看。」

瑤子就在等這句話。她俐落地從外套取出數位攝影機放在桌上。

「那是什麼？」

麻生突然進入戒備狀態。他以為瑤子要用那台攝影機來個突擊採訪。

瑤子一邊注視著麻生的表情變化，一邊打開三吋液晶螢幕。

你打算做什麼？麻生交互看著瑤子的臉與液晶螢幕。

「……你想給我看什麼？」

「你猜呢？」

瑤子將螢幕就那麼放著，慢條斯理地將杯子送到嘴邊。她含著笑意欣賞麻生淺笑中夾雜著不安的表情。

在你當觀眾之前，先聽一段開場白吧。

「你或許是在警局前對黃衣女孩微笑的善人。」

「我既不是善人，也不是惡人。」

「但那是在攝影鏡頭外。如果你不說明笑容與黃衣女孩的關係，沒有人會知道。我只是以現有的材料，將你描述成一個在吉村律師墜樓事件中，失態露出笑容的詭異官員。對我來說，這就是真相。我根本不在乎什麼需要佐證的客觀真相。你是凶手。我確信你是。」

彷彿是自己體內飼養的生物群起叛亂似地，嘴巴自行蠕動著。

「如果是個『確信』犯，即使是你傲慢的主觀也無所謂，是嗎？」麻生接過她的話說。嘲笑的眼神中帶著發怒的預兆。

瑤子感到時機已成熟，便按下攝影機的開關。影像出現在三吋液晶螢幕上。

凌亂破敗的家中，換上睡衣的麻生正打算休息。

「這是搞什麼？」麻生的眼中閃過詫異。

放在餐具櫃的第一台攝影機捕捉到的鏡頭。睡衣的釦子未扣、敞著裸胸的麻生，性急地一邊喝啤酒一邊在餐桌前抖腳。

「這是什麼時候拍的？」

大概每晚都是同樣的情況吧，他似乎無法判斷這是哪天晚上。

「待會兒你就知道了。」

「是昨晚嗎？沒錯吧？」

切換到矮櫃的第二台攝影機，鏡頭以仰角捕捉到麻生抖腳的頻率越來越急促的背影。連旁觀者也感到焦躁起來。到底要發生什麼事？正這麼想時，好戲就開鑼了。

麻生突然站起來，朝著一旁第三台攝影機的方向走近。當瑤子在電視台的剪接室看到這個鏡頭時，她甚至以為麻生發現了第三台攝影機，正打算衝過去破壞它。

結果麻生越過那堆錄影帶，將憤怒的矛頭指向書櫃。他取出的是厚厚的相簿。他用兩手抱著五本相簿，走回餐廳，砰一聲丟在地上。

換成第一台鏡頭。麻生蹲在地上，粗魯地翻著相簿。裡面八成都是妻兒的笑顏吧。

「我很想在這裡來個停格畫面，讓正在看電視的觀眾來玩個猜謎：接下來這個人會採取什麼行動呢？」

麻生眼也不眨地盯著畫面。

液晶螢幕中的麻生，試著扯下內頁。他雙手拿著相簿，打算硬生生將它分屍，但是裝訂得比字典還牢固的相簿卻文風不動。

麻生就這樣抱著相簿，在地板上痛苦地扭絞，宛如正與椰子纏鬥的原始人。

看來他終於死心，知道光用手無法破壞。麻生丟開相簿，大力聳肩喘氣，坐在地上。

他終於想到了好點子。實際上，在錄影帶中麻生整整花了十五分鐘才想到新的破壞手段，不過瑤子加以剪接濃縮了。

麻生從地上站起來，朝著第一個鏡頭衝去。畫面切換到第二個鏡頭。麻生打開餐具櫃下面的門，取出工具箱，從工具堆中翻出一樣凶器。

那是折疊式的鋸子。他露出殘酷的微笑拔出鋸子的刀刃，朝地板上的家族相簿走去。

他把相簿放在餐桌旁的椅子上，用腳壓住，開始將之鋸成兩半。鋸東西的聲音響起。相簿的襯紙與相片，在鋸齒下化成粉末四散紛飛。相簿一分為二。麻生任由額上的汗水滴下，專心地繼續作業。他把切成兩半的相簿疊在一起，用鋸子再鋸一次。

兩半變成四半。切口的地方呈鋸齒狀的家族相簿，變成四塊破片散落在地上。

看來這項工程似乎很好玩。麻生取過第二本相簿，快速翻過一遍後便擱在椅子上，又開始切割。鋸斷與妻子的新婚期後，接下來鋸的是長子出生的時期吧。

為了節省時間，畫面變成部分重疊。麻生滿足地盤腿坐在成堆的家族相簿殘骸上，咕嚕咕嚕喝著第二瓶啤酒，似乎喝得很痛快。

當他抹嘴發出「嘖！」的一聲時，影像突然結束。

五分鐘的帶子已經播映完畢。瑤子蓋上液晶螢幕，把攝影機收進口袋。

失去注視對象的麻生，只好又將視線移向瑤子。他的眼睛就像埋在土中的玻璃珠一般，發出暗沉的光輝。現在還不能確定他到底受到多大的打擊。

「看起來像是什麼樣的人？」瑤子用沉醉於快樂中的眼神回視麻生。

「……」

「我也沒想到能拍到這種鏡頭。雖然以那間屋子遭破壞的程度，我曾預期應該能拍到什麼東西。」

「……」

「我很想聽聽你的感想。這下子你偷拍我上班的樣子以及我的睡姿那些東西的喜悅，是不是遜色多了？快告訴我呀，你覺得自己看起來像什麼樣的人？」

「……」

麻生毫無反應。瑤子開始焦躁。採取不抵抗主義是吧？沒關係，我會狠狠給你一擊。

「你在無法動彈的組織中，暗地裡算計著同事與上司，把無法升遷和家庭失和全都怪罪到別人頭上，但即使工作單位和家庭像墳場，你還是拚命想去保護它，為此就算死了一、兩個瘟神似的律師也不算什麼……你是這種人，你自己應該也很清楚吧？」

「……」

「我知道。就因為是我，所以才知道。那集『事件檢證』剪輯得很好。我的想像力沒有任何誤差。這全是拜你所賜。可惜我不能送你什麼謝禮。」

在瑤子冷酷地說完後的沉默中，可聽見男人微弱的呼吸聲。麻生的嘴脣乾燥無光澤。

麻生大概已經受不了令人窒息的空氣濃度了。「我要回去了。今天我請客。」他拿起帳單急忙起身。瑤子也立刻站了起來。麻生在櫃檯放了兩張千圓紙鈔，連找的零錢也不拿就走出酒吧，瑤子緊緊跟在他身後。瑤子從錢包取出一千圓，試圖塞進麻生的西裝口袋。麻生揮開她的手，錢掉落在路上。

麻生從茶澤街走進昨晚也走過的深巷小路。瑤子用同樣的步伐跟隨在後。今晚沒有進行工事。成串的黃色工地警示燈全都熄滅。雖然才晚間七點，路上卻人煙稀少，既沒有急著趕回家的上班族，也沒有買完晚餐材料趕著回去煮飯的家庭主婦。這條住宅區的暗巷，宛如用薄墨汁隨意塗抹過一般黑暗。

不管是回家的路線也好，那個等待他歸去的家也罷，麻生似乎都挑選了墳場。

「你不要逃。我的話還沒說完。」

「我不舒服……」臉色看起來真的很糟。「我覺得很噁心，再這樣下去，我會很想吐在你臉上。」

「你說錯了，應該是想殺我吧。」

麻生突然停下腳。瑤子差點撞到他的背。在轉頭回視的麻生眼中，瑤子第一次看到危險的空洞。麻生現在正要將瑤子的身影填入那個空洞中。

也許太刺激他了，也許太冒險了，瑤子感到戰慄。如果現在喊救命，誰會來救她？

「我問你，你到底在幹什麼？」麻生努力保持冷靜地問道。「誰說你可以進我家的？誰說你可以拍那種東西了？」

「我也沒有准許過你呀。我說過可以隨便用瓦斯表上的鑰匙嗎？」

「我不懂你在說什麼。」

麻生混亂的表情發出強烈的氣味。那股混和著汗臭的憎恨，幾乎要將瑤子壓倒。

「你以為你是誰？什麼叫做主觀的真相？當它在電視上播映時，就變成刀子，變成手槍了。你們那種自私的真相，可以把一個人完全從社會上抹殺掉，我就是一個好例子，我並不是第一個受害者吧，你們到底要搞到什麼地步才滿意？」

怒吼聲幾乎震動了這片寂靜。「吵死了！」從沉默夜色的另一端傳來抱怨的聲音。沒有燈光的密集公寓住宅街，總算有了一點人味。那是年輕人的聲音。在窗外晃動的是掛著晒的衣服。這一帶住的多半是單身生活者。

「你眼中所看到的社會或大眾，究竟算是什麼？」

麻生露出彷彿從口中暴出毒牙的表情嘿嘿笑著。

「你拿來的那兩捲錄影帶，我仔細看過了。你只是個在住家與辦公室之間，每天騎個十分鐘腳踏車重複往返的女人而已。就因為你真的只是這樣的女人，所以我才會笑。」

瑤子張口結舌。隨你愛怎麼說吧，但她這種表情只是虛張聲勢。她被麻生的氣勢逼得倒退兩步後，撞到金屬招牌，發出刺耳的聲音。是標明正在進行水管工程的黃色招牌。另一頭就是深不見底的地獄。

「你用自己的眼睛到底看到了什麼？你根本只是負責將同事從現場拍回來的影像，躲在電視台地底下切碎而已。」

「我用自己的眼睛看到了，我看到了像你這種人……」

她用不輸對方的憎恨低聲回嘴，拍了拍裝有攝影機的外套口袋。

「你自己應該也很清楚吧，你像個小偷似的，頂多只能拍到那種畫面。我只是很痛苦而已。我痛苦得不得了啊。」

他的眼中滲入似乎冒著熱氣的滾燙淚水。

「一個男人在家裡痛苦自處的樣子，你卻以為看到什麼了不起的真相，還當作有趣。」

「不是的，你是……」

「隨便擷取別人的片段面貌，在地底的黑暗中剪剪貼貼，不足的地方就自己狡詐地補上去，這就是你的工作。」

「你不要說得好像什麼都知道似的。」

瑤子整個身體都被一種前所未有的憤怒纏繞得動彈不得。

「所以不管畫面外有什麼重要的東西，你都無法發現。」瑤子想，如果不說兩句，只會助長這個人的氣焰，但卻說不出話來。

「用不著客觀，只要主觀就好？其實根本不是這樣，你在乎的不是真相的本質，照我看來，你根本只是對真相不感興趣……」

「你不要胡言亂語。」瑤子想打斷他的話，但卻毫無氣勢，含糊不清。

「照我看來，你做的什麼影像，只是用你的剪刀剪貼成的假設，只是個玩具！」

麻生逐步逼近，彷彿要當頭罩下。瑤子像要逃走似地轉開身。她感覺到腐臭的氣息。住在墳場的人，發散著死人的氣味，遮蔽了所有的光，像聳立在暗窟中的灰影。他正在笑嗎？現在那個是笑容嗎？與黑眼圈一起鑲在眼眶邊的紅肉，看起來好像馬上要淌下鮮血。那個表情悽慘得不像笑容。瑤子無法將視線從他臉上移開。

裸體被縱剖開時的劇痛，從意識底層復甦。那是個夢。是個惡夢。然而，眼前的這個卻是現實。麻生是否連街燈微弱的光亮都吞下去了呢？他可以自由地殺死我，也可以隨意地讓我復活。我不要被這種黑暗支配。讓開。你給我讓開。

她感覺到腦中沸騰的血液幾乎快要爆炸了。

瑤子推開逼近的麻生。與其說是殺意，該說是出於求生的動物本能。

她感覺到自己的雙手陷進麻生軟趴趴的胸骨。這個人的身體果然開始腐敗了。她使出渾身力量去推。這次總算有了實際的反應。麻生飛離瑤子伸出的雙手。

遠藤瑤子終究沒有回我一個微笑。

這是麻生公彥臨死前的感想。受到瑤子當胸一推，他向後飛落，然而卻沒有碰到地面。隨著瑤子雙手的猛力一推，她那長髮覆蓋了整張臉的表情，急速遠離麻生的視線。落下的感覺似乎還不到一秒。他意識到自己的後腦隨著尖銳的撞擊而破裂，有重要的東西四散紛飛。意識立刻朦朧，真是令人驚訝的意外結局。對妻子、兩個孩子、須崎課長，還有近在眼前的遠藤瑤子，甚至來不及說一聲再見便結束了。

麻生從眼前消失。

麻生被吸進招牌的隙縫間，掉落到水管工程的暗渠內。瑤子撥開頭髮，往下窺視。如同墓穴般的黑暗。眼睛習慣後，她看到黑暗的底層也有微弱的光亮。

麻生張著眼，逐漸沉入從自己後腦擴散出的血海中。他摔入一個淺淺的水窪，後腦撞在水管上突起的狀似粗大螺絲釘的東西。浮著油花的汙水中，凶惡的顏色如泉水般不斷湧出。

即使不走近也知道，麻生已經回天乏術。

「麻生先生……麻生先生……」

果然，他動也不動。瑤子終於意識到自己殺了他的這個現實。

誰聽見都無所謂，她只想尖叫，超過恐懼容量的尖叫。然而衝出口的只是無聲的震動。

瑤子嚥下尖叫的衝動環顧四周。眼睛和頭的動作完全不一致。沒有人影。沒有人看到。

雙腳先做了決定。她快步逃離麻生的墓穴。黑暗的彼端有光，光亮狀似溫柔地迎接她。

來到酒醉的大學生踉蹌走過的繁華商業街，嘈雜聲彷彿突然提高音量似地迎面湧來。酒館的燈飾反射著瑤子汗涔涔的臉頰。

「對不起，這麼晚打電話來。」

「……怎麼搞的，出了什麼事嗎？」

「我送給淳也的棒球手套，你替我交給他了嗎？」

「淳也不是打過電話向你道謝了嗎？」

「淳也已經睡了？」

「你應該知道啊。每週有三天他補習到很晚。他回來連澡也沒洗，立刻進房間去了。」

「是嗎？……」

「你的聲音怪怪的。你喝醉了？」

「沒有。」

「有什麼事？」

「我能不能跟淳也說話？」

「……」

「只要一分鐘就好。」

「你的工作出了什麼麻煩嗎？」

「求求你，叫淳也來聽電話。」

「你這樣讓我很為難。」

「求求你，就只有今天……」

「你等一下。」

瑤子抱著話筒跪在地板上，彷彿是在教堂的最前排禱告。她是真的在祈禱。求求您，請讓淳也來接電話。

「淳也還沒睡，可是他不想來接電話。」

「……」

「那孩子心裡也很苦。」

「……」

「你不要怪他。」

「對不起，這麼晚打電話來。」

「淳也總算自己主動說暫時不跟你見面了。那孩子也是考慮很久才下的決心。對不起，請你暫時不要打電話來了。」

「說得也是。」

「你真的沒事？」

「我沒事，只是有點想聽他的聲音。其實我有點醉了。晚安。我要掛了。」

「晚安。」

瑤子將掛掉的電話像嬰兒般抱在臉前，彎下身子呻吟。

「啊、啊、啊……」

難以成聲的苦悶。只能說是痛得無法言語的絕望與孤獨。

兒子如果來接電話，我打算跟他說什麼呢？那個手套好用嗎？現在在學校最開心的是什麼事？爸爸和新媽媽有沒有常陪你玩？

媽媽啊，剛才做了非常壞的事。奪走了一條人命。

如果是面對自己親生的兒子，她或許能盡情地懺悔吧。瑤子突然覺得，幸好兒子沒有來接電話。

眼淚如同燙傾的熱油，不停地滑落。

18

「真沒想到，那個傢伙竟然死了……」

赤松神色自若地拿著現場的小標題清單來到剪接機前。

瑤子準時上班，坐在剪接機前。到底是怎麼過了一夜、清晨怎麼醒來、用什麼步伐走進電視台大門的，瑤子一點也想不起來，只有肉體本能地遵循著每日的模式。

她從赤松手中接過貼有標題的錄影帶，插進機器裡。

早上七點半，住在附近的家庭主婦發現麻生跌落在正在進行水管工程的暗渠中，早已斷了氣。一一〇接獲報案後一小時，早上八點半，首都電視台的採訪小組也在現場展開第一手採訪報導。十點左右，負責製作的赤松將拍好的帶子交給瑤子。

瑤子沒有快速將整捲帶子看一遍，而是在遇到重點時，用正常速度仔細觀看。

現場拉起了警方採證的黃布條，那是下北澤的小巷。六米寬的街道周圍，老式公寓和電梯大廈擠在一起。上班途中的人們側目看著警方的行動。屍體早已被運走，在大約三米深的暗渠中清楚標示著屍體的位置，鑑識課的人正在拍照。

「根據警方的調查，從死者身上的駕照，確定死者是服務於郵政省放送行政局的麻生公彥先生。有目擊者表示，他下班後曾去一家酒吧喝酒。在酒醉狀態下，於返家途中……」

赤松朗讀的稿子到這裡就斷掉了。瑤子一把搶過來看。

「於返家途中，然後呢？為什麼沒有下文？」

這證明警方尚未掌握事件的全貌。

「他在酒醉狀態下失足跌落。這應該是意外吧？」

「不，關於這個……」

穿著夾克的技術人員，從背後的機器堆中拿著帶子過來。「錄好了。這是十分鐘前結束的採訪。」是從現場電傳回來的影像。

「聽說麻生好像不是一個人……」赤松將技術人員送來的帶子插入機器。

是記者採訪住在附近的重考生。鏡頭只拍了頸部以下部位。地點是在公寓的走廊。

「傍晚我睡了一覺，正準備開始念書，聽見外面路上有很大的聲音……好像是個男人正在質問某人……我忍不住從窗口罵人。」

吵死了！瑤子想起有人抱怨的聲音。是那時候的那個年輕人。

記者問他：「對方是男的還是女的？」

瑤子咬著唇，彷彿要咬出血似地緊緊咬著，眼睛盯著螢幕的影像。重考生沒什麼把握地回答：「我隱約聽到對方的聲音，又好像沒聽到……不過，就我的印象，好像是女的。」

「那個男人說了些什麼？」

「你以為你是誰，到底要搞到什麼地步才滿意，諸如此類的……他好像罵了對方很多話，可是聽起來又好像是一個人在自言自語。」

採訪到此結束。瑤子鬆開牙關，蒼白的嘴唇又恢復了血色。

「他本來就是在自言自語嘛。」

瑤子輕描淡寫地帶過，從機器取出帶子。重新插入最初的採訪帶後，十根手指開始跳動，她已經開始剪接了。

「你是說，那是他喝醉酒自己在說醉話？」赤松刺探似地看著瑤子。

「警方的報告不是也說了，他在酒醉狀態下，對吧？」

手指開始動作。現場全景、鑑識人員在暗渠下的行動、看熱鬧的人群……瑤子輕快地剪輯這些影像。這是這種事件報導的基本影像架構。

「死亡推定時間是晚間七點。他的確在附近的酒吧喝了酒，可是這麼早就酩酊大醉，仔細想想，你不覺得奇怪嗎？」

赤松的視線刺痛瑤子的臉頰。唯獨今天，她感到赤松的眼神宛如尖錐。

「假設他準時下班，抵達下北澤，然後開始喝酒，頂多也只有一個小時。如果是在短時間內不斷乾杯，那我還可以理解……」

瑤子聽若罔聞，隨口命令赤松繼續剛才的稿子。「住在附近的青年表示，他曾聽見麻生臨死前的說話聲，據說麻生……」

赤松一邊抄寫，心裡仍難以釋懷。擬稿本來是執行製作的工作，忙碌時瑤子也會一邊剪輯，一邊根據畫面思考文案。當赤松寫稿子時，瑤子已將重考生的訪談畫面完成濃縮剪輯。

「傍晚我睡了一覺，正準備開始念書，聽見外面路上有很大的聲音……好像是個男人正在質問某人……我忍不住從窗口罵人，說了一聲『吵死了！』……我隱約聽到對方的聲音，又好像沒聽到……又好像是一個人在自言自語。」

瑤子把中間的話刪除掉了。「不過，就我的印象，好像是女的」這個部分，還有「你以為你是誰，到底要搞到什麼地步才滿意，諸如此類的……他好像罵了對方很多話」這個部分，都未出現在剪輯好的影片中。

瑤子感覺自己慢慢滑下了黑暗的地獄深淵。重考生的證詞，是昨晚瑤子親眼看到、聽到、體驗到的事實，她只用一根手指就抹消了。身為新聞從業人員，做出這種隱瞞事實的犯罪行為，我到底想保護什麼呢？歸根究底，我又有什麼該保護的呢？

「這樣可以吧。」瑤子的語氣不容分辯。赤松跟往常一樣毫無異議，然而悶在年輕人心中燃燒的東西，逐漸冒出小小的火焰。

「昨天傍晚你為什麼沒來上班？」

「我不是說過，我感冒了。」

「感冒已經好了嗎？」

「你快點擬稿吧。」

「昨天我不放心，打電話去你家。」

「剪輯成一分五十秒就行了吧。」

「你家沒人接電話。」

「我出去買藥了。」

「你去哪裡了？」赤松的聲音微微顫抖。由於拚命想壓低聲音，結果反而變成恐懼的低語。「你在哪裡跟誰見過面嗎？」

瑤子才真的是恐懼到無法面對赤松。赤松在懷疑她。從今早傳來麻生的死訊，他就開始懷疑了。他讓瑤子做這則新聞，也是企圖觀察瑤子的表情，好證明心中的疑惑吧。

正如瑤子預料的，赤松擁有幹這行必備的狡猾。看來她是無法躲開赤松懷疑的矛頭了。

「麻生對同行的人說過『你以為你是誰』，就在你剛才剪掉的部分。」

「麻生喝醉了。」瑤子斷定。「重考生說，聽起來好像在自言自語。以一分鐘內要傳達的訊息來說，這樣就夠了。如果連他自言自語的內容也要說明，反而會讓觀眾陷入混亂。」

這是傳達資訊的根本。聽起來雖然言之成理，赤松卻毫不放鬆。

「麻生會怒吼『你以為你是誰』，就表示對方是個在麻生面前態度倨傲的人物，而且重考生也說，跟麻生在一起的可能是女性。你為什麼要刪掉？」
「我們應該等警方的正式報告。」
「遠藤小姐。」
「最後用這個畫面可以吧？」她實在無法正視赤松的臉。
「遠藤小姐，請你看著我。」
「稿子寫好了嗎？」
「我求求你，遠藤小姐！」他的聲音帶著痛苦的掙扎。
瑤子鼓足全身勇氣轉向赤松。在她眼前的，是赤松那雙含著淚光、幾乎快要哭出來的眼睛。瑤子在臉部武裝的盔甲，總算勉強沒有崩潰。
「你那是什麼眼神？」
「……我好害怕。」
「怕什麼？」
「我可以相信你吧？」
瑤子沒有回答，只是從機器抽出剪輯好的帶子，送到赤松的鼻尖前。
赤松絕望地收下帶子，身體彷彿畏寒似地縮著，站了起來。
瑤子選擇了當野獸。

她到底還是沒能逃脫。

十一點半的午間新聞正要開始前，瑤子窩在剪接部門的沙發上，茫然看著節目之間的廣告，突然有內線電話找她。

是倉科。

「你立刻來經理室一趟。」

完全是公事公辦的語氣，言簡意賅的態度中飄著一股不尋常的氣氛。瑤子說聲「好」便放下電話，走出剪接部門。她雖然打起精神，體內卻毫無活力。

有川經理與森島也在經理室，一起等她。不知為什麼，叫她來的倉科反而不在。

「那邊坐。」

經理連看也不看瑤子，便叫她在沙發上坐下。在瑤子正對面的兩個人都僵著臉。雖然兩人的五官看起來似像非像，但瑤子覺得自己簡直像面對一對雙胞胎。

沉默支配著空間。

「馬上就要開始播新聞了，有話不能等播完再說嗎？」

瑤子先開了口。有川與森島都沉默不語。屋內略有寒意，或許只有自己覺得冷吧，兩個男人的額頭上正冒著汗。瑤子撫著自己發冷的肩膀。

「你們在懷疑我吧。」

她先下手為強。

他們也知道麻生頑固地要求她道歉，又不斷騷擾她。現在麻生死了，根據過去發生的事情，他們一定會懷疑我。

「剛才記者聯誼會送來了警方的報告。」森島率先開炮，但並非平常譏諷瑤子的語氣。他在害怕。森島在怕我。

「警方在麻生死前喝酒的酒吧，獲得老闆的證詞。據說麻生帶著女伴。而且是女的先來，後來麻生到了也過去一起坐。」

瑤子咬著下顎內側的肉。她只能用這種方法讓自己振作起來。

「老闆也描述了那個女人的特徵。你想聽嗎？」

「有採訪鏡頭吧？我待會兒再看。」她興趣缺缺地說。

又回到沉默。

「開始了吧。」經理用遙控器打開電視，十一點半的新聞正好報導完第一條訊息。

「這次意外，相關人員預測可能會使反核運動越演越烈……接著請看下一則新聞。」

經驗老道的主播移往畫面左方，右側空白處出現麻生公彥的證件用照片，一旁閃過標題「郵政官員離奇死亡」。

「今天早上，在東京世田谷的水管工程溝渠中，發現一名男性屍體。根據警方的調查，從死者身上的遺物確定是郵政省職員麻生公彥，依據現場的狀況，有人認為是失足摔落的意外事故，但警方也不排除他殺的可能性……」

有點不對勁。瑤子感覺到新聞正朝與她的意圖相反的方向進行，全身神經都響起警報。

主播從畫面消失，轉為瑤子剪輯的影像。小巷的全景。現場採證。圍觀的人群。到這裡為止一切都還正常。

「前一陣子，因為涉及市民團體幹部墜樓事件，曾受警方調查的麻生先生，原本預定在下週調往地方單位。昨晚七點下班後，有人曾看到他正要返家。現場附近的居民在那個時間，聽到麻生與某人發生爭執……」

不對。不對。應該不是這樣才對。瑤子用凌厲的目光凝視著畫面。

變成採訪重考生的畫面。「傍晚我睡了一覺，正準備開始念書，聽見外面路上有很大的聲音……好像是個男人正在質問某人……我忍不住從窗口罵人。說了一聲『吵死了！』。我隱約聽到對方的聲音，又好像沒聽到……不過，就我的印象，好像是女的……你以為你是誰，到底要搞到什麼地步才滿意，諸如此類的……他好像罵了對方很多話。」

這不是瑤子剪輯的帶子。瑤子用燃燒著火焰的眼神注視著兩人。

「這是怎麼回事？」

「我們事先檢查過你剪輯的帶子。」有川說。

「你把對自己不利的地方全都剪掉了。」

森島面帶怒氣。他已經不再害怕。一定要壓過這傢伙的怒火才行，瑤子的本能告訴她。

「是誰調包的？」

一定要生氣，一定要更生氣才行。嘴裡破了。她咬下了自己的肉。口中有一股鐵鏽味在擴散。宛如要給乾地澆水一般，瑤子吞下口中的血。

「這可不是鬧鬧偽造或自導自演新聞的小事。」

雖然刻意壓低聲音，但有川的怒火壓過她。社會大眾若發現新聞部職員殺了人，還故意刪除相關資訊，首都電視台新聞部將會遭受空前的攻擊。新聞部經理的寶座已經開始動搖。

電視上，主播正以「警方目前正在重新搜尋現場附近的目擊情報，從意外和他殺兩方面展開調查」結束這則新聞。

「現在播出的是假的，我剪輯的影像才是真相。是我個人主觀的，我所感受到的……」

「遠藤，」有川經理的眼中釋放出想要全力說服她的誠意。「你去警局投案吧。」

勉強鼓起的怒意無處著力，話說不下去了。

「請給我一個機會。」

她打斷經理的話。吞下沾黏在喉頭的血，瑤子開始懇求。

「你還想要什麼機會？」森島的眼中充滿著對罪犯的厭惡。

「這週的『事件檢證』請交給我負責，我要用我自己的假設來檢證這次的事件……」

「你到底有完沒完！」森島怒吼。「你想害死這個節目嗎？」

「粉飾是不對的。」有川教訓她。「只要警方偵訊麻生的同事、上司，還有他的家人，你的名字今天就會被列在搜查名單上。上次來找你的那些刑警，也知道麻生正在騷擾你。」

「只要一天就夠了。請你們先看過剪好的帶子再說。」

瑤子斬釘截鐵地說完便站起來。森島還在繼續叨念，她卻頭也不回地走出經理室。

她回到剪接部門。

那裡也在一轉眼間瀰漫著浮動的氣氛。剪接師正圍著播映中的新聞觀看，見到瑤子出現，突然閃過一種恐懼得忍不住倒退的表情。

大家都知道瑤子和麻生的糾葛，從她操縱麻生死亡的新聞，他們得到一個主觀的真相。

瑤子無視於他們的存在，筆直走向剪接機前的老位子。

赤松正在等她。「我也不知道換帶子的事。」他心裡似乎很歉疚，替自己辯解道。從他蒼白的表情看來，他並沒有說謊。

瑤子板著臉，露出公事公辦的表情。

「把吉村律師和春名誠一的事件，還有郵政省與永和學園、中部電視台和郵政派議員的資料帶通通收集過來。今天拍到的麻生採訪帶，也先拿到我這裡。我要做這週的特集企畫。

沒時間了，你動作快點。」

「沒有用的，上面不可能答應播這種東西。」

「那些傢伙不是只在乎收視率嗎？」瑤子轉過身昂然說。「我會搞到漂亮的收視率。會很有意思的。只要有意思就行了，不是嗎？」

「你這是困獸之鬥。」

瑤子不禁揮手打了赤松一耳光。赤松並未因此退縮。

「我會陪你一起去。」

「去哪裡？」

赤松說不出警局這兩個字。

瑤子坐在椅子上開始準備剪接。「是森島吧，是他故意叫我剪輯這則新聞的吧，他躲在暗處偷看我怎麼剪輯這則新聞，換掉帶子的也是他。那種姑息苟且的傢伙就會做這種事。」其他的剪接師臉色蒼白，遠遠圍觀著。這時倉科排開眾人，突然出現在瑤子面前。

「剪輯那捲替換帶子的人，是我。」他告訴瑤子。

瑤子回視他，幾乎快要被強烈的悲哀擊垮。她把散成碎片的感覺重新集攏，讓血液通過十根手指，打算重新面對剪接機。

「赤松，」倉科轉向部下。「快把那個交給她。」

瑤子這才注意到赤松腋下夾著的東西。是個眼熟的信封。赤松戰戰兢兢地交給瑤子。

「警衛室剛才送過來的。聽說是早上警衛換班正好沒人在時，有人放在警衛室的。警衛還特地道歉，說是因為聯絡上的失誤，所以這麼晚才送來。」

她看了一眼裡面裝的東西。是一捲ＶＨＳ錄影帶。

錄影帶？拍攝我的錄影帶嗎？

你剛才說是什麼時候送到的？今早？不可能。因為麻生已經死掉了。

「不是麻生。」赤松的眼睛沉痛地扭曲著。「偷拍你的人，不是麻生……」

弄錯人了。

怎麼可能？瑤子努力排開襲來的暈眩感，在心中思索。會是誰？如果不是麻生那會是誰？既然是我弄錯人，麻生為什麼不否認？他是藉著不否認，來取笑我自以為遭到「以牙還牙」報復的蠢樣吧。繼續讓遠藤瑤子以為我是犯人好了。這樣的話，她就會再來找我……這真的如他所說，是一種愛嗎？

瑤子接過帶子，腳步飄忽地走進後面狹小的剪接室。在眾人的注視下，瑤子隨手將門鎖上，帶子插入機器。

會出現什麼樣的自己呢？在影像還未播出前，已經有一種可怕的預感襲來。

她料得沒錯。

出現的是在郵政省前的我。開始跟蹤麻生的我。走進地下鐵車站的我。站在車廂的我。麻生就在另一節車廂。我在下北澤下車。穿過擁擠的人群走向薄暮街頭，佇立在一家酒吧前，卻又旋即轉向離去。

也有第二天的影像。悄悄潛入麻生家的我。鏡頭在門前佇立了一陣子。最後聽見腳步聲，拍攝者也躲起來了。是麻生回來了。拍攝者也很緊張。畫面那種晃動方式，似乎是在替我擔心。我終於從後門逃出。麻生說得沒錯，簡直像一個小偷。

是春名。拍攝者不是麻生而是春名。為什麼我沒有早一點發現到呢？

春名還活著。在晴海發現的屍體只是替身，所以臉部才摔得稀爛。那是為了讓春名這個假郵政省官員從世上消失，偷天換日的偽裝手法。

可以嗎？這樣假設可以嗎？

可是……可是，春名為什麼要詳細記錄我的私生活呢？是愛嗎？如果是，那又怎樣？我把春名交給我的錄影帶漂亮地剪輯，突破新聞部的監控，在電視上播出。春名對我說過，他想觸及我心中萌生的感情。愛情難道不可能從讚美中萌生嗎？沒有更完美的假設嗎？做出主觀的真相吧。真相由我來創造就行了。是誰在愛著我呢？憎恨我的敵人又是誰呢？

影像記錄了決定性的一瞬間。

在馬路的另一端，麻生與瑤子逐漸接近，發生爭吵。鏡頭用的是最高倍的望遠全鏡頭。

鏡頭的晃動傳達出攝影者的激動。微弱的光線使得畫面模糊。

「用不著客觀，只要主觀就好？其實根本不是這樣，你在乎的不是真相的本質，照我看來，你根本只是對真相沒興趣……」

麻生的聲音從遠處發出回音，傳送到攝影機的麥克風。瑤子似乎也回嘴說了些什麼，可是這邊聽不見。

「照我看來，你做的什麼影像，只是用你的剪刀剪貼成的假設，只是個玩具！」

突然間，麻生一個人從畫面中消失了。是瑤子用雙手把他推開的。有好一陣子，瑤子只是茫然地俯視著消失在暗渠中的麻生。

最後，瑤子像一頭膽怯的野獸，做出要尋找逃生之路的樣子。瑤子逃走了。在黑暗的彼端，可以遠遠看見繁華商業街的燈火。瑤子選擇了那個微弱的光的世界，消失在彼端。

帶子播映完畢。

不需要任何主觀。換言之，就是瑤子最討厭的，忠實反應的客觀真相。

瑤子閉上眼。腦子像個空空的容器，什麼也沒流進這個容器裡。當思路微弱地連接起來時，不可思議的事情發生了。

被賦予本能和充滿使命感的熱血，流到了指尖。

我還有工作尚未完成。瑤子這麼想。

19

瑤子回了家裡一趟，裝滿整個手提袋的行李，向赤松借了數位攝影機和三腳架，又鑽進地下辦公室後面的剪接室。

辦公室像平常一樣，開始進行晚間新聞的剪接工作。

倉科和赤松守護著窩在剪接室裡的瑤子。由於瑤子表示，希望能給她一晚的時間，兩個男人化成了一堵牆。

瑤子一心一意地在拍攝什麼，攝影完後，便收集一連串事件的資料帶，連飯也不吃，爭取時間埋頭進行剪輯作業。

夜晚來臨，辦公室裡正在剪輯夜間新聞。赤松在瑤子置身的剪接室外放了一把椅子，宛如一尊門神似地坐著，如果有人敢來奪取瑤子寶貴的時間，他就要把人趕回去。

倉科則在經理室奮戰。

「誰來負這個責任？」

對於有川的質問，倉科斷然回答「我負責」。倉科挺起胸膛，打算堅守他身為管理者的職責，身為瑤子上司的職責。

夜間新聞播映了麻生事件的後續發展。畫面上出現了在新潟娘家接獲丈夫死訊的妻子，宛如蠟像的臉上，目光畏縮地游移不定，走進安置丈夫遺體的醫院。

中央電視台的新聞節目中，報導了麻生曾因「某」民間電視台新聞節目的報導而受害的事件，以及郵政省因此對「某」民間電視台提出正式抗議的消息。

不只是組織對組織的抗爭，麻生個人也曾對「某」電視台負責剪輯該則新聞的女剪接師提出抗議……這個事實，別家電視台也快挖出來了。

拍攝過麻生獨家訪談的東洋電視台，只等徵得家屬許可，便打算拿掉混音器和馬賽克，把訪談重播一次。

夜間新聞結束時，一則消息傳到電視台，讓赤松離開了崗位。剪接部門只剩下過夜的人待在休息室，辦公室被一股森然的寂靜包圍。

過了凌晨兩點，剪接室的門從裡面打開了。瑤子拿著一捲播映用的節目帶，帶著憔悴不堪的表情，微露出滿足的疲憊，走出空無一人的辦公室。

穿過地下大廳，走到樓上的播映中心，她在倉科的桌上放了一封信。裡面裝的是辭呈。

寂靜的播映中心裡，只有熬夜的新聞部年輕職員匆匆錯身而過。當瑤子正在遲疑，不知道剪輯完成的帶子該交給誰時，赤松從走廊出現了。看他的表情，顯然是回到剪接部門發現瑤子不在，正在慌張地四處尋找。

「……原來你在這裡啊。」

「完成了。謝謝你。」瑤子坦誠地道謝。

「沒有任何人來過嗎？」

瑤子點頭。

「我本來應該一直在剪接室外守候你才對……可是外面的工作人員臨時跟我聯絡。」

「你去哪裡了？」

「找到那個黃衣服的小女孩了。」

他說完，揚起手中的採訪帶。瑤子想起赤松曾經答應過自己，一定會找到那個小女孩。果然像赤松的作風，瑤子想。他遵守了諾言。

「她媽媽撿到人家遺失的東西，在媽媽去警局送交失物時，她就在停車場玩耍。裡面也拍了小女孩說的話。你要一起看嗎？」

「跟麻生說的一樣吧？」

「小女孩對他笑，麻生也回了一個微笑。」

「是嗎？」

瑤子的胸中，強烈的悲傷宛如洪流滔滔湧入。

一個善良老實，被人吃定的男人。在吉村的花言巧語下，被局內的派系鬥爭利用的男人。遭到正義之害，被上司疏遠的男人。被誘騙到偏僻且公休的餐廳，以致無法提出不在場證明的男人。在警局前忍不住對小女孩微笑的男人。失去工作與家庭的男人。在家庭墳場中痛苦掙扎，睡在久未洗滌的床鋪上的男人。打算用電視討回被電視傷害的名譽的男人。向那個將自己的笑容播映在電視上的女人，宣稱那是愛的男人。把家庭相簿鋸成四半，大概是在向家人告別的男人……麻生公彥就是這樣的一個人。只是這樣的一個人而已。

「還有……我在回電視台的途中，接到記者聯誼會打來的電話。你還沒聽說嗎？」

「什麼事？」

「春名誠一的身分好像查出來了。」

「他是什麼人？」

「聽說是個信用卡破產，只好四處躲藏的證券公司職員。有人指定他的妻子當受益人，替他投了巨額的壽險。下面這只是我的想像啦，我猜是地下錢莊的人找到跑路的證券公司職員，替他保了險，然後誘騙他接受任務來抵償債務。也就是要他假扮春名誠一。證券公司職員為了保住妻小，犧牲性命接下了那個任務……也許是這樣吧。」

春名仰望乃木坂的天空，寂寥地舉起手，懷疑是否有下雨的身影，在瑤子的腦海復甦。對著瑤子滔滔不絕感嘆郵政省現況的男人，在朝空中舉起手來的那一瞬間，也許沉浸在一種稱職地扮演完官員的虛脫感吧，或者是感受自己的生命已在那一瞬間變成金錢了吧。

這是假設。

主謀是那個灰衣男子。

在酒館前等待吉村律師的那個人。

拍攝那捲好似偷拍錄影帶的人，是答應當共犯的春名。

灰衣男子殺死吉村律師，春名偽裝郵政官員，把為了嫁禍麻生而拍的錄影帶交給瑤子。

瑤子剪輯出的影片，暗示在警局前微笑的麻生，是涉及吉村命案的關鍵人物。

於是灰衣男子殺掉失去利用價值的春名，並且企圖讓警方認為春名之死也是麻生幹的，所以才將春名誠一和瑤子的名片，留在屍體上。

警方認為，麻生控訴受到報導侵害的事件，與春名命案應有某種關連。然而負責偵辦的刑警，對於偵訊控訴受到人權侵害的麻生態度消極，一切並未完全依幕後真凶的預期發展。

灰衣男子會是什麼人呢？……

永和學園。被購併的地方電視台。郵政派議員。還有郵政省。

關係圖上可以畫出好幾條箭頭吧。要一條一條去證明，必須耗費驚人的勞力和時間。然而，這是個值得努力的工作。

「剩下的，就交給你了。」

「Nine to Ten」的「事件檢證」少了瑤子，能夠追查出多少真相，赤松毫無自信。

「你一定辦得到。我可交給你了哦。」

瑤子伸出手，彷彿在激勵軟弱的弟弟似的，亂搔了一下赤松的頭髮。

「我……我一直很喜歡你。」赤松的嘴脣顫抖，語帶哽咽地說。「你有崇高的自覺，知道必須犧牲自己做基石，為了現在的電視，自願扮演壞人的角色……」

赤松為了不讓眼中蓄積的淚水流出來，拚命眨著眼皮。最後淚水還是滑下臉頰，瑤子很想用指頭替他拭去。

「當某種東西要發生激烈變化時，需要那種可以猛力沖起水流的基石。你不逃避這個任務，令我深受吸引……沒錯，我一直喜歡你。今天我總算了解自己的心意了。」

赤松微微笑了。

瑤子輕聲說「謝謝」。「這是我最後的工作，一定要好好播出來噢。」

瑤子將抱在懷裡的錄影帶，抵在赤松穿著夏威夷衫的胸前。

「我會努力的。」赤松用雙手握緊錄影帶。

「再見。」

瑤子似乎有點眷戀年輕人的體溫，但仍鬆了手。

對於在走廊目送她離去的赤松，瑤子未再回顧，消失在樓梯口，走向剪接部門。

她拿著從家裡帶來的行李，將寄物櫃的鑰匙擱在桌上，從這個機器日夜不休發出低鳴聲的辦公室，悄然無聲地離去。

20

銬在手上的手銬，閃閃發亮地反射著陽光。

齋藤刑警帶著瑤子，去下北澤的命案現場進行勘驗工作。從酒吧出來的路上，瑤子把如何與麻生吵起來，用什麼姿勢把麻生推落暗渠，一一以長野為替身實際表演一番。

禁止進入的黃布條外，過去曾是瑤子同事的新聞記者，以及也許是「事件檢證」忠實觀眾的人群，圍成了好幾重人牆。

控訴遭到報導侵害的郵政省官員被剪輯那則新聞的女剪接師殺害的消息，成為新聞界的大事件，傳遍了大街小巷。

掌鏡拍攝瑤子掛著手銬模樣的一排攝影記者，沒有顯出絲毫窺見自己共犯罪行的心虛。

「請你試著用力推。」齋藤說。長野正站在暗渠的邊緣。

「可以嗎？」

在三米深的暗渠下，鋪著救生墊。

「請你用跟那時一樣大的力氣推。」

瑤子使出渾身的力氣，用雙手去推體型與麻生相似的長野。長野的身體飛了起來，往後倒在救生墊上。雖然瑤子懷疑這種重現命案現場有什麼意義，但她還是按照吩咐，將她確定麻生死掉轉身逃走的過程，正確地回想出來。

今年的梅雨似乎比往年早。警車上的收音機正在播報舒爽的初夏今天就要畫下句點。

瑤子將目光轉向人群，白色的衣服白得刺眼。攝影機的機身也反射著陽光，所有的光線遠遠包圍著自己。

在那之中，有一粒紅光。

那是豆大的微弱光芒，是過去曾在首都電視台附近徘徊，盯著自己的家用攝影機的錄影燈光。拿著口袋大小的數位攝影機，被兩側人群推擠著，依然從隙縫間拍攝瑤子的人，是個將棒球帽壓得很低的少年。

「啊……」

雖然少年的臉部幾乎完全被鏡頭擋住，但當瑤子發現那是誰時，她從口中吐出似乎所有細胞都要溶化般的嘆息。

怎麼會是這樣？原來是這樣！

亮著錄影紅燈對準這邊的，是兒子淳也。他站穩雙腳，避免被人牆推倒，穩穩地用兩手拿著攝影機。

瑤子想起淳也在她的答錄機中留下的話。

「我會天天看著的。」

瑤子以為他是說，他會天天看母親剪輯的節目。原來並不是這樣。父親命他暫時不可與母親見面，也不能打電話聯絡。雖然淳也自己也同意跟母親分離，但他還是很想見母親，所以一直在暗中注視著瑤子。

母親上班的樣子。母親踏上歸途。母親在公寓的獨居生活。母親的孤獨。母親的睡容。淳也其實是想透過錄影帶告訴母親，他遵守承諾一直在「看著」吧。

攝影者絕不接近到會被瑤子發現的距離。那種小心，那種謹慎，還有看到瑤子的笑容時，攝影機就像發現寶藏似地立刻捲近。

他並不是用瓦斯表上的鑰匙進屋的。瑤子以前就把鑰匙交給淳也了。瑤子跟他說，如果想媽媽，隨時可以來住。一週來吃一次晚餐的淳也，隨著年齡增長，不肯再來瑤子的公寓。瑤子覺得這樣也好。

淳也在相隔多時後，用他自己的鑰匙打開門。大概是出於一種淘氣的心理，才將攝影機藏在餐具櫃裡吧。他算準母親睡著後，再次進入屋內，連母親的睡容也拍了下來。

那一晚也是。

尾隨著麻生的母親。在小巷中遭到麻生痛罵的母親。將麻生推落暗渠的母親。逃走的母親……淳也全都清楚記錄了下來。

那一夜，瑤子打電話給前夫，希望跟淳也講話，淳也卻表示他不想跟母親說話。對淳也來說，那也是個充滿衝擊與恐懼的夜晚。就在他剛看完母親的殺人行為後。

他希望母親去自首。出於這種哀切的懇求，才將最後一捲帶子放在電視台的警衛室吧。

赤松曾經對她說過偏執性妄想犯罪者的心理。

對於自己無法掌握的對象產生渴望獨占的欲念，乃是根植於這個人過去有被心愛的人拒絕或拋棄的經驗。藉著幻想與對方的關係，修正自己的過去，就等於是將以往未獲滿足的部分，全部加以滿足……

這不正是淳也的心情嗎？

從小生活在影像科技環繞的家庭，父母皆在電視圈工作。被影像魔力控制住的少年，對於從鏡頭中窺見的東西和螢幕所放映出的東西，流露會心的微笑，認為那才是自己掌握到的真相。即使是自己不想看的真相，他還是無法移開視線，無法停止錄影。不管眼前發生了什麼，還是繼續記錄的少年，心中有怎樣激烈的痛苦呢？

十歲的眼睛，現在也正透過鏡頭凝視著母親。

籠罩在淳也頭上的人牆，突然開了一個缺口，陽光照在少年的面頰上，瑤子看到他臉上反射的東西。

淳也正在哭。雖然淚水濡濕了臉頰，他還是不肯讓攝影機離開臉，從鏡頭中繼續凝視著母親。

過去當瑤子用手指梳理他那頭硬髮時，幼小的淳也會將身子靠向母親，要求母親再用力一點，再多愛我一點。

和兒子一起生活時的觸感，宛如電流般在銬著手銬的手上復甦。如果能被允許，她真想衝過去，緊緊抱住兒子。

我無法愛兒子，兒子卻給了我愛，用「天天看著母親」的方式。

「你是往這個方向逃走的吧？」

對於搜查員的詢問，她回答「對，沒錯」。瑤子以正面對著淳也的攝影機。忠實地拍下我吧，瑤子祈求著。

就讓自己投身於淳也用想像力與勇氣所拍攝的主觀真相吧。

瑤子肅然地在腦海中描繪著，被五百二十五根虛線細細切割，在兒子屋內的小電視上映出的自己。

21

「Nine to Ten」開始播出沒多久，出現「事件檢證」的標題後，鏡頭又回到攝影棚內的長坂主播。

平日宏亮的聲音，今天卻變得低沉，長坂帶著沉痛的表情面對攝影機的鏡頭。他從來沒有像今天這樣深切地感覺到，在鏡頭彼端有數千萬人的目光。

長坂開始說話。

「接下來您將看到的，是兩天前被逮捕的一位本節目的女性工作人員，在去警局自首前留下的最後一捲剪輯影片。我們希望能藉著本節目，探討她為什麼會將一個來抗議受到報導侵害的男子送上死路，同時也不忘對我們新聞從業人員進行自我批判，繼續我們的檢證作業，直到有個滿意的答案為止。首先，我們要為您播出嫌犯的親身告白。在決定是否該公開這捲錄影帶時，我們台裡曾有激烈的爭論，最後判斷這捲帶子的內容具有高度的公益性，才決定播映出來。我們一邊為去世的麻生公彥先生默哀，同時也希望大家能看看，嫌犯這捲並非替自己辯解，而是努力自我檢證的告白。接下來，請看本週的『事件檢證』……」

照片與偷窺錄影帶組成的影像，在瑤子自己的旁白下展開。

既沒有部分重疊或淡出淡入這些影像加工技巧，也沒有音樂加強效果，影像只是淡淡地鋪陳，瑤子用極力排除感情的語調開始說話：

我在一九六二年十月，出生於靜岡縣富士市。我的父親是市政府土木課的公務員，母親是全職家庭主婦，有一個大我三歲的哥哥。這張照片應該是我兩歲的時候吧。

在跟著哥哥玩耍的過程中，我變成一個很男孩子氣的女孩。這是在附近河邊玩水的照片。那時我在上幼稚園，據說是個明明很好動，卻堅持非穿可愛的紅泳衣不可的小孩。

這是小學入學典禮。從五官多少看得出現在的我。皺著眉頭看人的毛病，似乎也是從這時候開始的。

中學時代，我是壘球隊的投手。照片上的投球姿勢雖然帥，投出來的球卻都是暴投。

高中時我迷上了攝影。靠著在麵包店打工買來的單眼相機，我拍攝家中貓咪的生態或從遠處偷拍我暗戀的足球隊隊長。我也不知道這麼做有什麼好玩，我甚至還跟著念大學的哥哥去約會，記錄他和女朋友在一起的景象。後來被甩掉的哥哥，把那些留有快樂時光的底片，從我這裡搶過去，在後院燒掉了。

後來我來到東京。從十八歲起，我在影像專門學校念書。一起合照的是我當時的同學。我用馬賽克把他們的臉遮起來了。不能介紹大家的笑容，實在很遺憾。

當時我的老師很照顧我。他介紹我去一家影像剪輯公司打工，畢業後，我便順利進入那家公司上班。在那裡我認識了一位男性。就是這個緊緊抱住我肩膀的人。很遺憾，這個人的笑容也不能為大家介紹。我能成長為一個不再皺著眉頭、可以與人溝通的女性，我想全都是拜他所賜。

我戀愛、結婚，邀集親友舉行了小小的婚宴。很遺憾，這裡也不能介紹來為我祝福的家人與同事。大家真的都很替我高興。

我生了一個男孩。抱著嬰兒的我露出圓潤滿足的笑容，簡直令現在的我無法想像。只有這張嬰兒的臉，我不想打上馬賽克。長得跟我很像吧。

在兒子即將滿三歲時，我離了婚，重新回到職場。這是我人生的轉捩點。我丈夫曾經罵我，你這樣也配做母親嗎？

連孩子都捨得拋棄，我究竟得到了什麼呢？

現在您所看到的畫面，是某人偷拍我的日常生活。我就像這樣騎著腳踏車出門上班。我家距離公司只有十分鐘的路程。我在途中的便利商店買午餐，天氣好時，就像這樣一個人在附近的公園吃午餐。

我單獨住在都營住宅區。我想早點喝醉，所以洗完澡之後就開始喝啤酒，看起來似乎不太好喝。

這是我的睡容。雖然睡著了，我還是皺著眉頭。不知道做了一個什麼樣的夢。

這就是我悲慘的生活。

麻生先生曾經對我說，你自己的眼睛根本什麼也不看，只是往返於住家和辦公室之間，把別人拍來的影像剪剪貼貼而已。你曾經用自己的眼睛看過什麼嗎？

我認為他說得對極了。

有一天，一個自稱春名誠一的男子，交給我一捲錄影帶。那是之前各位已經在「事件檢證」看過的影片。

實際上什麼也沒看到的我，堅信尾隨吉村律師的這名灰衣男子，和剛剛接受完偵訊走出警局、浮現爽朗笑容的麻生公彥，兩者是同一個人。

春名誠一的底細，以及他為什麼要假扮郵政省官員，我相信這些疑點遲早會被查明。

然而，我是這麼想的。

極力稱讚我剪輯的影片所擁有的力量，驅使我去剪輯那捲帶子的春名，或許就是我自身的暗影……

在我所馴養的無底暗冥中，伸來了一根觸手，那就是春名這個男人。

但是春名誠一並非我杜撰的人物，而是確有其人。

麻生先生沒有任何罪過，卻被恐懼心擅自膨脹的我奪去了生命。

他執拗地要求我為輕率地剪輯那則報導道歉，這是事實。然而，他並沒有對我做出更進一步的報復。一切全是我的誤解。偷拍我私生活的人，並不是麻生先生。

我將麻生先生約到日比谷公園，用這麼可怕的表情，提出各種我所能想到的疑問。我們兩人實際上說了些什麼，在此我不能介紹。如果可以，我希望當作我跟麻生先生之間永遠的祕密，但我恐怕遲早還是必須說出來吧。

我跟蹤麻生先生，也潛入他家。這次輪到我來偷看他的真面目了，我瘋狂地這麼想。差點被回來的麻生先生發現，我陷入慌亂，慌張地從後門飛奔出來。現在看起來，樣子實在很滑稽。

不只是五個W和一個H，還需要兩個F，這是過去我所學到的。for whom和for what。為誰報導，為何報導。這兩個字也可以轉換成「想像力」與「勇氣」，這是後來我從另一個人那裡學到的。

好，接下來是最後一天的影像。我在酒吧等候麻生先生，用影像當武器，找他決鬥。

回想起來，我簡直是不知死活。

不知死活，忠於自己的興趣和需求所切割出的影像，的確就是我所感受到的真相。

但我不知道那是否是各位眼中的真相。各位看完我所剪輯的影像，如果不加以懷疑，就無法掌握到自己眼中的真相。

關於剛才所看的我的半生影像，我希望各位試著懷疑。

這個女的真的像影片中告白的一樣，是個寂寞的女人嗎？真的一直在與男性社會戰鬥嗎？其實說不定適應得很好，活得很愉快吧？其實是個只喜愛工作的女人吧？她到底有沒有母性呢？

各位請看。我現在就要殺人了。

街燈微弱的光線照著我，模糊的影了落在地面。光影交錯，勉強映照出我這麼一個人。

現在，麻生先生已經去世了。

路的另一頭，可以看到繁華商業街的燈光。我選擇了有光的方向逃跑。

我將在不久的將來告白我的罪行。對於坦白招供的我，媒體將會從各種角度打光，做出影子，試著浮雕出我這個人物吧。

不過，我希望各位別忘了剛才我所說的話。

請您懷疑。

千萬不要相信出現在這裡的我。